名著名译经典珍藏版

〔阿拉伯〕哈利里 著
王德新 译

麦卡姆词话

华文出版社
SINO-CULTURE PRESS

مقامات الحريري
المسمّى
بالمقامات الأدبية

译者的话

我退休后应聘到大连外国语大学教授阿拉伯语。从2009年秋开始，我利用教余时间开始翻译阿拉伯中世纪古典文学名著《麦卡姆词话》，经过三年寒暑，至2012年夏全部译完。当我在电脑上打完最后一行字时，长舒了一口气，如释重负。译文所据版本为黎巴嫩贝鲁特历史古籍出版社出版的最新权威校订本。此外，我还找到了与此书同时代的阿拉伯中世纪著名画家为其绘制的彩色故事插图。插图共九十九幅，我选择了其中的八十幅。

此书以《哈利里麦卡姆韵文故事集》闻名于世。哈利里是作者名，所谓"麦卡姆"，是阿拉伯文人独创的一种文学体裁，它的阿拉伯语词义为"集会"，是一种韵体散文加诗歌的叙事文，类似于我国古代的骈体文，目的是展现作者的文笔功夫。后来逐渐流传到民间，被艺人配上曲调，以说唱的方式咏史叙事，相当于我国的弹词和鼓书。我国新疆地区流行的维吾尔说唱歌舞史诗"十二木卡姆"就是它流传到我国的变体。"木卡姆"就是"麦卡姆"，只是在由阿拉伯语转译成维吾尔语时发生了音变。

《麦卡姆词话》是阿拉伯古典小说的雏形。众所周知，在阿拉伯古代文学史上，小说创作一直很薄弱，比较著名的小说故事，如《一千零一夜》《卡里莱与迪木乃》等，都是以古代印度传说故事为底本，通过波斯文转译成阿拉伯文，再经补充、改编成书的。而纯粹由阿拉伯人自己独立创作的故事文学微乎其微，数量极少。《麦卡姆词话》是由阿拉伯文人独立创作的最早的文学故事，它的意义不言而喻。

《麦卡姆词话》通常围绕着一个虚构的主人公进行，它的故事由一个也是虚构的说书人讲述。主人公一般都是一位才华横溢、智商极高的文坛高手。为了在混乱不堪的社会上生存，他只能以文谋生，而他采用的手段则是行乞。为了保证乞讨有得，他不得不以他的口舌为武器，进行欺诈、谎骗。《麦卡姆词话》的出现是中世纪阿拉伯社会严酷现实的客观反映，是乞讨和偷盗盛行的时代生活的缩影，是文人沦落成乞丐的真实写照，其题材风格适应了当时大众文学的鉴赏口味。它在叙事中注重音韵与修辞之美，在行文中融入诗歌、格言和谚语，具有极强的文学美感，非常适于传诵、说唱。所以，它一经出现，就受到了人民大众的欢迎，迅速普及开来，以至演变成阿拉伯民间主要的说唱艺术。

最早用"麦卡姆"体裁写作的人是阿拉伯中世纪著名诗人白迪尔·泽曼·哈马达尼。他出生于公元 969 年，公元 1007 年去世，逝世时不到四十岁。此人自幼聪慧敏捷，博闻强识。早年背井离乡到各地游历，有"即兴诗人"之称。他在收集民间传闻和乞丐故事的基础上编写了五十一篇麦卡姆故事。每篇故事的主人公都是睿智博学、才华横溢的才子，但他们都饱尝生活的甘苦，不得不用各种乞讨方式应付艰辛时世。

阿拉伯文学史公认，使用麦卡姆文体创作故事成就最高的作家当属哈利里。在哈马达尼去世四十七年后，公元 1054 年，哈利里出生在伊拉克巴士拉城郊区的迈山村。他的全名为艾布·穆罕默德·卡西姆·本·阿里·哈利里。"哈利里"的阿拉伯语词义为"丝绸商人"，用此词作为其家族姓氏，说明其先祖以其职业为自豪。其家族一直是当地名门望族，殷富之家，据说他家的椰枣树就有一万八千多株。但哈利里虽为富家子弟，却志在文学。为此，他先去巴士拉求学，后赴巴格达投师，虚心求教，刻苦钻研，在文法、修辞、诗歌以及教法教义各科都出类拔萃，终成文坛名士。哈利里其貌不扬，常不拘小节，但他才思敏捷，能言善辩，常在文人雅集上与人赛诗比赋，技压群雄。他也曾跻身仕途，做过巴士拉城的情报官；也曾出入宫廷，受到过阿拔斯王朝第二十八任哈里发穆斯泰兹希尔的器重。此哈里发颇重文才，奖掖文人。哈利里受其鼓励，自公元1101年至1110年效法哈马达尼创作出五十篇麦卡姆故事，献给当朝宰相舍拉夫丁，得到极高的赏赐。穆斯泰兹希尔哈里发去世后，哈利里继续往返巴士拉与巴格达，与当时朝廷重臣、名流交往。哈利里晚年归隐家乡巴士拉开班讲学，生徒慕名而来。他于公元1122年去世，终年六十八岁。哈利里的《麦卡姆词话》一经问世，便在当时朝廷上下引起轰动。人们纷纷登门，欲求抄录、传诵，拜师学艺者不计其数。他曾首准他的七百名学生传诵其书。此书在当时的地位和影响可见一斑。

作为当时的著名文人，哈利里除了《麦卡姆词话》外，还著有《诗集》《论集》《文法妙析》《探臆得珠》等著作。但影响最大的，一直传诵至今的仍是他的五十篇麦卡姆韵文故事。

美国著名历史学家菲利浦·希提在其名著《阿拉伯通史》中说："在问世后的七百多年内，被认为是阿拉伯文学宝藏中仅次于《古兰经》的著作。"哈利里的《麦卡姆词话》被学术界公认为麦卡姆文体的登峰造极之作。其文笔不仅明显高于其前辈哈马达尼，也一直领先于后代作家，可谓空前绝后。与哈利里同时代或后代乃至近代现代作家，用麦卡姆文体写故事的不乏其人，从未间断，但他们的艺术成就和声誉都远不及哈利里。埃及著名作家艾哈迈德·爱敏在其所著《伊斯兰的正午时期》中甚至认为，在阿拉伯故事文学中，哈利里的《麦卡姆词话》的文采超过了《一千零一夜》和《安塔拉传奇》。

哈利里创作的《麦卡姆词话》的传述人名叫哈里斯·本·哈马姆，是一个浪迹天下，云游四方的文人。五十篇故事的主人公都是一个叫作艾布·栽德·苏鲁吉的才华横溢、足智多谋的文丐。除第一篇和最后两篇外，哈利里为他设计了四十七场表演，让他在四十七处不同地域、不同场合和人群中不断变换角色、身份；但在这千变万化的场景中，有一点是不变的，即展现自己的文才和睿智。几乎每篇故事中，都有他大段大段的即兴吟诵，出口成章，妙语连珠，惊艳四座。舌头是他最有力的武器，口才是他最有效的迷魂药。上自达官贵胄，下至平民百姓，人人着魔，为之倾倒，自愿为他掏金献银。

哈利里创作的《麦卡姆词话》结构严谨，故事完整，有头有尾。五十篇故事讲述了主人公栽德的传奇一生，浑然一体。但每篇又可独立成章，是一个个单独的故事。整部著作既是一部长篇又是五十个短篇，可谓匠心独具。哈利里所处的时代是阿拔斯王朝的没落期，社会动荡，兵连祸结，战乱不止，国势衰弱，民生哀苦。大批释奴因生活所迫，走上了盗骗抢劫之路，王朝上下讹诈之风盛行，文坛被一片华而不实、雕章琢句、淫巧卖弄之风笼罩。"在这个文化的衰颓期，产生了一个文学的下层阶级，这个阶级的许多成员，都不能独立维持生计，到处流浪，随时准备在语言问题和语法问题上摆下擂台，或者就琐碎的问题互相吟诗比赛，其目的是赢得富裕的保护者的恩惠。"——希提《阿拉伯通史》。处于乱世的民众只能把精神寄托在苦行修身，笃信宗教，用对后世的企望解脱今世的苦闷之中，所有这些都在哈利里的故事中有所反映。他通过主人公栽德混迹天涯、四处乞讨的经历，劝人顺主认命，五十篇故事中充斥着大量诗词歌赋、骈文韵句、笔法华丽考究、细致入微。哈利里还最大限度地利用了阿拉伯语的文字特点、文法和修辞手段，为主人公设计了很多文字游戏。比如既可顺着读又可倒着读的回文诗、语法谜、诗谜、双关语谜以及用同义词或一词多义设谜等。还利用阿拉伯语一半字母带点、一半字母无点的特点，制作全部用带点词组成的诗文韵文，或全部用无点词组成的诗文韵文，或带点词与无点词互相间隔排列组成的韵文，甚至每词必须由带点字母与无点字母间隔组合形成的韵句，令人拍案叫绝，叹为观止。正因为此书的妙笔宣教特点，使它在伊斯兰世界和穆斯林大众中，获得了仅次于《古兰经》的地位，受到民众的欢迎，被推崇为"时代文学"。民众还给此书起了个大众化的名字，叫"艾布·栽德言行录"，俗称"骗子言行录"。里面的故事章节、诗文和文字游戏等,几乎被穆斯林民众当作经文世代传诵。

总的说来,麦卡姆故事还不能算是真正意义上的小说,尽管它是以小说形式写成的。汉纳·法胡里在所著《阿拉伯文学史》中说:"它缺乏小说最重要的因素,即情节;缺乏具有个性的人物及心理分析和道德研究。它总是由一些计谋构成,叙述某个乞丐的生活,千篇一律;它有时偏离内容,注重形式;它含有大量训诫、谐谑、语言和语法的游戏;其语言简练而多僻义,全是骈韵。"我想,这正好说明了麦卡姆文体是阿拉伯古代故事文学的初级形式,是由诗体文学向叙述文学转化过程中的必然阶段。

《麦卡姆词话》对阿拉伯民族近现代文艺复兴,新文学的产生与发展产生了极大影响,许多近现代文学复兴运动的先驱,都曾用麦卡姆文体写出过颇有影响的作品,如黎巴嫩作家纳绥夫·雅齐吉的《两海集》(1856)、埃及作家穆罕默德·穆维利希的《尔撒·本·希沙姆叙事录》(1906)。此书被认为是用麦卡姆文体表现新的社会内容的重要尝试,是使阿拉伯文学从传统叙事故事迈向现代新小说的重要一步,具有承前启后的作用。可以这样说,前两个世纪的阿拉伯作家,在他们走上文学创作道路的过程中,没有哪一个没受到过麦卡姆的影响。甚至获得过1988年诺贝尔文学奖的埃及现代作家纳吉布·马哈福兹,在他的长篇中,如《我们街区的孩子们》(1969)、《平民史诗》(1977)、《爱的时代》(1980)都不难找到麦卡姆的影子。在阿拉伯文学史上,新小说与麦卡姆的渊源,大约相当于中国现代小说与古典话本、章回小说的渊源。

从公元12世纪起,哈利里的《麦卡姆词话》在西方的犹太教徒和基督教徒中间流传开来。它曾两次被译成希伯来语,后又被译成拉丁文、英文、法文等西方文字,受到西方学者的广泛重视。在西方宗教学者眼中,它是一部极好的宗教教义指导经典,不仅适用于伊斯兰教,也适用于犹太教和基督教。西方人在译介此书的同时,也开始模仿此书体裁书写故事小说。学者们认为,兴起于16—17世纪西班牙的"流浪汉小说"就是受阿拉伯麦卡姆故事影响而产生的。所谓"流浪汉小说"大多以第一人称叙述一个流浪汉的遭遇：他漂泊不定，笃信天命，却玩世不恭，以自己的文才智慧行骗。其主人公、模式、内容都与麦卡姆故事相似。中国20世纪60年代初曾放映过一部译制影片，叫《瞎子的领路人》，就是根据出版于1554年西班牙的流浪汉小说《小癞子》改编的。

  为哈利里《麦卡姆词话》绘制彩色插图的画家名叶海亚·本·马哈茂德，他于哈利里去世近百年后出生于伊拉克瓦希特城。他是阿拉伯中世纪著名巴格达细微画派的领军人，在阿拉伯美术史上占有重要地位。他所绘制的插图真实地再现了《麦卡姆词话》所反映的那个时代的阿拉伯民俗，包括建筑、饮食、服饰、日常生活情景等，对理解此名著内容有很大帮助。

  功夫虽然付出了，然而水平有限。译文质量如何，只能任人评说。但愿我的拙笔没有减弱这部名著的光芒。

王德新

2012年10月于大连外国语大学

作者引言

安拉啊!我们盛赞你教给我们的文才,启迪于我们的灵感,赐予我们的洪恩,降给我们的庇护。求你保佑我们口齿清雅,言语不失,表达顺畅,谈吐自如。求你开发我们各种赞颂的技巧,宽宥的技能。求你树立我们面对诋毁诬蔑的勇气,求你宽恕我们被欲望引入歧途,求你派给我们理智之师,正义之心,真诚之口,直言之语,防骗之盾,战胜心魔之志,认知天命之慧,使我们由此感到求知之福,向善之力,记述之正。佑助我们远离污言亵语,只留妙词俏句,放心收获佳文雅作,而不虑雕琢之患,不蹈负罪之渊,不踏悔恨之地,不劳担责之苦,不忧辩解之烦。

安拉啊!请实现我们的愿望,让我们达到目的。不要让我们脱离你的庇荫,成为他人的笑资。我们向你伸出祈求之手,望你洪恩遍撒,广泽普降。我们的祈求发自内心,我们的愿望出自赤诚,不沾金钱与私利。我们的先知也在祈求,他是你封任的最后先知,是你提携的贤人之首,是我们的终审主裁。你在经书中对他说:"我派遣你,只为怜悯全世界的人。"① 你的话至真至诚。

安拉啊!请你向先知穆罕默德祝福,向他虔诚的亲人们祝福,向他

---

① 《古兰经》众先知章:107节。

夯实信仰的门弟子祝福。让我们像他一样，像他的门弟子一样成为他的追随者，受益于他的博爱。你是无所不能的，无所不应的。

想当年文学集会兴盛，今朝已灯熄烟消，但由大学者白迪尔·泽曼首创的麦卡姆故事仍留在人们记忆中。他以艾布·法塔·亚历山大为故事主角，以尔撒·本·希沙姆为讲述人，此二人均无可稽考。这时，某君①命我步其后尘，再续麦卡姆文缘。此人之命不可违，只有服从才获益，虽然跛脚之徒难追健足之士。我向他提及那些像我一样只能写几句文章、诌几句诗的人，面对像麦卡姆文这样晦涩难解、容易出错、检验智力、测量人品的妙文只怕本人才疏学浅，不能胜任。他使人不得不像黑夜樵夫那样暗中摸索，像步行者遭遇骑马人那样找不到方向②。况且言多必失，错多难恕，但旨意难违，只能受命。我只得竭尽所能，用我呆钝的智力，平庸的头脑，残缺的思维，病弱的意志写出了五十篇。

文笔亦庄亦谐，雅俗共赏，可谓珠联璧合，妙笔生花。篇篇趣文奇卷，经文缀连，佳喻美拟，警句格言，逸语隽句，文法谶言，奥言隐词，巧句谑谈。杂以新创，戒语泪言，润笔修辞，俏文笑谈。我把以上种种，录写于艾布·栽德·苏鲁吉先生之笔端，讲述于巴士拉人哈里斯·本·哈马姆君之口。本意不在化汁为乳，饰文弄巧，而在吸引读人，增加索盼。文中外诗，我只存留两组佳作③，以此构建我的赫拉万篇。而另两个孪生子④，我把它俩揉进了卡拉季篇的结尾。实际上我所心仪的是诗的首创者，他们即兴所言，无论优劣。白迪尔君是创造奇迹之人，他确实胜过本人。在他身后继写麦卡姆的竞争者，虽然有古达玛⑤的文才，只能拾其牙慧而已。不遵守他的指引，是不能成功的。此诗说得太好了！

---

① 此人身份说法不一，或指阿拔斯王朝第二十八哈里发穆斯泰兹希尔之首相舍拉夫丁，或指哈里发本人，或指他人。
② 阿拉伯民谚。意为容易出错，被刺，分不清好坏。
③ 一组诗为大马士革诗人沃瓦所作，另一组为阿勒颇诗人布赫图里所作。
④ 指阿拔斯王朝以一首五万行长诗闻名的大诗人伊本·苏卡拉之诗句，两诗都出自其一人之手。见第二十五篇结尾两诗及注释。
⑤ 古达玛·本·贾法尔（888—984），著名文学家、文学批评家。著有《散文批评》《诗歌批评》。

若我因爱而先哭，悔恨之前已心静。

但她先哭扰我心，恩惠属于吾前人。①

但愿我不是在夸夸其谈、胡言乱语、自寻烦恼。就像以蹄找死之羊和以掌劓鼻之人②，去追随那些"他们就是在今世生活中徒劳无功，而认为自己是手法巧妙的人"③。但是尽管我以愚钝面人，并有偏爱我的人保护我，仍差点不能改变手生无能的状况，差点陷进伪装无知的小人借贬低我，宣扬麦卡姆不能写，从而扼杀麦卡姆的阴谋。而能写出麦卡姆文的人必须是有理性思维、健全头脑、深厚功底的人。它妙笔缀珠，遵循借用动物、无生物之口讲述的方式，使人受益。从来没听说有人不接受这样的故事，或开罪于作者，何况他是出自想把人间珍宝全部串成璎珞之心。对于一个想用妙语谐文进行劝诫而非粉饰、训迪而非欺骗的人有何难为？这仅仅是教育的召唤，正路的引导。

心喜有爱又摆脱，不为你也不为我。④

祈求安拉保佑我成功、免灾，为我指路。他是唯一的依靠，不二的主宰。成功只能靠他，求生只能托他。我只依赖他，我只向他忏悔，我只向他求助。他是最好的主宰。

---

① 此为伍麦叶王朝诗人阿迪·本·里卡（？—714）诗中之句。
② 阿拉伯民谚。意为想帮人实害己而不知。
③ 《古兰经》山洞章：104节。
④ 此为阿拔斯王朝著名爱情诗人阿拔斯·本·艾哈奈夫（？—808）诗中之句。

目录

第一篇　萨　那 / 001

第二篇　赫拉万 / 005

第三篇　第纳尔 / 009

第四篇　杜姆亚特 / 013

第五篇　库　法 / 019

第六篇　马拉盖 / 025

第七篇　巴尔卡伊 / 031

第八篇　马阿拉 / 037

第九篇　亚历山大 / 043

第十篇　拉哈比 / 049

第十一篇　萨　韦 / 053

第十二篇　大马士革 / 059

第十三篇　巴格达 / 065

第十四篇　麦　加 / 069

第十五篇　迷　案 / 073

第十六篇　摩洛哥 / 081

第十七篇　回　文 / 087

第十八篇　辛加尔 / 091

第十九篇　尼济普 / 097

第二十篇　法里津 / 103

第二十一篇　赖　伊 / 107

第二十二篇　幼发拉底 / 113

第二十三篇　赛　诗 / 117

第二十四篇　卡提亚 / 125

第二十五篇　卡拉季 / 129

第二十六篇　隔母点文 / 135

第二十七篇　沃伯里 / 141

第二十八篇　撒马尔罕 / 147

第二十九篇　瓦西特 / 153

第三十篇　苏　尔 / 159

第三十一篇　拉姆拉 / 165

第三十二篇　塔　巴 / 171

第三十三篇　泰福利斯 / 191

第三十四篇　宰比德 / 195

第三十五篇　设拉子 / 203

第三十六篇　马拉蒂亚 / 207

第三十七篇　萨　达 / 215

第三十八篇　木　鹿 / 221

第三十九篇　阿　曼 / 225

第四十篇　大不里士 / 233

第四十一篇　提尼斯 / 241

第四十二篇　奈季兰 / 247

第四十三篇　牧　童 / 255

第四十四篇　冬　夜 / 265

第四十五篇　拉姆安拉 / 277

第四十六篇　阿勒颇 / 283

第四十七篇　哈吉尔 / 291

第四十八篇　哈拉姆 / 297

第四十九篇　萨　珊 / 303

第五十篇　巴士拉 / 309

结束语 / 317

作者信札 / 319

第一篇　萨　那

哈里斯·本·哈马姆君言道：我远离故土，穷困潦倒，漂泊到也门萨那①。我干粮耗尽，囊空如洗，遂走街串巷，犹如猫狗；穿屋绕室，状若鸟雀。东奔西走，目寻眼勘，企遇某位善人向之涎脸求告；或遇某位君子洞察我意而救急。终于，一处人群终止了我的流浪，一阵哭号权当是给我的馈赠。我挤进人群，探求哭因。人群中，一个瘦汉，背着行囊，正鼓舌论道，慷慨陈词，炼词造句，铿锵合辙。众人围观，犹如月晕环月，花托捧蕊。我移步凑前，欲洗耳恭听，聆记教诲，求知增识。只见他滔滔不绝，口若悬河，毫无顾忌。说道："狂徒们，蠢货们，你们将糊涂到何时？你们何日才向善？你们何时不再自傲，不再放纵？你们仍然用罪恶对抗良知，用丑行回应人主。在安拉的注视下，瞒天过海，欺骗亲属，霸占财产。你们也不想想，大限一到，这有何益？或钱财耗尽，或劳累而死，何况末日清算时，因你无德，连累亲友，悔恨无加。你们何不改邪归正，求医问药，洗心革面？人最大的敌人是自己，要治欲克己，重新做人。死亡乃定数，无须准备；白发即预警，无须缘由；坟墓是归宿，无须言明；归主乃吉运，可有扶助？岁祸催你醒，你仍昏睡；明道引你进，你仍懈怠；殷鉴为你显，你仍执迷；事实已定论，你仍疑惑；死期已提醒，你仍装忘。本可与人为善，

---

① 萨那，古代历史名城，现为也门首都。

但你不屑;手中敛财,口中祈祷;宫殿巍峨,自命仁慈;宁顺小人,不求贤者;宁取美服裹身,拒绝因德受赏;心系贿金赠珍,胜于礼拜定时;对你而言,收礼胜过施舍,彩盘胜过经书,耍笑胜过诵经。你们役使别人,巧取豪夺,保护罪恶,助纣为虐,看似驱恶,实大行不义。你们惧怕民众,你们最怕安拉。"

说到此,此人吟道:

> 我咒追逐凡尘者,趋之若鹜竞折腰,
> 执迷不醒恋之甚,朝思暮想梦难消,
> 除非悔悟方罢手,残杯冷炙难嫌少。

吟罢,终于咽下最后一点儿口水,收了口,然后拿起水囊,夹起拐杖,准备离开。围观众人见此,纷纷解囊掏钱,说:"拿去花吧!"他不发一言,谁也不看,照章全收。他不让别人送他,一个一个甩开跟在后面的人,怕人知道他走哪一条路，去向何方。

哈里斯·本·哈马姆君言道：我暗中跟上他，偷偷追寻他的足迹，一直跟到一个山洞前，趁其脱鞋洗脚时，潜进洞中。我发现洞中还有一人，像其弟子。他两人坐在一起，面前摆着白面饼和烤羊肉，还有一罐椰枣酒。我对他说："好哇！你竟是这种人，人前一套，人后一套！"他怒目而视，气急败坏，几乎要扑向我。最后他竟气消神静，吟起诗来：

　　黑衣遮身图谋利，阴向恶鱼抛钓钩。
　　温情说教设陷阱，诱等猎物自来投。
　　信手狮穴能获狮，多年平安不失手。
　　遇难呈祥祸不近，处之泰然身不抖。
　　未曾致我毁名声，贪婪之心人人有。
　　倘若岁月公平判，有瑕之人亦免咎。

吟罢对我说："过来一起吃，有话请讲。"我看了一眼他的弟子，说："我以助你免灾人的名义请你告诉我，他是何人？"他说："此君艾布·栽德·苏鲁吉先生。游子之灯，文人之冠。"

我离开山洞，惊愕万分。

第二篇　赫拉万

哈里斯·本·哈马姆君言道：当我解掉孩童时的护身符，开始缠头时，就迷上了文学。我如饥似渴，四处求学，身体日渐憔悴消瘦在所不惜。为获真知实学，无论大雨或小雨，我求饮于一切水源。只要有希望或可能，我请教一切名人、学者。我游学到了赫拉万①，为找名师，开始考察各色人等，衡量轻重优劣，终于发现了艾布·栽德·苏鲁吉先生。他长得面目清秀，身材优雅，口齿伶俐，谨言慎行，智高学富，才华出众，思维敏捷，知书达理，恭顺守规。但他家谱混乱，学历不清。一会儿谎称出身波斯萨珊王族，一会儿又说是阿散酋长的后裔；有时披上大诗人的外衣，有时又打扮成伟人的后代。此君并非完美无瑕，因其才高八斗，故常孤傲自负；因其狡黠善辩，不喜有人相违；因其说话动听，总能达到目的。此等有学问、有特性之人，正是我所需要的。我便主动与之交往，须臾不离左右。

　　为君倾诉视知己，常见容悦笑开颜。
　　亲如家人不见外，不踏君门心不安。
　　雨露滋润人生美，聆听教诲饮甘泉。

---

① 赫拉万，古代历史名城，位于今巴格达与哈马丹之间。

我就这样和他相处了一段时间。他每天为我答疑解惑,使我获益匪浅。直到他因穷困潦倒而与我告别,远走他乡。因无人相助,无依无靠而浪迹天涯。

别后无人理,故交不值提。
离去再无友,情断不可续。

他从此杳无音信,不知所在。

多年后,我结束游学返回家乡。有一天,我正坐在家乡的文馆里——它也是此地的文人雅集和市民聚会的场所,包括外乡人——看到一位衣衫褴褛、一脸大胡子的人走了进来,他向在座的人问候后,选择了我所在的人群外的另一群人处坐了下来。坐好后,他问身旁的一个人:"所看何书?"那人说:"布赫图里的诗集,他是个天才诗人。"他又问:"你发现他诗中体现的美了吗?"那人说:"是的,你看他的这句诗,'笑颜微露珍珠齿,花瓣整齐小冰雹',他很擅长比喻。"那人说:"主啊!你太能夸

张了,并且夸张得不是地方!你从哪儿找的这种比喻牙的诗句?难为你了!那你看这句怎样?"说着他吟道:

吾愿变美唇,笑口闪白牙。
开颜珍珠露,张合开蕊华。

在场的人齐声叫好,纷纷要求他重吟一遍以便抄录,纷纷询问此诗句出自何人之手,此人是否还在世?

他说:"以主起誓!我是最值得追随和倾听之人,作者就是今天向你们透露,使你们能欣赏到此诗的那个人!"

哈里斯君言道:当时在场的所有人都对他的话表示怀疑。此人马上觉察到众人的疑惑,明白他们心里在想什么,随口引出一句经文,"有些猜疑确是罪过①"。然后继续说道:"你们既喜欢吟诗又喜欢挑理,很好!真金不怕火炼,真理不怕质疑。此诗句已经过了长时间的考验,曾被人推崇,也曾被人蔑视。我今天把秘密和盘托出,请诸君验证。"这时在场的一个人说:"我知道有一首诗无人能及,你听了会神魂颠倒。请你模仿此诗仿作一首!"随后吟道:

泪雨轻落珍珠下,媚眼羞开水仙花。
粉腮柔染玫瑰红,秀指润现枣红甲。

还没等他收口,那人紧接着就吟道:

她来幽会我问她,面纱深红忙脱下。
轻启玉齿传甜言,晚霞遮月羞红颊。
话似珍珠纷纷落,口若指环香雾洒。

---

① 《古兰经》寝室章:12节。

在场的人无不困惑，他的思维如此敏捷，诗意如此清秀，开始对他产生好感。此人感觉到了人们对他释出的敬意，低头沉思了一会儿，说："我再为诸位奉献一首内含赞牙的诗。"随之吟道：

黑衣裹身别离日，指尖紧咬分别时。
抽泣哽咽难开口，悔恨和泪有谁知。
发如月夜黑漆闪，面若晨曦红胭湿。
齿似珍珠白玉粒，身同秀树柔弱枝。

众人这时纷纷叫好，开始高看他，推崇他，讨好他。

哈里斯君言道：当我看到那人容光焕发、激情澎湃时，开始仔细地观察他，那漂亮的脸庞吸引了我的注意。啊！他不就是栽德先生吗！他像是漆黑的夜晚出现的一轮明月，我马上跑上前去问候，握手拥抱。对他说："你怎么改变得这样大？我差点儿认不出来了！什么时候长出了白胡子？"

他随即吟诗一首，算作回答：

世道纷乱霜染颊，岁月无常人变多。
今日你随某人走，明日或依他人活。
不要相信闪电来，并非有雷雨必落。
更莫听信煽动者，三思而行为上策。
藏金之石初难辨，火中熔炼现真色。

吟罢起身扬长而去，带走了众人的心。

第三篇 第纳尔

哈里斯·本·哈马姆君言道：此地有一家文馆，我和我的一些朋友经常到那里举行雅集。每次雅集气氛融洽，谈吐高雅，增添才华。有一次，正当我们谈兴正浓，沉浸在评诗论句、逸闻趣事中时，一位生人出现在我们面前。此人衣衫褴褛，腿跛脚瘸。他一进来就对我们说："诸位善人、先生！早晨好，早餐愉快！请可怜一位昔日的仁慈之士、慷慨之君、田产之主、好客之友吧！你们看他满面愁容，心事重重，愤愤不平。只因他遭遇不幸，祸事连连，钱财散尽，两手空空。如今生路已断，房产易人，田园荒芜，牲畜尽死，钱粮不济，子女悲哭，亲属离散。令昔日的羡慕者惋惜，曾经的妒忌者乐祸。如今他已成为赤贫，陷入绝境，走投无路。每日以泪洗面，以苦填肚，忍饥挨饿，辗转反侧，夜夜难眠。出门在外，矮人三分，寸步难行，无可奈何。只得以苦为乐，苟延残喘，以求活路。诸位！你们听了难道不伤心吗？不动恻隐之心吗？谁能帮我解脱痛苦，可怜可怜我这个穷光蛋！"

哈里斯君言道：我当时非常同情此人，他的乞讨词如此精彩。我想逗逗他，看他还能讲出什么奇言妙语，就掏出一个第纳尔①，试探着问他："如果你为它献一首赞美诗，它就属于你！"

---

① 第纳尔，阿拉伯货币名称之一。古代一个第纳尔相当一枚金币。

此人看着那枚金币，马上应允，张口就吟道：

豪气冲天闪金光，高贵之宝澄澄黄。
长途旅行游四方，英名远播声誉广。
图文刻录发家秘，博者历程一桩桩。
人见人爱万类喜，在手犹如刻心上。
钱袋裹身心最爽，亲属死光也不让。
最纯最艳最漂亮，一生唯愿为它狂。
江山坐定靠它帮，千军万马难抵挡。
一旦失去愁断肠，多少君王无乐享。
万千金币唾手得，有人为此妒火旺。
若欲财秘被隐藏，魔力最好减嚣张。
曾帮多少人得救，更迫多少人投降。
神力无限造世界，多少权法因它扬。
倘若不虑敬我主，敢说此物力无量。

此人吟罢此诗，向我伸出手来，说："君子一言，说话算数！"我把那枚金币丢给他，说："归你了，拿去吧！"那人把金币放在嘴里咬了一下以试真假，说："托你的福了！我赚了！"

一阵赞扬声过后，他准备走人了。我意犹未尽，还想继续取乐，再赌一把。就又掏出一个第纳尔，对那人说："你能再用诗谴责它吗？说好了它也归你！"没想到那人不假思索，出口成章：

该死彼等伪善郎，休矣尔辈骗人狂。
两副嘴脸两面黄，明人眼中一阴阳。
金色为卵勾你魂，图案似隼迷你肠。
君子视之一粒土，天地之主怒满腔。
倘若世上无你影，人可免除无事忙。

盗贼不用起誓急，嫖客无须发怨腔。
吝鬼不惧夜门敲，欠徒不怒人赖账。
不必天天求主佑，不遭恶徒毒眼张。
此物并非不可缺，有用仅在去逃亡。
山顶抛下一身轻，需者拾到谢相帮。
所言无非大实话，非因你我今来往。

我赞叹道："你太有才了！"那人说："我是守信的人，你不能食言！"我马上把第二枚金币丢给他，说："让这两枚金币保佑你！"那人把这枚金币也放进嘴里咬了一下，和第一枚做比较。暗喜此地不虚此行，便起步离开。

哈里斯·本·哈马姆君言道：我当时暗中猜测此人是艾布·栽德先生，他的跛脚是伪装的，是为遮人耳目。我急忙把他叫回，对他说："凭你的口才，我已经知道了你是谁。不要装了，重新直起身走路吧！"他说："如果你是伊本·哈马姆君，我向你问候，愿你永远做君子！"我马上说："本人就是哈马姆。你可好？一直是怎么生活的？"他说："本人一直生活在两种状态下：舒适与不幸；一直和两种风搏斗：狂风与和风。"我问他："你为何要装瘸？为什么以取笑为生？"他马上板起脸来，吟诗一首，边吟边走出大门。

装瘸并非想真装，只为便乞易索赏。
自由自在马由缰，随心所欲任来往。
如若责我请原谅，瘸子从来心不慌。

第四篇　杜姆亚特

哈里斯·本·哈马姆君言道：我游历四方，那一年，来到了埃及的杜姆亚特①。我钱多财盛，富足殷实，穿着贵重的花缎袍子消遣作乐，观察寻找着当地富裕的年轻人。很快，我发现了一个和我一样的由年轻的富人组成的驼队，他们开始时吵吵闹闹，像是发生了意见分歧，但因为趣味相投，目标一致，很快就和好如初，像齐刷刷的梳齿。我决定加入这支驼队，跟着他们一起走，陪他们一起戏娱解闷。这支驼队像是在赶路，无论停留歇息或发现水源都不耽搁过长时间，骆驼不累绝不打尖，夜里也是如此。那天夜晚漫长漆黑，没有月亮。我们边赶路边企盼着长夜赶快过去，曙光尽早到来。正当我们精疲力竭、困倦难支之时，我们走上了一处充满凉意的高岗。清风习习，拂面而来。众人决定就在此地过夜，不再前行。于是纷纷解缰卧驼，就地睡觉。一阵嘈杂过后，鼾声四起。当众人的鼾声和骆驼的喷鼻声都匀静下来后，我突然听到不远处有人说话。一个人问另一个人："你与邻里和亲属相处得好吗？"那人回答："我关心每一位邻里，哪怕他不走正道；我和每个人都交往，哪怕他有权有势；我容忍一切乌合之众，哪怕他们作恶多端；我愿意向任何人示好，哪怕他会伤害我；我把朋友看得比兄弟还重，对他们一诺千金，虽然有人不值一文；我对宾客馈

---

① 杜姆亚特，古代历史名城。位于埃及尼罗河东入海口。

赠有加，更对同人多施恩惠；我侍宾如侍主，待友若待长；我信任每个朋友，托他保管我的贵重物品；我放心每个驼友，让他分享我的物品；我说话和气，哪怕对恶人；我关心每个驼友，遇到掉队会多方寻找；我从不计较诺多付少，不在乎有报无报，一直以德报怨，以善对恶！"

问他的人对他说："你的心太好了，太难为你了！孩子，你应该懂得，对人要以善对善，以价比价。我这次就是来帮你的。孩子，要记住：拒绝公平的人我不善待他；不讲理的人不能认他为兄弟；让人失望的人不能助他；无情无义的人绝不能关照；不了解我能力的人我不迁就；无诚信的人我不屈从；我不会认敌为友，让威胁我的人得逞，更不会向敌人行善。我不会把我的关心付给以伤害我而取乐的人，更不会关怀那些对我的死幸灾乐祸的人。我只会向爱我的人馈赠，只会向心善的人求医，而不会与危难时不伸手的人交往，不会对巴望我死的人敞开心胸。我不会向不义之人祈告，向无用之人示好。你想想，难道我会去做我成功，你心痛，我文雅，你粗野，我高兴，你郁闷，我发光，你熄火的事？不会这样！我们应该说话一致，行动一致，以免受骗上当，招人忌恨。如果不这样做，就会出现我为你解渴，你却使我得病；我抬高你，你反而蔑视我；我为你赚钱，你却欺负我；我越亲近你，你越疏远我的事。公平与不义怎能兼得，阳光与乌云怎能同在？何时友好能与暴虐相容？又有哪位君子能容忍屈辱？你听为父作的这首诗，你看它说得多好：

> 吾只奖赏友善君，彼之友善出内心。
> 衡量友谊相互比，忠诚是否为纯品。
> 只要有恶不少算，今比昔少计得准。
> 就事论事赏罚明，面对任何欲索人。
> 让人受骗非己愿，不甘吃亏己受损。
> 若非真正待正义，以牙还牙吾不仁。
> 休误吾会迷假面，伪善之君莫自信。
> 无知小人难明了，看人计债吾之本。
> 视人皆蠢可休矣，彼类有如墓中魂。
> 可饰面目不清者，为之扮装觉可亲。
> 远离污你贪财者，莫要与之论情分。

哈里斯君言道：当我听清了他们二人之间的谈话后，我非常想认清他们是谁，并和他们认识。当太阳之子——晨曦出现在天边，大地披上了光明的时候，趁着驼队的人还都没醒来，我早早地起身了，向夜里发出谈话声的地方寻去。我仔细辨认着每个人的脸，终于在其中发现了艾布·栽德和他的儿子，两个人都穿得破破烂烂。我认定，他们俩就是夜里交谈的主角。过去对他们的好感和眼前对他们境遇的怜悯促使我热情邀请他们二人到我的驼队中来，向他们炫耀我所在的这个驼队的富足。我同时在驼友中起劲宣传他们二人的美德，鼓动众人向他们施舍。他们父子俩很快就收了个囊满袋鼓，并且变成了众人的朋友。这时，我们在歇脚处看到了远处出现了村庄和炊烟。艾布·栽德看到口袋再也装不下了,就对我说:"我满身是土,污秽不堪,能否允许我们到前面村子里去洗一下?"我说:"你们快去快回,洗完一定要回来!"他说:"我们会尽快返回!你会看到我出现在你的面前!"说完,他就像赛马场上的骑士,飞奔而去,一边跑一边对他儿子喊:"快!快!"我们开始等他回来。等啊等啊,就像盼望节日的到来,一直等到傍晚,一个白天就这样白白过去了。我们谁都没有想到,他会欺骗我们,用这种方式趁机溜掉。我对众人说:"看来此人非君子,不诚实!我们耽搁得太久了,不要再想那个粪堆上的花,准备启程吧!"说完,我开始整理驼具,做出发的准备。我突然发现,在我的驼鞍上有艾布·栽德先生写下的字:

帮我之君请见谅,心中不悦理应当。
但求离去莫误解,绝非不义与狂妄。

本人永遵先知示,受邀吃饱即离场。①

哈里斯君言道:我随即向众人宣读了他写的话,以求众人谅解他。众人惊叹此事神奇,似乎此人为精灵,纷纷祈求安拉保佑,免灾避祸。

---

① 见《古兰经》同盟军章:53节。

第五篇　库　法

哈里斯·本·哈马姆君言道：有一次我在库法城过夜。那天夜里黑白分明，夜幕浓垂，月光明亮。它像一个银环，在天上遥望。那晚和我在一起的是一群口才堪比萨哈班①的文人雅士，众人坦诚相叙，各个畅所欲言，滔滔不绝，口若悬河，似乎忘了世上还有大演说家萨哈班。诸君谈兴越来越浓，一直谈到月亮隐去，大地漆黑。正在这时，门外传来了狗吠声，紧接着是敲门声。我问："深更半夜，何人敲门？"敲门人答道：

> 有家之人请听言，安拉为你保平安。
> 黑夜送客到门前，蓬头垢面土盖脸。
> 长途跋涉返家来，佝偻瘦弱难辨颜。
> 犹如月牙刚出现，来到你家求救难。
> 但愿善人尚未睡，让我歇息把气喘。
> 无所乞求无多愿，舍口吃食心就甘。
> 日后为君扬功德，行善美德天下传。

哈里斯君言道：当时我们被他动听的口才所迷惑，就为他开了门，

---

① 萨哈班，即萨哈班·瓦依勒（？—674），阿拉伯伍麦叶王朝初期著名演说家。

欢迎他进屋。来人说:"感谢你们的接待,不想打扰你们,给你们添麻烦。不要为我准备饮食,吃多了要伤身,倒胃口。太客气了对大家都是负担。俗话说得好,'最好的晚餐要在天黑前吃,不要在黑暗中吃,除非太饿和想熬夜'。"

哈里斯言道:看来此人是想用这些客套话树立一个好人形象,也为了先了解一下我们的意图——打算怎样接待他,好让我们心悦诚服地听他摆布。这时,仆人端来了食品,点亮了油灯。我定睛一看,此人正是艾布·栽德先生。我马上对众人说:"好运来了,让我们欢呼吧!你们看夜空,天狼星落了,但屋里一颗诗星升起来了;角宿被遮住了,但屋里亮起了一颗文宿。"众人非常高兴,一下子困意全无,重新说笑起来。而这位栽德也不再客套,专心吃喝起来。等他吃饱喝足后,我对他说:"给我们讲讲你经历过的异闻奇事,让大家开开心!"艾布·栽德说:"我确实经历过很多外人闻所未闻、见所未见的奇事。但最稀奇的还是今夜我到你们这里来之前所遇到的事。"众人催促他赶快说,他言道:"我离开家乡漂泊此地,囊空如洗,饥饿难耐,只得在夜深人静之时,出门乞讨。一种神奇之缘冥冥中把我引到一户门前,我马上开口乞求:

　　此门房主听祝福,你家安逸又富足。
　　没有出门索食者,不怕夜讨被人侮。
　　饥肠辘辘痛难忍,两月多来无果腹。
　　四顾难寻立足地,无处安身对夜幕。
　　不知所措走无路,难道你家也不助?
　　何时听到召唤语,快请快吃快进屋!

"这时,从门里走出来一个穿着坎肩儿的小孩,对我说:

圣祖亚伯^①极豪爽,朝觐之地建天房。
无物接济求告者,只有训经与空堂。
因饿难眠皮包骨,怎能接待客来访?
有谁见此稀罕事,如此行事太荒唐。

"我心里琢磨,这么有文才的孩子,这么穷的家,这是怎么回事。就问他:'孩子你叫什么名字?'那个孩子说:'我名叫栽德,出生在费德②。跟着本族舅,昨日才到这。''然后呢?'我急忙问。'我母本名芭拉,恰如其名好妈③,战乱之年出嫁,嫁到苏鲁吉城,阿散部族人家。夫君异常

---

① 亚伯即易卜拉欣,伊斯兰教先知之首,天房建造者。
② 费德,位于麦加通往巴格达一半路程一处绿洲。
③ 此名阿拉伯语词义之一为慈爱。

精明，临盆时刻离家，至今不知在哪，是死是活无话。'"

艾布·栽德说："孩子所说完全属实。站在我面前的竟是我的儿子！但我当时两手空空，拿不出任何东西来，怎么认他？我心如刀绞，泪流满面，只能暂不相认。各位智者，你们有谁听过比这还离奇之事？"众人异口同声："没有，连书中都没提到过！""那你们把它记下来，编进有关奇闻的书中去，让它传于后世。"众人马上找来纸笔，按他所述逐字记录，边记边询问细节，以免遗漏，并请求他和儿子相认。他说："我如果有钱，能养活我的儿子，我当然会认！"众人善心发现，马上说："我们凑足一笔钱给你，与应缴天课之数相当的钱够不够？"他说："这么大一笔钱只有疯子才不要！"众人随即每人均摊一份，并写下字据。他千恩万谢，感激不尽。众人也好话不绝，一再致歉钱给得太少。然后大家又通宵夜谈。

我不再埋怨此夜之黑，直到曦光来临。一个心情愉快的夜晚就这样过去了。当太阳升起来后，栽德先生说："各位，该结账了！有钱了，我可以帮助我的儿子,使他尽快长大成人。"当他的钱袋装满的时候,脸上皱纹舒展,容光焕发。他得意地对我说:"你干得不错,可以做我的继承人了!"这时,我对他说:"我想去看看你的贵公子。"一听这话,他用一种异样的眼光看着我,随即大笑起来,笑得满脸是泪。然后对我说:

蜃景当真实可怜,君子竟信吾谎言。
骗术小试不相瞒,目的手段很明显。
并无老婆叫芭拉,更无儿子现眼前。
唯有迷计随身带,无师自通随意演。
艾斯玛依没授过,库玛依特书未编。①
计谋仅为作手段,想获利时就来练。
假若洗手不再干,从此再也没有钱。
倘若判此为犯案,向君赔罪多包涵。

吟完后,向我告辞而去。我尴尬之极,如坐针毡,心痛无比!

---

① 艾斯玛依,全名艾布·赛义德·阿卜杜勒·麦利克(740—828),阿拔斯王朝初期著名语言学家和文学家。
库玛依特,全名栽德·本·赫尼斯(680—744),伍麦叶王朝后期著名诗人,有诗集传世。

第六篇　马拉盖

哈里斯·本·哈马姆君言道：那一年，我供职于马拉盖①的文书署衙，署衙里集中了当地的一批文章高手。有一次，这些学究们在一起议论起了文笔高低的问题。他们一致认为，当今文坛后继无人，新生代写出的东西平淡无奇，没任何新意，虽然有人有像萨哈班那样的口才，但文笔就像一个离不开大人的孩子。

那天正好有一位老者坐在屋子的边角处听他们议论，谁也没有注意到他，因为他旁边就是仆人站的地方了。他很仔细地听着那些笔杆子们的高谈阔论，每当听到他们的论断太离谱，便侧目以示，嗤之以鼻，就像一支被拉紧了弓的箭，随时准备起来反驳他们。当那些人终于谈完一个话题，一时未找着新话题，全场声音减弱，争论降温，怒气消退，陷入沉默之时，他走到学究们面前，对他们说："你们的话荒谬之极，完全错误！你们推崇已成朽骨的前人，偏袒前辈的文人，夸大其词，厚古薄今，太过分了！诸位批评家、评论家，你们怎么能指责可爱的新生代呢？你们难道忘了他们所表现出来的聪明才智、真知灼见？青出于蓝而胜于蓝。他们行文用词规范，比喻恰到好处，修辞新颖华美，用韵精巧奇妙。你们仔细想想，难道前辈人就没有内容单薄、表达含混、文笔晦涩、食古不化

---

① 马拉盖，古代历史名城，现为伊朗东阿塞拜疆省南部城市。

的弊端？我们提及他们，只是因为他们生得比我们早，而不是因为他们一定比我们好。新生代的文章字字珠玑，妙笔生花，美不胜收。我现在就知道有一个先生能即席运笔，出口成章，铺叙义远，简述句美，随叫随写，如有神助。"

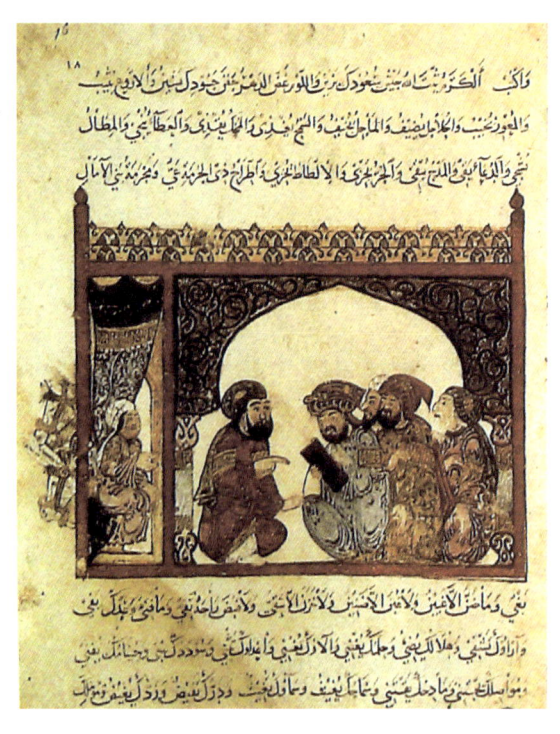

听到此，署侮里一位资格最老、最受敬重的长者发话了："哪里能有这样水平的人？能打磨出这样光的石头？"那位老者说："他既是你的对手，又是你的同行。如果你想知道他是谁，你应该体面客气地请他，你就会看到奇迹。"到这时，在场的所有人都已明白，他指的就是他自己。长者不屑地说："真怪了！小鸟飞到这里想变成鹰？在我们这儿，碎石和银子是很容易分得清的！谁要是自找不愉快，成为众矢之的，是很难逃脱的。自己找病不好治；自泼尘土不好洗！先生，听我一句话，还是给自己留点儿后路，不要让脸面丢光！"老者答道："人贵有自知之明，几斤几两，自己最清楚，黑夜与白天自会分晓。"在场的学究们、笔杆子们纷纷议论起来，是不是探探他的深浅？其中有一个人自告奋勇说："让我来试试他，考考他的本事！我出的题是试金石，一试便知。咱们就像哈瓦利吉派的人选艾布·纳麦①做首领那样让他担此重任，这样做最保险。"

说完，他来到老者面前，对他说："你知道，我认识本地总督。我从家乡到这里来本来是想向总督陈情，获得大人的资助，以改善家庭境况。本人府上从前尚殷实，人口也少，因此帮助家乡父老做了一些善事。后来，人口越来越多，积蓄越来越少，只能从各方面紧缩开支，勉强度日。我希望总督大人能体谅我的难处，帮我渡过难关。那天，总督见到我时很高兴，但临告退时对我说：'先生乃文人，本督决定不批救济与你，除非先生能在离开本地之前写出一篇申述状，讲明情况，提出要求。此状必须这样写：前一词全部是无点的字母，后一词全部是有点的字母，通篇如此，无有例外。'本人实在无能为力，求人帮忙也无人敢应。每天冥思苦想，毫无头绪。先生，如果你想叫我们相信你的话，那就请代写此状，用事实来证明。"老者对他说："先生这是向激流讨水，向乌云求雨。你把弓箭给了射手，把房子给了盖房人——真是找对人了！"老者静了静神，思索了一会儿，对那人说：请过来，准备好纸笔，我说你写：

  总督大人，安拉赐你大富大贵。大人素以慈悲为怀，以责罚为耻。恩德永赞，善目永张，毒眼永闭，伪善永降。自古善者豪爽亲民，伪者扰民心慌；宽厚使民得利，吝啬使民心伤；施舍救民水火，欠诺使民遭殃；赞主使人心清，祈祷使心设防；贤君必有好报，不义必受其创；近尊避入歧途，禁志若施虐狂；欺骗吝啬相依，二者互促互养；小民知钱不易，财奴从不畏上。

  大人，你的承诺尚未现，你的示下正执行，你的忍耐将到头，你的明月正上升，你的敌人正俯首，你的恩德正加增，你的宝剑

---

① 哈瓦利吉派，伊斯兰教什叶派一支派。
艾布·纳麦，即卡塔里·本·富加（？—697），本为一平民诗人，后被哈瓦利吉派人选为首领，在位十三年后死于战中。

将退役,你的权势正扩充,你的交往正兴盛,你的赞者正蜂拥,你的胸襟愈增容,你的天空雨正浓,你的恩惠施不停,从不拒绝上门翁。

大人,老朽一贫如洗,唯愿重收昔日之气,重写美文赞语,再献重金厚礼,求顾微薄之乞。小人人缘普誉,口碑称许。只因添丁增女,生活难济,捉襟见肘,奔波劳力。早添华丝,忧容泪洗,心烦焦虑,忧愁不离,悲伤不已。求助不遇,担惊忍惧,难有宁日。温情不续,满面愁绪。素心尚守将移,手足虽和已虚,怨气强忍人离。

恳请大人降尊赐福,为民救急,恩泽广施,为民抚恤。伸手相助,医治苦疾,体恤老者,安度残期,为盼赐怜,翘首垂睐。

当老者随着即兴口授的申述状录写完毕,其出众的文才功底也进行了完美的展示,在场的人无不心服口服。他们一个个主动献殷勤,一个劲儿地表示感谢,纷纷询问他的家族和地望。老者随即吟诗一首,权作回答:

阿散部族吾所属,苏鲁吉乃出生地。
吾族荣耀似太阳,崇高伟大无可比。
家宅犹如大花园,清新宁静美之极。
童年生活真甜蜜,幸福享受乐无际。
当年牵衣园中嬉,决心已然埋心里。
昂首人生青年时,荣华富贵追不弃。
不怕灾难不怕苦,不惧道路多崎岖。
痛苦与我实有益,否则早已倒在地。
倘若昔日能赎回,愿用生命换过去。
新生一代有自尊,不当牲畜被人骑。
环套鼻上人人牵,一生屈辱到死期。

宁死要做雄狮立，拒被恶狗牵吾鼻。
狼与邪恶伴终生，哪怕有时无恶迹。
假若豺狼能向善，天下从此皆正义。

消息很快传到总督大人耳中，总督大喜，重赏老者金银财宝，并决定把他册编为幕僚，委任他为文书署长官，老者坚辞不受。

传述人哈里斯君言道：实际上我在老者之树尚未结果时就已经知道此为何树了，在老者之月尚未发光前就已经知道光有多亮了。他也知道我认出了他，不断用眼睛向我暗示，不要乱说，替他保密。

当他把总督的赏赐装满行囊，准备以胜利者的姿态离去时，我特意出门送他。一为履行做朋友的义务，二想责备他不该拒绝总督的委任。他听完我的话后，马上又占诗一首，扬长而去：

一生喜做四方游，虽穷胜过官场狱。
长官不解吾心志，为难于我蠢之极。
彼辈善人难为继，为官总要盼升级。
蜃景虽美莫被骗，不明之事不参与。
多少梦者为梦喜，醒来成空惹心悸。

第七篇　巴尔卡伊

哈里斯·本·哈马姆君言道：有一次，正当我准备离开巴尔卡伊市①时赶上了一个节日，遂决定留下过节。那一天，我遇到了一群穿着节日盛装出城举行礼拜仪式的人群，我决定跟他们一起到城外做礼拜。就在我和众人在一座清真寺里做完礼拜后，从人群中冒出了一位老者。他穿着毛线外套，蒙着双眼，手拿着一个像是马料袋的东西，一个女妖似的老太婆拉着他。他站在人群前，酷似一位虚弱的病人。只见他用微弱的声音向众人问候后，伸手从袋子里掏出了一沓纸片递给老太婆，让她分发给众人。我有幸也拿到了一张，展开一看，上面写的是：

　　本人不幸被人害，双目失明全身伤。
　　奸佞小人不容我，病病难消心恐慌。
　　只因穷困遭人恨，友离亲散走他乡。
　　老爷大人多不义，生活无着苦尽尝。
　　水深火热受熬煎，避穷逃难荡四方。
　　衣衫褴褛勉遮身，麻木呆傻无人样。
　　但愿安拉伸援手，救我与儿避祸殃。

---

① 巴尔卡伊，古代历史名城，即今伊拉克迪亚拉省省会巴古拜。

心中难去思儿苦，久之成病日夜想。
否则不会托亲属，低声下气求相帮。
最想站在壁龛前，衣着虽破有荣光。
唯望善公都伸手，钱物均可不勉强。

哈里斯君言道：当我读完这些诗句，一股同情心油然而生，急切地想知道写诗的人是谁。心中暗想，这个老太婆很可能知道，就一直等着她。只见她在祈祷人中一行人一行人地分发纸条，但所有人看了后没有一个人掏钱给她。她又一个人一个人地去把纸条收回来。鬼使神差，她竟忘了来收我的纸条。她把收到的纸条又交给那位盲者，一边交一边向他哭诉世道的不公，竟没有一个人给钱。盲者对她说："我已把一切都托付给安拉了，听天由命吧！"随即吟道：

世无真情在，更无真善人。

坏心无高下，难找真贵人。

然后问老太婆："纸条都收回来了吗？清点了吗？"

老太婆回答："清点了，少了一张！"

盲者马上怒斥她："贱妇！没网怎么打猎？没捻怎么点火？小草能顶大柴烧。你快回去找！把丢的那张找回来！"

老妇人又顺原路回去一个一个地问，问到我跟前时，我手拿着纸条和一枚金币，一块碎银，手指着金币对她说："如果你想要这个，就把你们两人的事告诉我！如果不想说，就拿着这块碎银去吧！"她眼睛盯着那枚金币，说："别绕弯子！想问什么？"我问她那位老盲人何许人也，何方人士，纸条上的诗是怎么回事。老妇人答："他是苏鲁吉那地方的人，诗是他写的。"说完，一把夺下我手中的金币，转身钻出人群。

我心中暗想，那老瞎子可能是栽德。他什么时候变成瞎子了？我要出其不意，突然出现在他的面前，以检验我的判断力。他现在正在前面教训做礼拜的众人，我不想得罪正在听他训诫的民众，更不想引起他的注意。我耐心地和众人一起听他训道。我调动起伊本·阿拔斯①的聪慧和伊亚斯②的机敏，仔细观察着他，一直到他讲完准备起身离去，我才走上前去，邀请他一起就餐。他也认出了我，显得很高兴，愉快地接受了我的邀请。我走在前面为他引路，那个老太婆也跟着来到了我的家。进得家门，先给他端来了餐前便点。这时候，他问我："这里还有别人吗？"我说："没有，只有那个老太婆。"他说："对她不保密！"说完，他一下子解开了蒙眼布，迅速转动眼珠子。脸上就像一下子亮起了两盏灯，更像亮起了两颗北斗星。我很高兴他又恢复了视力，但我心情仍然平静不下来，心存疑问，迫不及待地问他："你是怎么跑到这儿来的？为什么要装瞎子？"他故意装作

---

① 伊本·阿拔斯（619—687），先知堂弟，圣训主要传述人，被称为"民族之笔"。
② 伊亚斯（？—839），伍麦叶王朝巴士拉城大法官，以超常的洞察力闻名。

为难的样子,不回答我,只顾欣赏我送给他的东西。过了好一会儿才说:

万物之父曾用计,假装做事失理智。
如今装盲有何奇?只是儿子学老子。

然后,他话锋一转,突然对我说:"你去到旁边的小屋里给我找一点儿草碱①来,我用它来洗洗我的眼睛。它的作用可大了,能用来洗手、润肤、除臭、固齿、健胃。要找有香气的、新磨成的、很光滑的,摸着像香粉,闻着像樟脑,装它的罐也要干净的。再找一些剔牙棍②来,要找好枝条剪的,样子顺溜的,叫人忍不住想咬的,带剑光的,像鲜枝般柔软的。我只好起身去找这些东西,为他搞口腔卫生。我没想到,他是耍了个小手段把

---

① 草碱,古代阿拉伯人用厚岸草制成的粉末,用作洗涤剂。
② 剔牙棍,古代阿拉伯人用一种特殊植物的枝条做成的短棍,既是牙刷,又当牙签,今仍在用。

我支开，更没想到，他实际上是在嘲弄我。当我拿着他要的东西用最快的速度返回时，已经不见了他和老太婆的身影。我怒火中烧，马上四处寻找。但就像是沉到水里或是飞上天空，他和老太婆踪影全无。

第七篇　巴尔卡伊

第八篇　马阿拉

哈里斯·本·哈马姆君言道：有一次，我在马阿拉①城遇到一件奇事。那一天，有两个人来找当地法官打官司。一个人老得已丧失人生两大基本生活乐趣，而另一个则壮如豆蔻树干。来到法官面前，那位老者先起诉道：

"安拉为法官大人和起诉者撑腰！大人，小民本有一女佣。她身段苗条，瓜子脸，性格温顺，干活儿努力。跑起来快得像小马，睡觉安静，不叫不起。她只有一个癖好，喜欢玩锉刀。尤其在最热的七月，她身上老带着线结和线绳，因此老被人用手捏。她有嘴无牙，因用脑过多而常头痛。走路时老拖着东西，让人以为她长着尾巴。她经常被活儿赶得身上一会儿白，一会儿黑。常被逼喝不能饮用的水。她老是反反复复地进屋，出来，又进屋，又出来。她干活儿从不挑地点，更不嫌场地宽敞或狭窄。她对我太有用了，衣服破了，她会替你补上；只要伺候你，就会让你变得漂亮。她有时也会伤着你，让你感觉疼，这时，她会坐立不安。你不找她干活儿，她就会静静地躲在一边，从不打扰你。可是大人，你面前这个小子，那天说是有急事，要借用她干活儿，我就借给了他，也没要任何报酬，只

---

① 马阿拉，古代历史名城，位于今叙利亚哈马与阿勒颇之间，现名迈阿赖努阿曼。中世纪阿拉伯大诗人艾布·阿拉·麦阿里出生于此。

要求他好好对待她，别让她累着了。哪知，这小子借去很长时间才还给我。等他还回来，她已经残废了，没了身价。大人，你说让不让我生气！恳请大人主持公道，帮我挽回损失。"

这时，站在旁边的年轻人说话了：

"大人，他说得没错，但我不是故意的！事实是我有一个男仆，一直寄托在他那里，给他用，没还给我。我这个仆人四肢匀称，出身铁匠。但他很爱清洁，人也很正派。他的作坊一尘不染，就如同人的眼珠。他很善良，很爱美，乐于助人。每次干活儿，都特别照顾眼睛，尤其怕弄脏了嘴。因此，每次干活儿，眼睛总要落泪。他的手艺好，每个活儿都干得有特色。干活儿时还愿意免费为客户提供饮食，不够还多给。更难得的是，他每次活儿都同时做两件，不做一件，因此，人人都愿意用他，感觉用他干活儿身价就高。他每次干完活儿都是和老婆一起离开，虽然老婆并非原配。他很善于美感设计，总是恰到好处，不过分……"

听到这里，法官不耐烦了，打住了他的话，说："到底想说什么？把话说清楚，否则就滚蛋！"

一听此话，年轻人扛不住了，马上抢先说：

> 他借给我针一根，衣服已破补成新。
> 引线拉扯不小心，把针弄断成残品。
> 老人看了刁难我，不准赔钱要赔针。
> 或赔一根同样针，或修断针复原身。
> 得寸进尺意赖账，不还我的涂眼棍①。
> 没棍眼睛不能涂，向他索棍他要针。
> 大人看我多倒霉，请秉公道悯小人。

法官转向那位老者，问他："你呢，有什么要说的，如实道来！"老者开口道：

> 以圣地米那②二尊，起誓话说诚心。
> 假如乾坤助我，从未见过眼棍。
> 没想用钱赎针，更没想换断针。
> 未料难逃厄运，灾难之箭射身。
> 二人其实同病，同忧同苦同根。
> 所想其实一样，不分彼此同心。
> 安拉实在公道，同甘共苦不分。
> 只要没有眼棍，用药涂眼无门。
> 犯错让我为难，要我原谅难允。
> 我俩故事如此，恳请大人明审。

---

① 涂眼棍，阿拉伯传统妇女喜欢眼部化妆，把眼眶描黑，所使用的描笔俗称涂眼棍。
② 圣地指麦加禁寺。米那即米那大寺，又称海夫清真寺，是伊斯兰教仅次于麦加禁寺和麦地那先知寺的第三大寺，始建于公元632年，位于麦加米那山下，距射石处不远。

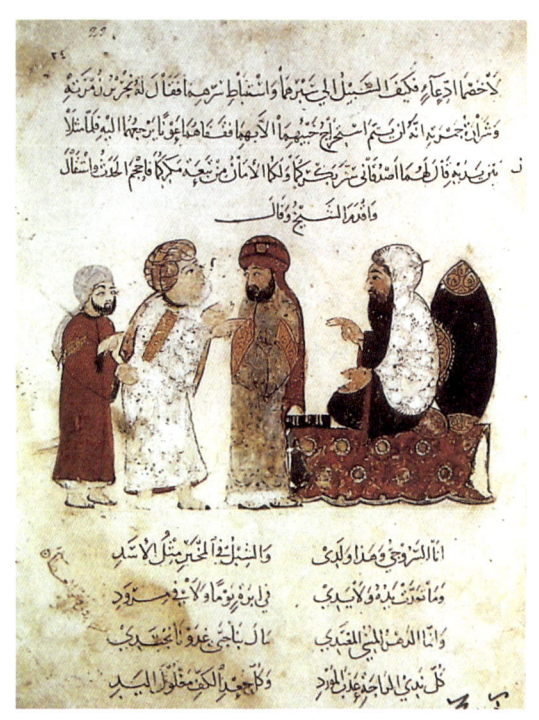

　　法官听完了这一老一小各自的陈述,略一思索,从公案下拿出了一枚金币,对二人说:"拿回去把它分了,不要再争了! 结案!"老人眼疾手快,抢先把金币接到手里,认真辨了真假,对年轻人说:"其中一半儿是我的,算是大人对我的补偿;那一半儿也应该归我,算是你对我的赔偿。应得的权利我不会退让! 走吧,回去拿你的棍儿去吧!"那个年轻人一脸的不高兴,垂头丧气站在那里。法官看出来年轻人心里不服,有些后悔。想了一下,又拿出几枚小面值的金币,给了年轻人,然后对他们俩说:"你二人回去后暂且分开,不要再共事! 不能再起争端,再到我这里打官司,我这里不是钱庄!"两个人这才感恩戴德,高高兴兴地走了。

　　二人走后,法官一直想着这件事,心静不下来,总觉得有些不对头。沉思良久,突然,他醒过神来,对同僚们说:"我明白了,刚才那二人是骗子,不是真来打官司的! 诸位,有什么好主意探知他二人实情?"其中一智多星说:"大人,派一衙役跟踪他二人,然后抓回来重审!"

二人重新被带到法官面前。法官对他们说:"说出实情,平安无事。否则罪加一等!"一听此话,那个年轻人后退了几步,躲在了老者身后。老者走上前来,对法官大人说:

小民本名苏鲁吉,此乃我儿小亲亲。
子随其父如幼狮,虽需调教不失本。
今日之事本一计,既无涂棍也无针。
岁月无情谋生难,父子变成骗讨人。
慷慨之君手常松,吝啬之徒手握紧。
手艺乱用成笑柄,要想获利须用心。
只因口渴欲讨水,即讨即光度日贫。
死亡之期已预见,今日不至明日临。

听完此言,法官惊叹:"精彩之极!你的口才太好了!如果没戏弄本官,你真是个人才!但本官还要奉劝于你要诚信做人,不要搞阴谋诡计。竟敢和法官玩心眼儿,傲视权力。今天算你走运,遇到我了,本官不加罪于你。但要记住,不是所有当权者都宽容,对你这么客气,也不是任何时候都有人良言相劝。"

老者唯唯诺诺,表示谨遵教诲,洗心革面,改邪归正。嘴里虽这样说,但背信二字已经显现在他脑门子上了。

哈里斯君言道:我虽见多识广,但从没见过如此怪事,也从未在任何典籍中读过如此奇闻。

第九篇　亚历山大

哈里斯·本·哈马姆君言道：年轻人的热情和进取心促使我从遥远的东部国土向更遥远的西部边陲漫游。为了增长才干，建功立业，我在各地遍访学者贤达。按常理，一个文人初到陌生的地方应首先拜访当地的当权者，取得他的信任和好感。因他握有生杀大权，一个外人若惹上官司没有他的照应是要吃亏的。因此，为了保护自己，我只要到一个地方，立即先拜访当地首脑，和他建立起亲密无间的关系，成为不分彼此的兄弟。我就这样认识了亚历山大①城的当权者大法官。记得那一天，天比较冷，我来到大人府上做客。他那天正好刚收到一笔救济款，要他分发给需要施舍之民。就在整理款项之际，门外闯进来一男一女两个人。男的看起来很精明，女的很漂亮。只见那个漂亮女人粗暴地拉着那个精明男人，一直把他拉到大人面前，气呼呼地说："大人，小女本是大家闺秀，出身名门望族。我的叔伯、舅父们都是有身份的人。没出嫁时，我谨守妇道，性情温顺，好名声远播在外。因此，当年上门求婚者几乎挤破了门。只因我父一心要找一个手艺人为婿，不喜欢权势者和有钱人，这些人上门提亲不是当面回绝就是过后不理。他发誓要将小女嫁给一个有一技之

---

① 亚历山大，埃及最大海港，位于尼罗河入地中海口。公元332前马其顿国王亚历山大所建。

长、靠手艺吃饭的人,就这样,我被这个男人骗到了手。真是命运的安排,那年他来见我的父亲,当着全族人的面,说他有绝活在身,是穿珍珠①的高手,一串珍珠能卖一万金币。我父亲被他的花言巧语说动了心,也没好好调查他说的话是真是假,就稀里糊涂地把我嫁给了他。哪知等我到了他的家才发现,他是一个地地道道的懒骨头。成天到晚什么事也不做,只知道睡懒觉。这还不算,我陪嫁过来的衣服、什物、家具都被他一件一件拿到市场上很便宜就卖了,而卖的钱都被他挥霍了,甚至我自己的私房钱也没能剩下。就这样坐吃山空,直到家徒四壁,一贫如洗。我对他说:'我们已经陷入绝境,无路可走了。阿鲁斯死后再用不着香水了②,你不是有手艺吗?出去找点事做!'他骗我说,这年头他的手艺不吃香了。珍珠穿得再好也无人赏识,已是市场的滞销货,卖不出价钱来了!大人,我自嫁到他家,就没吃上一口饱饭,孩子瘦得像柴火棍。我每天以泪洗面,度日如年,实在受不了了。所以,大人,今天我把他硬拽到你这里来,就是想让你看看他到底是个什么人,让你给评评理!"

大法官走到那个男人面前,对他说:"你老婆讲清楚了,轮到你了!还有什么话说?要是说不出个所以然来,你就别想回去了!"

那个男人开始一直低着头不作声,沉默了一会儿,他的头突然如蝰蛇般高昂起来,就像一个即将奔向战场的战士,斗志昂扬地开始说话了:

> 法官大人请听言,苦笑悲情和泪端。
> 行为高尚无可疑,品德端正可圈点。
> 苏鲁吉乃出生地,所属部族为阿散。
> 师爷为业做学问,一生追求永钻研。
> 经纶满腹文气盛,吟诗论句才无限。
> 日日畅游知识海,稀珍美贝任挑拣。

---

① 此为阿拉伯语双关语,既有穿珍珠之意,又有编写诗歌之意。
② 此为阿拉伯成语。阿鲁斯为一女子前夫,他死后此女再嫁,第二任丈夫要她抹香水,她说了此话。意为嫁鸡随鸡,嫁狗随狗。

时时徜徉文学园，奇花异果随采选。
他人拟句似银白，吾稍打磨金光闪。
一生为文生计路，饥饱悬于卖文钱。
吾足高贵永向上，志登文坛最高端。
虽然常有报喜来，唯愿天大喜讯传。
今日文坛被冷落，文市萧条文章贱。
文人荣誉遭漠视，文人之友被疏远。
陈尸腐肉文章臭，人人避之唯恐沾。
百思不解此劫难，漫漫长夜愁难眠。
束手无策对不幸，心事重重忧难断。
在劫难逃绝望地，无颜祖先苦堪言。
一无所有典卖尽，借贷为生苟延喘。
命悬一线债顶吊，日重一日压如山。
滴米未进已五日，饥饿难忍肠欲翻。
往返市场家什卖，心中忐忑不忍看。
每卖一件都自责，痛苦万分泪满脸。
当年求婚未行骗，虽不正派尚可原。
花言只说有限话，巧语谨慎不惹烦。
会穿珍珠手艺精，意指写诗佳句连。
此言难说不真意，为要娶她让嘴甜。
可恶彼类求婚人，逐臭苍蝇嗡嗡转。
吾计正常有真诚，并非恶意耍手段。
双手自幼捧书文，从未弃文抚他弦。
用吾之才撰奇句，犹如编缀美项链。
用吾之慧润妙诗，恰似瑰丽珍珠串。
所谓手艺意如是，谋生唯端此饭碗。
解释至此无他话，请求大人公平断。

当那位男人终于收住了他的妙语连珠之口，被美妙诗句迷住的法官大人半天没醒过神来，依然沉浸在欣赏状态中。过了好一会儿，才意识到诗歌朗诵已经结束。这才定了定神，转向那位漂亮女人说：

"今日社会慷慨君子几近绝迹，吝啬之徒充斥各地。今日终于有幸得见一位君子，难得！你丈夫刚才说的话你都听见了，我觉得他说的都是真心话，他是无辜的。你看他承认借债，表明他真诚、实在。他瘦成这样，肯定吃了不少苦。他不隐瞒贫穷，执着地等待生活好转，难得！跟他回家去吧，原谅他！不准再对他发脾气！我们都应认命！"说着，他伸手从那堆救济款中最大限度地抓起一把金币，施舍给他们二人，继续说："把这些钱拿回去，好好过日子！权当是对你们的安慰，消消气，解解困。过日子不容易，要能承受，安拉会保佑你们的！"那对夫妻高高兴兴地走了。尤其那个男的，高兴得就像刚被解开手铐的犯人，更像一个突然暴富的穷光蛋。

哈里斯君言道：其实，从射出第一缕阳光时我就已经认出那个男人就是栽德，当时差一点儿在法官面前揭穿他。我担心法官大人被他的花言巧语所迷惑，看不出他是用表面承认换取对他的好感，但一直犹豫不决，没有开口。等到这对夫妻走了后，我决定把他的真实身份告诉法官，请他派人把他们追回来查明真相。法官随即派了一名下属去追，同时嘱咐他暗中探访有关他的情况。没过多久，那名下属就一个人回来了，边走边哈哈大笑。法官摸不着头脑，问他怎么回事。下属说：我出去没走多久就看见他们俩了。那个男人高兴得手舞足蹈，在路上边跳边唱，满嘴胡言乱语，说什么：

倘若不是大人善，今日必定遭大难。
只因手段太下贱，本该受刑或坐监。

一听此言，法官也笑得前仰后合，帽子都笑歪了。笑完后，他一本正经地对那位下属说："应该尊重怨民，不能拘禁学者。你再去一趟，一定要把他俩找回来!"这一次,那位下属在城市各处认真找了一圈,然后垂头丧气地回来禀报说没有找到。法官对他说:"如果他下一次再来,告诉他,用不着提心吊胆,我还会给他相应的施舍。让他知道,第二次会比第一次更好。"

哈里斯君言道:当我看到大法官对此人已产生了好感,我的提醒失效后,我想起了大诗人法拉兹达格①当年把妻子娜娃休掉后写的后悔诗,和库塞伊②天亮后看清射箭结果时的懊悔诗。

---

① 法拉兹达格(641—733),阿拉伯伍麦叶王朝时著名大诗人。
② 库塞伊,阿拉伯成语故事中的人物。相传牧人库塞伊善做神弓,有一次,他用心做了一把弓,做好后,夜里对着远处石头试射。连射三次都认为没射中,气得砸碎了弓。等天亮后一看,三次都射中了,懊悔之极。成语"懊悔有如库塞伊"随之流传,直到今天。

第十篇　拉哈比

哈里斯·本·哈马姆君言道：有一次，冥冥中忽然觉得心灵在呼唤我，让我到拉哈比①城走一趟。我没敢耽误，立即骑上一匹快驼直奔它而去。赶到城边后，我找到一处空地，支起了帐篷，然后沐浴理须，准备休息一下就进城拜客。就在这时，一阵吵闹声引起了我的注意，循声音望去，一个男孩子出现在我的眼前。只见他长得眉清目秀，穿得干干净净。他正被一位老者死死地拉住，不让他走。从两人的争吵声中听出，那位老者说那个孩子是凶手，杀死了他的儿子，而那个孩子竭力否认。两人越吵越凶，吸引了很多路人围观。后来看实在吵不出个结果来，就决定去见官。而当时本地的当权者也正有官司在身，有人告他有恋童癖，搞同性恋。因他过分地喜欢男孩子，不喜欢女孩子。

老者拉着孩子来到长官大人面前，告那个孩子杀人。长官大人一见到那个孩子，立刻就迷上了他那张漂亮的脸蛋儿。听完了老者的控告，他转身询问那个孩子，孩子大声分辩："他完全是胡说八道！我根本没杀人！这个老头是有意害我！"长官大人对那个老者说："你必须找两位本地穆斯林为你做证，否则，你就得郑重立下誓言，保证所言为实。"老者说："这

---

① 拉哈比，古代历史名城，建于阿拔斯王朝初期。位于底格里斯河中游岸边，距大马士革八天驼程。

太欺负人了！我是个外乡人，此地人生地不熟，我上哪儿去找证人？还不如让这个孩子发誓，就知道我说的话是真是假！让我来教他怎么发誓。"长官说："好吧，你失子心痛，你来教他起誓！"老者对那个孩子说："你跟我学：我以塑造我美貌形象的安拉起誓——他用漂亮的刘海打扮我的前额；用黑白分明的瞳珠镶嵌我的秀眼；用浓密的发丝装扮我的美眉；用整齐的亮齿撑起我的甜唇；用高耸的鼻骨架起我的俊鼻；用红润的嫩肤贴出我的俏脸；用柔软的娇膜装饰我的玉手；用苗条的身姿美化我的细腰——我起誓：我没有杀死你的儿子，无论是有意无意！我没有用剑刺进他的喉咙！我要是说谎，就让我的眼睛变瞎，脸上长斑，毛发脱落，牙齿发青，双颊发暗，皮肤发黑，嘴巴发臭！"

那个孩子说："我不发这种倒霉的誓言，要遭报应的！从来没有人起过这样的毒誓！"但是那个老者坚持要求他来发这种他自己独创的、别出心裁的、用心险恶的誓言，两人又激烈地争执起来。长官大人看在眼里，越看越揪心，越看越觉得那个孩子可怜、可爱、可亲，他的心不知不觉地被那个孩子紧紧抓住了。他想利用这个机会让孩子摆脱困境，供自己享用。于是，他对那个老者说："难道没有更好的办法吗？"老者问："你指的是什么办法？"长官说："你放过这个孩子，不要再争谁是谁非了！我给你一百金币作为补偿，如何？"老者说："我没意见，你可不能反悔！"说完，长官大人随即掏出二十枚金币，然后把差额摊派到下属幕僚身上，命令他们捐款，人人都要拿出钱来。就这样，凑足了五十枚金币。这时，天已近傍晚，筹款之事只好暂停。长官大人对老者说："这五十枚金币你先拿走，这个孩子留在我这里，明日我会把剩余的那五十枚金币付给你！"没想到那个老者说："我有一个条件，就是今天夜里这个孩子得和我在一起，我会找人看着他。到明天上午，你与我结清剩余的五十金币后，蛋与小鸡就没关系了①。"长官大人说："看来你还不是一个不讲理的人，也不是太贪心的人！"

哈里斯君言道：当我看到那个老者使用了伊本·苏拉吉②的鬼祟把戏，就意识到此人肯定是苏鲁吉家族的杰出成员，我决定要确定一下是不是栽德又现身了。我在长官府前一直等到天黑，等到看热闹的人群都散去之后，终于在官府庭院里看到了那一老一小。老的站在小的身边，就像是他的保镖。我指主发誓，那个老的就是栽德无疑，无论他怎么化装。我立刻上前问候，他显得心情很好，见到我并不惊讶。寒暄后，我问他："这位令大人着迷的小公子为何人哪？"他答："他是我儿子，是我赚钱的帮手。"我继续问他："你把他的聪明才智开发到这种地步，甚至让长官大人魂不守舍，该知足了吧？"他答："等我把那五十金币拿到手再说。"然后他主动说："今晚上住到我那里去吧！我们在一起叙叙旧。我决定明晨天一亮就离开此地，让长官大人懊悔去吧！"

哈里斯君言道：那天夜里我和栽德长谈了一夜，闻着林木的幽香，花草的鲜味，心情很愉快。第二天天刚亮，栽德父子俩就上路了。临行前，

---

① 此为阿拉伯古代成语，意为脱离干系、分道扬镳。
② 伊本·苏拉吉（？—918），阿拔斯王朝时教义学家，善于论辩。

他把一件密封的信札交给我，说："等到长官大人坐立不安，调查我的行踪时再交给他！"看到两人的骑驼走远了，我迫不及待，立刻撕开信札。里面是一首诗，诗中写道：

> 特向大人致歉言，未辞已去心不安。
> 怒火中烧钱被骗，倒霉之极失心肝。
> 仅因恋童损金银，一世白活瞎了眼。
> 奉劝大人暂息怒，已看走眼挽回难①。
> 损失再大不算灾，难比侯公在当年②。
> 接受教训为上策，吃堑长智增才干。
> 误判羚羊捕捉易，失算只因心过贪。
> 并非有笼鸟都进，哪怕笼室纯金编。
> 莫学为鞋失驼汉③，贪心不足下场惨。
> 莫盼闪电耀眼亮，炸雷夺命在眼前。
> 应闭双目使心静，莫再乱性辱衣穿。
> 灾难之源乃欲望，欲望种子为贪婪。

哈里斯君言道：读完此诗，我马上把它撕得粉碎，什么话也不想说了。

---

① 此为阿拉伯古代成语。意为开始没注意，看走眼的东西，过后想起来再往回找是很难的。
② 侯赛因（625—680），第四位正统哈里发阿里之二子。公元680年1月10日被伍麦叶王朝创建者穆阿维叶军队杀死在今伊拉克卡尔巴拉。
③ 阿拉伯古代成语故事。一个人到侯奈因处买鞋，嫌价高没买。侯奈因故意把两只鞋分别扔在那人回家的路上。那人捡到第一只鞋，以为占了便宜，又下驼步行去找第二只鞋，侯奈因趁机偷走了他的驼和驮着的东西，那人只提着两只鞋回家了。意为得不偿失，偷鸡不成蚀把米。

第十一篇 萨 韦

哈里斯·本·哈马姆君言道：我曾在小城萨韦①度过一段舒服的日子，每天沉浸在娱乐、消遣之中。有一天，我突然感到一丝恐惧，觉得自己做错了什么。遂开始反省自己，祈求安拉宽恕，并想以先人逝者为殷鉴，接受他们的教训。因此，我决定到墓园去探访亡人，体验末日。那一天，墓园里人很多，有挖墓坑的、有送殡的、有举行葬礼的。我不知不觉加入到了一群参加葬礼的人中间，和他们一起追思忏悔，缅怀寄慰。就在人们告慰祝愿的话说完、准备将逝者下葬时，突然从人群中跳出一位老者，他腰里别了一根棍子，一件大袍从上到下遮住了半边脸，脸部很明显是化妆过的。只见他跳到一个高台上，大声向众人喊道：

"你们看到了吧，人人都会有此下场！蠢人们，该清醒了！庸人们，该努力了！明白人应该更明白了！你们为什么不悲痛？你们为什么不恐惧？你们为什么不关心生死大事，不准备迎接死亡？你们为什么不以死者为戒，接受教训？你们为什么不因担心亲属的离去，而愁肠寸断？你们今天来为死者送葬，心却不在死者身上。心里想的是，'他终于死了，总算摆脱了对他的责任，可以不再管他了。'但你们以后生活有困难，还会抱怨他。最终，你们会把死者遗忘。你们将因此而穷困，因穷困而卑贱。最后将

---

① 萨韦，位于今伊朗首都德黑兰与省会哈马丹之间的一座古城。

眼睁睁地看着家庭的败落、散亡。看看你们在葬礼时的表现，有人节庆时不笑，却在葬礼时笑；有人走在送葬行列中大摇大摆，趾高气扬，而平时就是得了大奖也不会这样走路；你们有人借葬礼之机大摆宴席，大吃大喝，却制止哭丧人哭诉死者的恩德，好像他干扰了你们大快朵颐的快感！你们有人甚至对丧宴挑肥拣瘦，却把亡人之母丢在一边，不暇一顾。既对死者漫不经心，更对生者冷漠无情。你们装作对死者负责的样子，对其评头论足，你们以为已得到宽恕，以后会平安无事、一帆风顺。你们完全想错了！"

接着，他以诗代言，吟道：

自诩已悟生死者，实际参悟有几何？
非难别人有罪者，其实本人正犯错。
难道此错从未现，或若无人警告过？

无疑有人劝过你，充耳不闻不关切。
死亡必定曾招手，末日确信已发帖。
难道不惧死期至，何不认真对此劫？
趾高气扬头上撅，自以为是鼻向月。
自认死期尚遥远，丢与脑后目不屑。
岂知末日何曾远，追你之速从未跌。
过失罪行一件件，一笔一笔全开列。
不敬安拉不服法，心里坦然竟不怯。
但若私利未到手，心急火燎眼充血。
倘若出门拾金银，兴高采烈心欢悦。
但如身旁过灵床，怒气冷眼嘴角撇。
忠言逆耳不听劝，刚愎自用良心灭。
独喜谎言欺骗语，假话造谣加诬蔑。
墓坑之暗可曾记，葬礼之悲难忘却。
假如天命惠顾你，绝不让你逃此劫。
劝君若悲不必过，倘若能听此劝诫。
若能亲临亲验之，眼中之泪换成血。
倘若末日真来临，无人陪你度长夜。
背主之为使人明，君将大步进墓穴。
亲朋眷属弃你去，针眼小洞与人别。
躯体很快成腐肉，喂饱虫子一叠叠。
肉体腐烂点点去，白骨散架根根解。
难逃惩罚被清算，定入火狱如化铁。
昔日多少指路人，中途迷路进阴界。
又有多少权贵者，死后屈辱人遭虐。
伟人生前风光足，偶一失足自造孽。
无知之人快自救，积德行善尚有解。
人生苦短从来急，改弦更张从头越。

千万不能随波走，得过且过非真觉。
毒蛇咬过再回头，为时已晚无药解。
别再傲慢快收敛，死亡一直身后贴。
此时已到锁骨处，就差一步不松懈。
倘若运气照顾你，但愿你能缓几夜。
最后一气不咽下，虽然难受也要憋。
快去安慰亲兄弟，相信至亲不信邪。
更应修补残破服，敢修补者为英杰。
再为裸者插新羽，无论多少是提携。
不要计较功太少，过分圆满难妥帖。
决心改掉劣品德，助人为乐不吝啬。
不要听信小人语，劝你敛财惜出血。
尽量积功增善德，改邪归正写新页。
尽早备好末日舟，清算时节渡彼界。
苦口婆心今日劝，推心置腹送告诫。
要想舒心伴日月，听我教训跟我学。

到此，此老者终于结束了长篇劝诫演说，然后，他把他那强壮的胳膊伸向众人，示意众人向他施舍。众人纷纷解囊相助，有钱的给钱，有物的赠物。一会儿，他的口袋就装满了。他这才心满意足地从台子上跳下来，向墓园外面走去。

讲述者言道：当他从我身边经过的时候，我拉了一下他的衣角。他回过头来，向我问候。仔细一看，此人正是栽德。我随口吟出一句：

栽德君你行骗多，骗术敛财赚几何？
被骗之人怨声起，可曾想过被骗者？

他毫不在乎地回答我：

不要只顾指责我，综观人生放眼界。
天下无人不行骗，正人君子有几个？

我说："你真是个魔鬼！浑身上下没一点儿好地方，你简直就是个银粪蛋、臭粪坑！"说完，我即与他分道扬镳。他奔北走，我转身向南而去。

第十二篇　大马士革

哈里斯·本·哈马姆君言道：那一年，我从伊拉克漫游到大马士革。当时我好马成群，财大气粗，钱多得花不完。当我经过长途跋涉，终于走进大马士革的姑塔①时，发现那里正如人们所描述的那样，令人赏心悦目，美不胜收。我庆幸不虚此行，遂放开手脚，尽情享乐。启封欲望，自在逍遥。就这样，我在大马士革的姑塔度过了一段乐不思蜀的日子。直到有一天，我听到一群人组织了一个驼队，要到伊拉克去，突然猛醒，一股思乡之情油然而生。我决定不再漫游，参加此驼队返回伊拉克。等和同行人谈好条件，一切收拾停当后，队友们发现，还需要雇用一位守卫人做保安。遂四处寻找，但踏遍了周围所有村落也没找到，驼队的行程由此耽搁下来。那一天，同行人相约在城门口商议此事。正在众人莫衷一是、一筹莫展之际，对面出现了一个人。看相貌很年轻，看衣着像个修士。他手里拿着念珠，眼露醉态。我们的议论引起了他的注意，他遂凑过来，很仔细地听我们的议论。等他弄明白了我们的议题后，自告奋勇对我们说："诸位放心！不必烦恼，不必泄气！我来做你们的守卫人。为驼队保驾护航，一切听从诸位的安排。"

---

① 大马士革姑塔，大马士革为中东著名古城，建于公元前9世纪，叙利亚首都。姑塔为大马士革著名园林区，游览休闲之地。

讲述人言道：众人看到有人毛遂自荐做守卫人，非常高兴，马上和他商议守卫的具体要求以及待遇、报酬等事项。此年轻人自诩对于安全防卫经验丰富，本领高强。说他曾在睡梦中遇一位高人指点，教给他一套避险咒语，凭着此咒语，能逢凶化吉、遇难呈祥。众人听了都表示怀疑，互相使眼色，暗示此人不可信。他觉察到了众人的疑惑，进一步说："你们不要以为我在开玩笑，不要把矿石当矿渣，我是认真的！我曾历艰涉险无数；闯危渡难无穷；不需助手相帮，不带武器防身；见多识广，独当一面！为消除你们的疑虑，我决定带你们穿越荒漠抄一条近路。你们如果相信我，就是看得起我，我一定认真干好！如果发现我骗你们，你们可以撕我的皮，喝我的血！"

讲述人言道：众人终于被他说动了心，解除了对他的戒备，决定雇用他。动身之前，众人请他把那套避险咒语教给大家以防身。他开始教我们，说："每天清晨和傍晚先诵读开端章，然后以极其虔诚之心、恭顺之口祈求，'安拉啊！你是起死回生者；救苦救难者；防危避险者；惩恶扬善者；至仁至慈者；广恕布恩者，请你向你的封印先知、你的传经人赐福；向他的家族之光，扶助者之导赐福！请保佑我远离恶魔之教唆；免遭权势者之恶行；暴君之非难；专制者之迫害；仇人之复仇；敌人之侵犯；统治者之控制；掠夺者之抢劫；阴谋者之诡计和暗杀者之奸诈。安拉啊！求你保佑我不与不义者为邻；斩断施暴者之阴掌；走出恶势力之黑暗；进入善良人之拜堂。安拉啊！求你保佑我无论居家或出门，无论在本乡或外地都平安无事；无论奔波劳碌，转折变故都一切顺利。求你保佑我之生命财产、身份名誉、人丁家资、土地房产、身体智能、现状未来永远平安无恙，免遭不测。安拉啊！你是我命运的掌控者。求你悉心看护我；求你专注我的安全,以你的大恩大德，选我为你的奴仆，不要把我推给他人。安拉啊！请赐给我健康永恒、富裕常在、灾难永无。请用安逸之袍包裹我，不让敌人之爪碰到我。安拉啊！有求必应……"说到这里，他突然停顿下来，低头沉思了一会儿。我们想，可能他在担心说错了什么，或者暂时头脑发蒙，忘了词儿，实际上他是在临时编词儿。只见他很快又抬起头来，深深吸了几口气,继续说下去:"我以星宿之空、辽阔之地、奔腾之水、耀眼之阳、喧嚣之海、烟尘之气起誓,此咒只对笃信者灵验。口念此咒,骑士可不戴头盔参战。清晨念咒,可一直避险到傍晚;傍晚念咒,可保一夜无盗。"

传述人言道:众人纷纷背记此避险咒语,直到把它熟记在心。驼队终于出发了。一路上,以前哼的赶驼曲都换成了此咒语,整个驼队的保护者不再是勇士,而是嘟嘟囔囔的话语。

这位"年轻"修行人一路照看我们的驼队,起早贪黑,闭口不提我们许诺的报酬之事,一直跟我们走到了阿奈城①。当看到了城郊的废墟时,他才对我们说:"应该付些报酬了。"我们每个人都从所驮运的物品中拿出一些财物给他,对他说:"你自己决定,满意就收下,算是付你的佣金,我们带的都是好东西。"他眼睛紧盯着我们的金银,打开行囊往里装,装

---

① 阿奈,位于幼发拉底河南岸一小城,在今伊拉克纳希耶市附近。曾以酒肆众多闻名。

得都快背不动了。让我们没想到的是，等第二天早晨起来，怎么也找不到他了。这真叫我们吃惊，他竟如此不守信用，轻易地逃走！众人下决心要把他找回来，遂四处打听，终于有消息说，他可能泡在阿奈城的一家酒肆里。我凭经验感到此人非善者，决定去做一件平生从没做过的事——深夜化装侦察。我改变自己的相貌和装束进出每个酒馆，终于在一家富丽堂皇的酒肆里发现了他。只见他一副老者形态，身穿红黄相间的华服，与年轻的修行徒判若两人。他当时正坐在酒桶和轧酒器之间，身旁有酒保、侍女侍候着，个个衣着艳丽。馆内烛火通明，桃金娘花和水仙花盛开，香气袭人，并有琴笛声助兴。我看他一会儿从酒桶中吸酒，一会儿聆听琵琶的弹奏，一会儿嗅嗅周围的香气，一会儿挑逗一下身旁的侍女，舒心适意，怡然自得。我一步冲到他跟前，说："你这个坏蛋，原来藏在这里！还记得大马士革吗？"他发出一阵狂笑，笑完后，他竟就着琵琶吟唱起来。只听他唱道：

风餐露宿穿荒漠，只为沿途好作乐。
驾驼驱马涉河泊，唯欲永颂青春歌。
卖房弃产尊严舍，仅图杯里觅快活。
倘若没有酒助兴，吟诗弄文嘴变拙。
更难口授避险咒，一群蠢人中我魔。
莫怒莫喊莫责我，诚心致歉望消火。
莫怪吾老放高歌，诗酒之乡歌手多。
强身健骨有美酒，祛病消忧靠狂酌。
放下脸面尽逍遥，享受生活去羞涩。
热恋之人难矜持，甜美爱侣情难遏。
放飞欲望励激情，抛开忧愁烘心热。
畅饮狂酌杯莫停，美酒能把心病解。
初夜月下更销魂，举杯思亲心难测。
震天动地歌声高，铁山虽重也颠簸。

指责我辈放荡者,身处此情也沉默。
世上生计总会有,利值多少供选择。
父母不悦可离家,智谋诱捕也能活。
交友只交知心友,吝啬小人难同驼。
欲得恩赐先付出,不舍钓饵无捕获。
末日来时再悔罪,仁慈之门永不锁。

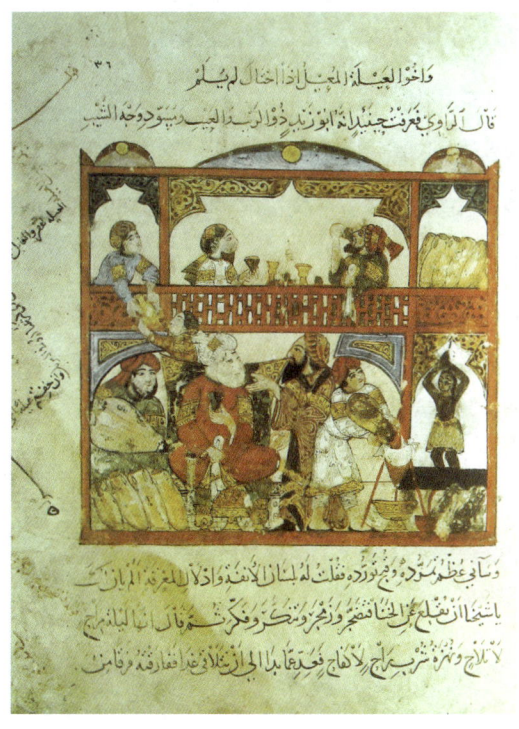

他总算唱完了。我评价说:"调子还好听,词句也不错,但内容很糟!能否问一下你为何方人士?"

他并不介意,回答说:"我不想直接回答,但我可以暗示于你。听着:

本人乃奇人,家族之怪才。
当代智多星,谋界称主帅。
吃尽谋生苦,受尽人虐待。

家穷子女多，常被人责怪。
奔波为生计，行骗实无奈。
只因太显眼，犹如肉在台。
无人能理解，受责心不快。

　　讲述人言道：虽尚存疑，比如他原来的白胡子现在是黑的，但我已初步认定此人就是栽德。一想起此人的劣迹秽闻，心中不免悲凉。但我故作亲近，讨好似的问他："你说话做事可不太文明，有点儿下流。"一听这话，他显得很不自然，有些局促不安。想了一会儿，他说："咱们不谈这个好不好！今晚我心情非常好，不想和人吵架。你先让我喝够了再说，咱们明天再见面理论好不好？"我怕再说下去把他逼急了会发酒疯，只得离开酒馆。

　　在回帐地的路上，我越想越觉得懊悔。真不该踏进那个下流的酒馆，明天我也不会再去。向安拉起誓，哪怕让我做巴格达王，也不再进酒馆。就是让我重返青春，我也不想再见到酒桶和轧酒器。

　　我回到了同行人那里，驼队趁着夜色启程了，让栽德和魔鬼做伴儿去吧！

第十三篇　巴格达

哈里斯·本·哈马姆君言道：那一年在巴格达，我参加了一次文人雅集，地点在巴格达城郊底格里斯河河畔，参加的人都是当地年尊辈长，德高望重的诗人。大家围坐在河边树下，谈诗论句，吟诵伴和。个个文质彬彬，心平气和，不争不辩，只为尽兴，谈吐高雅，妙语连珠。听之如乐音入耳，闻之若花香入腑。不知不觉，天已过半。正当众人才思渐减，谈兴渐退，欲打道回府之际，远处出现了一位老妇人。只见她衣衫褴褛，身体虚弱，脚步蹒跚，几个骨瘦如柴的孩子跟在她的后面，一个个身若纺锤，形似幼鸰，衣不遮体，弱不禁风。她毫不掩饰领着孩子奔我们而来的目的，来到众人跟前，便号哭起来，边哭边说："各位大人！各位救星！请发发善心，可怜可怜我们孤儿寡母！"喘了口气，她接着说，"诸位大人可知道，我原来不是这样。我也曾是大家闺秀，出身名门望族。当年，我夫及亲属都是场面中人。集会议事总居首席，行军列队总据中央。出门有高驼，办事有下人。没想到时运不济，造化弄人，岁月颠倒，尊荣不再。下人冷眼，财富远去，安逸难寻，生计无望，气力耗尽，无依无靠，一贫如洗。眼见白发日增，光明渐暗，常感死神之光顾，常求速死以解脱。俗话说'察言观色，见表知里'。不用我多说，你们看看这些孩子就知道我穷到什么地步！他们太可怜了！他们眼前的最大愿望就是能有一口充饥之食，能有一件遮身之衣。我曾发誓,我这张老脸只为善人而涎,能求得善助,虽死无憾。直觉告诉我,你们都是好人,人人都会出手相救。安拉不会让我违背誓言,更不会让我判断出错,他不会让灰尘取代善心落入我的眼中。"

哈里斯言道:这位老人家出众的口才打动了在场所有诗翁的心,纷纷问她:"你的话出口成章,简直像诗一样,把我们都迷住了。你怎么会有这样的文才?"她答:"我用凿石开路的功夫去学诗,持之以恒。"有人提议:"如果你能为我们朗诵一首你作的诗,我们就帮助你。"她露出老年人的狡黠,故意说:"我先让你们看看我的破衣烂衫,再来听我的诗。"说着,她伸出胳膊,撩起袖口,让众人看她残破的内衣袖子,随后吟道:

> 身若病妇向主诉,岁月之恶增无度。
> 昔日时光美我族,天灾毒眼不光顾。
> 我族荣耀无人比,威名远扬传天路。
> 牧场肥沃花草香,哪怕灾年也殷富。
> 篝火通燃为路人,鲜肉细烤待客宿。
> 助邻帮困不留憾,不忍外人饥与怖。
> 无奈豪爽不到头,可悲慷慨被主逐。
> 族人离散相拥死,不是雄狮无逃路。
> 哀鸿遍野送葬挤,勇士医师留空墓。
> 昔有高驼驮我财,而今只能靠肩负。
> 昔日我屋高岗上,而今只能屈洼处。
> 日日哭号我儿怨,附背不离声不住。
> 夜里时时唤安拉,饱含泪水眼遮雾。
> 你是雏鸦养育者,断骨再接好大夫。①
> 请你赐我尊严面,不受非难不受辱。
> 儿腹饥火请扑灭,哪怕稀奶与酸乳。

---

① 此句暗指安拉。

可怜过早知不幸，奶水再多叹不足。
誓以家族尊者义，甘服末日判归途。
倘若没有孺子累，断无颜面见众甫。
更难遭遇吟诗作，大师面前弄搬斧。

讲述者言道：主啊！太震撼了！当时她的诗打动了在场所有人的心！诗翁们都觉得今天集会上吟诵过的所有诗相比之下都显得逊色。大家不由分说，纷纷解囊，就连平时有些吝啬之人也大把掏钱，还显得心情愉快。不一会儿，老太婆的大口袋就装不下了。她一口一个谢字地走了，身后跟着她的那几个皮包骨头、几乎光着屁股的孩子。看着老太婆离去的身影，众诗翁们突然感觉到了什么，纷纷伸长脖子注视着渐行渐远的她。我明白了众人的意思，马上自告奋勇尾随她而去，探察她的行踪，了解她的底细。我远远盯着她的身影，一直跟她来到一个熙熙攘攘的市场，她立即混迹于人群中。等我再看到她时，她身后的孩子已经都不见了。只见她走进一个清真寺里，找到一处清静的地方，脱下外袍，摘下面纱。我从门缝中盯着她的一举一动。就在她揭开面纱的一刹那，一张栽德的脸清楚地显现出来。我怒火中烧，推开门就扑了过去，不由分说，把他推倒在地，压在他的身上。他尖叫起来，看清是我后，马上不叫了。静了静神，对我说：

    诗作震诸公，才华已见证。
    应该诚服我，骗术盖世雄。
    逢赌我必赢，手段无人争。
    场上胜一筹，心机使人惊。
    调神酒壮胆，静心有醋精。①
    有时若石妹，有时比石硬。②
    倘若循常礼，事事规矩行。
    荒废我才智，糟蹋我好命。
    碌碌无为人，委屈混一生。
    转告骂我者，请受吾谦情。

  哈里斯君言道：眼前的情况和栽德的诗才既使我震惊也使我明白，他的心魔已在心底扎根，很难驱除。劝解是毫无作用的，他会我行我素，了此一生，我不禁可怜起我的那些诗翁朋友。当我把实情告诉他们后，大家陷入了长久的沉默，最后约定以后再不可怜老太婆。

---

① 前半句指作恶，后半句指行善。
② 石妹指蒙昧时期著名女悲悼诗人韩莎，石硬指其兄阿慕尔·本·谢里德。此句意为在行骗时，有时是男人，有时扮女人。

第十四篇　麦　加

哈里斯·本·哈马姆君言道：那一年，我决定赴圣地朝觐，即和一群文友从和平之城巴格达动身，奔向麦加城。我们按教规净身、更衣、受戒。当时正值盛夏，酷热难耐。地上的石头热得烫手，连沙子上的变色龙都被太阳照花了眼。一路上，我们随时寻找遮荫的地方支起帐蓬躲避太阳。

那一天，正当我们一起挤在一顶帐篷里的时候，一位老者冲了进来，身后还跟着一位年轻人。挤进帐篷后，老者很有礼貌地和周围人打招呼，像熟人似的与众人寒暄，使大家很快对他产生了好感，不再计较他二人刚才的莽撞。坐下后，众人问老者："请问先生何方人士？为何不经允许，闯进他人之帐？"老者回答："我在朝觐的路上遭遇了不幸，是来求救于各位先生。诸位善人豪爽、大方，无不可见人之事，故不请自进，望勿怪之。"众人又问："此处不止一帐，为何正好进我帐？"老者答："豪爽之香从此帐散出，我循香气而来，乃得欣赏到诸位高尚之操，宽宏之气，纯美之容。"众人问他到底有何要求，他答："吾有吾所求，吾儿有吾儿所求。"众人说："你二人之求都会得到满足，但会依求有别。"他答："当然！开荒越多收的越多。"说完，有如牲口挣脱缰绳，他噌地站起身，吟诵道：

> 朝途遇不幸，大漠死骑驼。
> 难忍徒步行，双脚痛如火。
> 空手无分文，哪怕金一芥。①
> 困境无计施，饥苦无方解。
> 尤惧成尸倒，奋力苦颠簸。
> 更忧远驼友，孤身沙中卧。
> 遥望君帐影，涕泪簌簌落。
> 终于见救星，抛礼扑帐舍。
> 诸公恩滔滔，善德心烁烁。
> 豪爽救人急，慷慨助人乐。
> 近之乃心安，依之少饥渴。
> 不避遇难人，唯恐降天祸。
> 有求必有应，有愿必承诺。
> 望多付怜悯，救我出落魄。

---

① 原文为"我连芥末籽大小的金粒都没有"。

若欲探真伪，实情更凄恻。
吾本世家子，出身显赫赫。
知书达理人，学问深绰绰。
何为疑虑之，君子礼数多。
学礼吮乳时，受教自母侧。
未成不肖子，皆因母乳多。

众人说："我们听明白了，先生遭遇了不幸，驼驾死了。这很好办！我们帮你找一头牲口驮你回府。那么，贵公子有何要求？"

老者随即对那个小伙子说："儿子，像为父这样做！说你想说的话，但不许胡说八道！"只见那个年轻人骑士般地站起来，利剑出鞘般地动起舌头，吟诵起来：

诸位大人在，居帐何巍峨。
然遇困境时，也需思良谋。
生计无忧者，出手不吝啬。
烤肉一块足，或能加粥饽。
哪怕或显腐，肉丸薄饼裹。
如若都无着，肉汤泡面馍。
一时难调就，枣面汤凑和。
只要能果腹，哪怕是木屑。
但求快备好，饥肠辘难遏。
干粮请备足，前路尚蹉跎。
大人皆善公，危难真情热。
日日助人危，时时广积德。
随时备施舍，慈掌永不和。
我乞实微薄，所求不为过。
消愁又解忧，好报获好果。
喜情促灵感，索句胡乱说。

哈里斯君言道：真是有其父必有其子，儿子的诗才一点儿也不逊于父亲。我们为老者牵来了一匹壮驼，为他和他的儿子备足了干粮。父子二人千恩万谢，告辞上路。我问老者说："请问先生，我们与乌尔孤卜①相比如何？"老者回答："罪过！如何比得？诸位说话算数，善心天高地厚，光照世人！"我接着对他说："君子礼尚往来，你欠我们的人情是要还的！请老人家告知府上何地，以便日后拜访？"一听此话，他迟疑了半天，最后支吾着说：

有家苦难回，遥望苏鲁吉。
恶人霸占久，横行任肆虐。
此吾朝觐意，望主助驱邪。
自从背井日，再无信息接。

自见他眼中饱含泪水，强忍着往下说，最后终于夺眶而出。他只好收住口，止住泪水，匆匆作别。

---

① 乌尔孤卜，阿拉伯古代以撒谎、爽约闻名的人。

第十五篇　迷　案

哈里斯·本·哈马姆君言道：有一天夜里，我失眠了。那天的夜晚黑得离奇，像罩上了黑袍，又钻进了乌云。乌云带来了雨，淅淅沥沥地下着。我躺在床上，怎么也睡不着。并不是因为被爱所扰，从而情绪激动，思虑难理。然而我无论怎么想睡，也毫无困意，辗转反侧，梦境难寻。我痛苦不堪，不知如何打发这漫漫长夜。我心里想，如果能有一个好人这时进屋来陪我聊聊天，也比我一个人瞪着眼睛苦熬着强。说来也巧，就在我这个念头刚一闪现在脑海里，没过眨眼的工夫，就真听到了有人敲门。伴随着敲门声，还听到谦恭的请求声。真是神了！我心里想，刚栽下愿望之苗就看到了开花结果。我赶紧下床来到门边问："门外何人？"敲门者答："一位夜行人无处安身，求宿一晚，天明即去。"我从他的话音里听出他是一位有教养的文人，让他来陪我聊天熬夜简直是安拉的安排。我随即打开房门，面带微笑，请他进屋。只见从门外走进一个驼背之人，披着一件湿漉漉的斗篷。他一边往里走一边不停地说着客套话，"非常感谢这么快开门""这么晚了还来打扰，不好意思"等，口齿伶俐，彬彬有礼。我端起油灯，凑近此人面前端详着他。主啊！此人不正是栽德吗？毋庸置疑，没错，就是他！

我非常高兴，没想到前来满足我愿望的、帮我解除烦恼的人是他。

我热情地请他坐下,焦急地询问他别后的情况。他说:"你先让我歇一会儿,喘口气! 走了好多路,有些累了!"我以为他是饿了,马上给他端出吃的东西,想好好招待这位不速之客。没想到他却扭过脸去,一点儿都不想吃。我一时搞不明白了,他是嫌我的饭不好,还是改了脾气了? 我有些不高兴了,想说他几句。他从我的脸色和眼光中看出了我的疑惑和不快,没等我开口,主动抢先说:"别误解! 你先听我说说我是怎么到你这里来的,好不好?"我说:"好吧! 反正你嘴里也吐不出象牙来!"

栽德说:我是昨天到此地的。我已身无分文,走投无路。好不容易熬过一夜,今天早上天一亮,我就直奔这里的市场,想到那里碰碰运气,顺手牵羊,弄点吃喝。我一眼就看到了一个卖椰枣的摊贩,装满椰枣的口袋摆放得整整齐齐,一个个椰枣透出醇酒般的香气和玛瑙般的鲜红,让人垂涎欲滴。而在他对面的摊贩是卖鲜奶的,刚挤出的羊初乳闪烁着纯金般的黄光,似乎在用最甜美的话语夸耀着心里盘算想买它的人,赞许着他们的选择。我一见着这两样东西就挪不动腿了,像中了魔法似的被拴在那里。这两样美味是我平生所好,没有钱买又舍不得。我当时的状态,好比一只被人攥出洞的蜥蜴不知所措,更像一个为情所扰的人心烦意乱。浓烈的奶香和咕咕作响的肚子害得我整整在那儿待了一天,琢磨着各种办法和手段去骗摊主,哪怕能让我吃上一口也是好的。我一次又一次地投下吊桶去打水,每次提上来的都是空桶,一直到太阳落山,一无所获。我再也支撑不住了,又饿又累,只得恋恋不舍地离开那个市场。

就在我迷迷糊糊、磕磕绊绊、走走停停的时候,一位老者和我打了个照面。他眼含泪水,痛苦的样子活像是丢了孩子的母亲。我饥饿难耐,无心去管别人的事,但他凄惨的样子还是引起了我的好奇,使我忍不住问他:"你这是怎么了?发生了什么事吗?"那位老者说:"当今这世道是怎么了?难道有学识的和有文化的人都死光了?我没有生活上的问题,不是因为生活的不幸而落泪。"我问他:"是不是你的某位前辈去世了,使你这样痛苦?"老者说:"不是!我是哀叹找不着一个真有学问的人!"说着,他从袖口里拿出一张纸来,郑重其事地、用以双亲的名义发誓的口吻说:"就是这上面写的话,我把它拿给学校的先生们看,向他们请教,没想到这些先生跟他们所教的学生一样,看不懂这上面的话。我又拿着它去请教那些有学问的权威学者,他们一个个也都装聋作哑,活像坟里的死人。"我来了兴致,对他说:"这么深奥的学问,能否给我看看?"老者说:"你不像个有学问的人!看看也行,说不定瞎猫碰上了死耗子①!"说着,他把那张纸递给了我,我仔细地读了一遍。只见上面写道:

才人学家人之杰,迷案在此特求解。
法官摇头避之急,学者束手不敢接。
某位孝男撒手去,丢下胞兄乃骨血。
此人有妻为正娶,妻有一弟亲相携。

---

① 阿拉伯成语,也可译成歪打正着。

亡人遗产妻继多，妻弟分得余下额。

死者之兄无一份，此事蹊跷费咀嚼。

栽德说：当我把纸上的话读完，发现这是一首诗谜。我略一思索，很快就洞悉了其中的奥妙。我对老者说："算你走运，你算是见到真人了！但我现在饥火正旺，不得不先进晚餐再说。你要想知道答案，就请先招待我一下吧！"老者听后很高兴，爽快地说："这很公平，到我家去吧！只要你能告诉我答案，一切随你！"这时，我想起了安拉之言，"信士们啊，你们不要进先知之家，除非邀请你们去吃饭的时候"①。老者的家让我很吃惊，屋子小得像墓穴，窄得犹如蜘蛛巢。但是老者的豪爽之气弥补了居室的狭窄，他要好好款待我。他问我想吃什么，我对他说："我要吃最香的骑手，和他所骑的最鲜艳的坐骑，最有益的干粮就着单吃多了会伤身的伴侣。"②老者想了好一会儿，试着问我："你指的是否是椰枣和羊奶？""你猜对了！请你辛苦一趟去把这两样东西买来！"一听这话，老者噌地站起来，又马上坐下，生气地对我说："你听着，安拉会调教你！诚信重于一切，欺骗人所不齿！饥饿乃先知之表、圣徒之饰，你不能因它而行骗！君子有困，不沾恶习；烈女饿死，不忘守节③。你看清楚了，我不是在跟你做交易，不是你的顾客，我更不会做赔本的买卖！在我们还没结仇前，我先警告你，要考虑后果！不是所有人都那么好骗的！"我说："老人家，你误会了！我不是想做高利贷，骗吃骗喝。我真想喝鲜奶就椰枣，你一会儿就会知道我想吃这两样东西的原因。你会由于买来椰枣和鲜奶而得到好报，感赞安拉！"在我的好言相劝下，老人终于气消了，出门向我刚才去过的市场走去。

老人去时走得很快，回来时就不行了。提着那两样东西，越走越慢，

---

① 《古兰经》同盟军章：53节。
② 此句为双关语。"骑手"指奶，"坐骑"指枣，"干粮"指椰枣，"单吃多了伤身的"指羊初乳，但佐以椰枣吃反倒有助消化。
③ 阿拉伯成语。

终于把东西放在了我的面前,气喘吁吁地说:"东西买来了,好好解馋吧!"我不等他说完,已经迫不及待地抓起椰枣往嘴里塞。老人看到我一点儿礼节也不讲,狼吞虎咽的样子,非常惊讶。那表情,似乎盼我一口噎死。一会儿工夫,我就把椰枣和鲜奶一扫而光。这时候,我才意识到是在别人家里,如此吃相,太不检点。老人看我终于停住了往嘴里塞的手,怕我逃掉,马上拿来了纸笔,说:"你吃饱了,喝足了,该办正事了。把你的解答给我写下来,否则,我要罚你饭钱!"我说:"放心,我绝不白吃!我说,你记!"随即我吟道:

请对迷案出者曰,此谜奥妙已破解。
逝者即为彼妻兄,父为其子喜婚结。
死前为子娶内妻,岳母满意心相悦。
其子去世妻有身,生下一子接骨血。

> 无疑幼子乃其孙，其妻实为此子姐。
> 祖父之孙乃直系，继承顺序排前列。
> 遗产大部属其妻，余下皆归妻弟接。
> 死者兄弟无权继，何必为此悲欲绝。
> 法官学者终将悟，吾之解答即判决。

栽德说：我从老者那里确认了所解为实。老人对我说："你确实有才！好了，你该走了！出门莫忘家，夜行小心路；做事要认真，努力求进步。"①我对他说："我是个外乡人，居无定所。你看天已经黑了，还打起了雷，可能要下雨，是否能借宿一晚？"一听此话，老人脸色马上变了，毫不客气地说："不行！你马上走！爱上哪儿上哪儿！别想再占我的便宜！"我说："你好事做到底，何必拒人千里之外？"老人说："我从你刚才的吃相看出，你是一个不顾身体、毫无节制的人。你一会儿就会出现肚胀或腹泻，说不定因此而死。趁你现在还活着，赶快离开！以主起誓，我可不想有人死在我这里！"

栽德说："我没有办法，只得走出他的小屋。天下起雨来，我垂头丧气，躲着野狗，淋着雨，敲了很多家的门，都被拒之门外。直到最后你对我开了门，感谢天命！"我对他说："确有天命相助，使我俩得以相见，我太高兴了！"

我和栽德坐下来，彻夜长谈，他向我绘声绘色地讲述别后的遭遇。讲到兴奋处哈哈大笑，讲到伤心处潸然落泪。一直到屋外响起了宣礼之声，我和他才打住了话头。他想就此向我告别，我引用圣训之言挽留他，说："待客至少三日。"他坚持要走，对我说：

> 心仪之人再情深，一月至多会一日。
> 天上新月再可赏，一月露面仅一次。

---

① 阿拉伯成语。

哈马斯君言道：我只好与他话别，怀着一颗痛苦沉重之心。我多么希望那个夜晚再长一些，天亮得再晚一些啊！

第十五篇 迷案

第十六篇　摩洛哥

哈里斯·本·哈马姆君言道：那一年，我漫游到摩洛哥，经常到当地的几个清真寺去做礼拜。有一天，我在一座清真寺里做完了昏礼，还特意做了额外的副功，然后起身往外走。刚走出清真寺，就看见不远处有一群人坐在那里，你一言我一语谈论着什么，非常热闹。我走上前去倾听，发现他们正在做一种索词联句的游戏。我很感兴趣，就请求参加他们的游戏，对他们说："诸位是否愿意接受一位外人来和你们一起享受弄文之乐？"他们齐声说："欢迎欢迎！"说着就在地上为我腾出一个位置。就在我往下坐还没坐稳的时候，一个黑影从我眼前闪过。定睛一看，是一个流浪汉一样的人，身上背着行囊。只见他快步走上前来向大家问候，又向不远处的清真寺祝福，然后说："各位才俊、善公，你们可曾知道，什么是对我主的最好献祭，什么最能消愁解忧，什么最能免灾避祸？那就是向穷人施舍。你们的聚会吸引了我，你们的豪气推动了我。我背井离乡，流浪至此，腹中空空，饥火正旺，难道你们中间没有浇灭饥火之人？"

大家明白了，此人是为乞讨而来。纷纷对他说："你来的不是时候。此时晚餐已过，只有残羹剩食，若不嫌弃，敬请受用！"此人说："落魄之人，不敢挑剔，残羹冷炙，权且充饥。"在座之人于是纷纷吩咐随侍仆丁将所带食品甚至钱款送予此人，他啧啧称赞，连连道谢。

此人收起食品赠金后，并没有想走的意思，而是坐在旁边，想看我们的文字游戏。大家又开始玩起来。此游戏要求参者具有遣词造句、炼句组诗的文字功夫。每连一句，要求首词首母与尾词尾母相应。当有人说"人斟杯"①，其他人必须围绕此句诗意逐一增词，所增之词必须为前句没出现过的新词，最后形成一条诗链。第一人必须串起此链的头三颗珠子，即说出至少由三个词组成的、首尾音相同的诗句。坐在他右边的人应加一词，接说四词联句，再右边的人接说五词联句，再右边的人接说六词联句。最后，要求坐在第一人左边的人接说七词联句，所说联句都必须首尾音相同，然后重新开始。

　　讲述人言道：我们就这样一轮一轮出诗解谜，不知不觉已有几掌之数②；数次与洞中人相识③。这时，坐在我右边的那位老兄担心我因历练略胜而难为他，就抢先说出首句："兄何躁？"坐在他右边的人马上接出下句："望主恩到。"坐在他下手的接着说："子贤无须教。"再下一人接着说："智者不屑诬告。"接下来就该轮到我了，我须说出七字一句之诗。但不知怎的，我一下子憋住了。搜索枯肠，过滤词义，逐个否定，组不成符合要求的诗句来。我多么希望此时能有神灵相助，或有人暗示，但都无济于事。我突然想起了栽德君，脱口对众人说："假如栽德君在，何愁无句！"一听此话，众人调侃说："就是让伊亚斯大法官④复生，也救不了你！"这时，我突然注意到，那位不速之客、乞讨之人正在用轻蔑的眼光看着我们。看那样子，他也正在斟词酌句，只是不想让我们知道。他见我确实陷入了困境，这时站起来说："诸位才俊，我认为世上最难的事莫过于让不能生育的人生子，让病入膏肓的人痊愈。可知术业有能手，强手更在后！"

---

① 此句中"人"指斟酒之人，"杯"指酒杯。阿拉伯语词中，"斟酒人"第一个字母与"酒杯"最后一个字母的发音都为"西奴"。
② 几掌之数，一掌五指，意为已轮过数个五遍。
③ 洞中人，传说为避罗马皇帝狄西阿迫害在山洞里睡了两百年的七个人；数次与洞中人相识，意为轮过数个七遍。
④ 伊亚斯，阿拉伯伍麦叶王朝时巴士拉大法官，以极强的洞察力、判断力闻名。见第七篇注释。

接着,他走到我面前,对我说:"我来替你接下句。若用散文体说,可用这句'不要只想拥有,还应有所回报',这是责备小气鬼的话。若用诗律体,则可对你崇敬的人说:

　　济困救穷善心掬。
　　近朱远墨避人诮。
　　割席拒恶远污道。
　　静心制怒勿相恼。
　　示弱冷眼待运交。

他一口气说出了五个符合要求的句子,句句合辙押韵,致使满座皆惊,人人啧啧称奇。此人遣词精妙,组句奇巧,寓意深远,句句暗含积德行善之意。他还要继续往下说,众人连忙把他止住,连说"够了,够了",他才住口。他见目的已达到,就撩起衣襟,背起行囊,准备离开。临行前,又口占数句，算是告别词。他说道：

> 诸位才气高，心诚文辞好。
> 恩泽惠万物，善心天下表。
> 人人萨哈班①，也有巴基②佬。
> 我来求施舍，慷慨不拒讨。
> 滔滔及时雨，滴滴甘露飘。

此人边说边告别众人，往前走去。走了也就两杆矛长之地，又转回来了。对我们说："诸位才俊，我既无亲人又无钱。你们看，天色已黑，夜幕遮路。有谁能借我一盏灯，使我避免磕磕碰碰？"

讲述人言道：当一个仆丁拿来了灯，举在此人面前时，他的脸庞一下子清晰起来。我这才发现，此人正是栽德先生。我马上对众人说："诸位请看，此人就是我刚才跟你们提到的那位出口成章、有疑必解的艾布·栽德·苏鲁吉先生。"众人纷纷伸长了脖子，紧盯着他看。惊叹之余，纷纷请他留下来与众人消夜，并许诺继续救济他。栽德说："感谢诸位盛情，承蒙诸位不嫌。但我还有一堆孺稚嗷嗷待哺，亟盼我归。我若不回，家中必乱。容我先回，喂饱孺稚，再返回陪诸位夜谈如何？"众人只好同意，但决定派一仆丁随他而去，以便担保他能尽快返回。仆丁帮他背起行囊，消失于夜幕。

众人等了很长时间，终于看到仆丁返回。众人急问："那厮何在？"仆丁回答："他带我走了很长的路，七转八拐，最后来到一个山洞说，这就是他和他孩子们的窝。进到洞里，放下行囊，他对我说：'你跟我走了这么长的路，帮我背着此囊，减轻老身负担，我赐你几句忠告，权当回报，他会使你终生受益。你听好了：

---

① 萨哈班，阿拉伯古代著名演说家，"口才堪比萨哈班"为阿拉伯流行成语。见第五篇注释。
② 巴基，阿拉伯古代以呆傻出名之人。

手中有枣粮，不要留来年。
落脚在场院，谷穗赶快捡。
有利莫迟疑，慢工反有险。
入水不远游，随时可上岸。
只进不出手，急事尽量缓。
交友无需多，常见反生厌。

仆丁继续说："先生说，'将此忠告牢记在心，事事遵照去做，定会获安拉护佑。带去我对你的主人们的问候，把我的忠告也告诉他们。对他们说熬夜有害，闲谈无益。我亦时时注意，以免丧失理智。'"

讲述者言道：当众人终于读懂了栽德的忠告诗，领教了他的机智和狡猾，竟互相指责、埋怨起来，都说不该放他走，后悔上他当。争吵完了后，只能灰溜溜地分别了，一个个都被这桩亏本的买卖搞得无精打采。

第十七篇　回　文

哈里斯·本·哈马姆君言道：在一次漫游中，我遇到了一群年轻人。说来也巧，那天我正在顺着一条路前行，猛抬头看见远处有一群人围坐在地上，好像在进行激烈的言语交锋。好奇心促使我临时改变路线，奔他们而去。因为我本性喜欢结交文杰才俊，更喜欢参加文人雅集，分享集会成果。我来到了他们面前，发现他们一个个才气外露，文雅博识，翩翩君子模样。我大大方方地坐在了他们中间，他们并不拒绝我，反而对我说："欢迎你来参加战斗，抛下你的水桶！"① 我忙说："不要误会，我不是想参战，而只是想观战、学习。不知诸位在辩什么? 请继续！"他们又继续唇枪舌剑起来。我仔细观察着他们，发现他们中间竟然有一位老者也在和周围的年轻人一样你来我往，不停地说话。这位老者看样子饱经风霜，阅历不凡。他身瘦如笔杆，峭骨若剪刀，但却精神矍铄。只见他对答如流，文压四座，语出获赞，口才称雄。在年轻人面前出尽了风头，也让我佩服得五体投地。观察后，我明白了他们是在进行猜诗谜、解文奥的游戏，老者明显掌握了主动权。只见他有诗谜必接，揭析谜底；有文奥必答，解疑奥源；设谜必玄，难倒众人。大家情绪高涨，气氛热烈。时间不知不觉过去，最后热闹的场面慢慢沉寂下来。众人发现，所带箭囊已空，所据才思已竭，难出新问，无语接答。老者看大家都不说话了，

---

① "抛下你的水桶"，为阿拉伯古代成语，意为"分一杯羹"。

便示意众人他还有问题要问。众人说:"太好了! 正愁无题, 快快请讲!"老者随即问众人:"诸位可知否, 有一种文章, 它的地即是它的天①, 它的昼即为它的夜②。两种写法, 内容相反; 两种读法, 理解颠倒; 两个方向, 两种面貌; 从东方动身, 辉煌无比; 从西方出发, 惊叹之极! 诸位可知此为何文?"众人从未听说此文谜, 一下子愣在那里, 面面相觑, 哑口无言。老者见众人一个个缄默不语, 噤若寒蝉, 呆若木鸡, 状如牲畜, 就对他们说:"看你们这么为难, 我宽限给你们女人守制之期③去想答案。到时还回到此地集会, 再听诸位之解答如何? 诸位有解则皆大欢喜, 无解可集思广益。"众人急了, 忙说:"这样不行! 拖的时间太久了! 让我们天天紧张, 不得放松, 太累人了! 请老先生开恩, 现在就解除我们的思想负担! 请让我们随你增智, 靠你添才!"

老者低头沉思片刻, 随即对众人说:"好吧! 恭敬不如从命, 我现在就把答案口诉予诸位, 请记好:

贤人广积善行, 启迪乐助心胸。君子不忘恩公, 种德收获谢情。
豪气报喜愉迎, 欺骗验证真诚。相悦更须劝叮, 心语为舌增荣。
口才体现心灵, 贪婪精神染病。萎靡人格不整, 品劣不利虔敬。
善断手握安宁, 小患积成大凶。挫折磨炼友情, 好施本在心澄。
赠即乞讨回敬, 越难越易得荣。相信救助破窘, 明君德系胸容,
英主品饰身正, 赏颂意在励赠。变通易解纷争, 迷途或毁心令。
超限恐伤剑锋, 礼过反损余盈。忘义必导无情, 远惑可加身重。
增誉能强胆雄, 多赞助主认同。寡欲润美操行, 常用脑促智增。
善决策处事明, 有坚忍欲望平。有磨难成伟雄, 有决心价值升。
负担重难经营, 事务杂难厘清。耐力称量成功, 勤奋增减赞颂。

---

① 意指它的首句即为它的末句。
② 意指它的开头即是它的结尾。
③ 女人守制之期, 穆斯林妇女在丈夫去世或离异后, 必须守制四个月零十天后才准再嫁。

关照等同护警,仆忠看主照应。气概源于心诚,灾祸验出亲情。克敌全赖友朋,蠢人比出智公。预知后果避惊,先防出丑护声。无理举止毁名,君子守操自重。"①

老者言道:"以上即为此文,一共两百词。所言皆为做人之礼规,前辈之殷鉴。遵照它去做,即能和睦无争,事事顺利。如若将此文首尾颠倒,反序读之,即成:守操重于君子,名誉毁于无理,恶声源于出丑,避险赖于后果……逐词返回,一直归到首句'善行积于贤人'。"

讲述者言道:当众人恭听了老者的奇文妙语后,感叹不已!才明白何为真正的作文之道,顿悟"神功在安拉,只施有心人"之道理。众人纷纷为此文笔之教感谢老者,解囊赠答。老者也不拒绝,一个个收下。等轮到我送礼时,他突然对我说:"我不收弟子之礼、朋友之金!"我只得点破他,对他说:"你肯定是艾布·栽德君!虽然你面容已改,消瘦憔悴,

---

① 此文共两百词,为骈体回文。三至四词为一句,设韵自由,多在每句首尾词间。译文为不损原意,统译成六字一句,多译一百字,共三百字,并一韵到底。

但尚可认出。"他说:"正是本人!岁月无情,使我肉去皮干,昔容不再。"我毫不客气地指责他不该四处漂泊,他连说"没有办法""命该如此"。然后,悲声吟道:

岁月剑刺胸,赫我砥剑锋。
惧心驱睡意,泪泉阻更涌。
逼我永漂泊,向西又向东。
日日见落霞,天天望日升。
游子浪天际,回乡路重重。

他转过身去,抹去泪水,然后撩起衣襟,大步走去。众人目送着他,心中恋恋不舍,最后就像赛伯邑人①那样也四散而去。

---

① 赛伯邑人,公元前阿拉伯也门古代著名部族,曾建立国家,后因马里卜水坝崩塌而流散至阿拉伯半岛各地。

第十八篇　辛加尔

哈里斯·本·哈马姆君言道：那一年，我离开沙姆之地，奔向和平之城①，与我同行的是努美尔家族一群富绅。巧合的是，同行人中还有奇人艾布·栽德·苏鲁吉君。他是驼队里的稳定剂、解忧丸，掌握着驼队的话语权，是所有人的关注中心。那一天，一行人从辛加尔②路过，正赶上当地一位富商操办婚宴。他遍邀四方，不论贫富，来者不拒。见我们路过，非常热情，力邀我们赴宴同席。我们只得从命，下驼进帐，席旁就座。只见各色美味佳肴陆续上席，有一只手吃的，有两只手吃的③，样样味美色香，赏眼勾涎。眼花缭乱之际，用人端上来一只大玻璃皿，它无色透明，玲珑剔透，若如空气塑铸，光线聚凝，白宝石削旋。皿中装满了各色甜点，使得整皿生香，如盛乐园之泉。放在筵席台上，犹如佳丽站台，香瓶揭塞。正当众人垂涎三尺，馋火烧心，心急难耐，准备动手之际，栽德君发疯似的跳将起来，猛地推开那只玻璃皿，就像鳄蜥逃离鲸鱼，远远离开坐席。大家不知何故，惊诧万分，纷纷起身前去拉他，劝他归座。对他说，不要学赛莫德人的古达尔④，给喜宴带来晦气，让宾客扫兴。没想到，栽

---

① 沙姆之地，阿拉伯地中海东岸地区统称，此篇指大马士革。和平之城，巴格达别称。
② 辛加尔，伊拉克古城，靠近叙利亚边境，伊拉克尼乃维省省会。
③ "一只手吃的"，指肉汤之类；"两只手吃的"，指烤肉之类。
④ 赛莫德人的古达尔，阿拉伯古代的倒霉人。"古达尔的晦气"已成成语。

德君说:"这分明是坟里的死鬼又复活了!我见不得这玻璃东西,赶快把它拿走!有它没我!不把它拿走,此宴不吃也罢!"众人为安抚他,只得顺从他的意思,叫仆人把玻璃皿端走。在玻璃皿离开餐台的一刹那,所有宾客的眼光都跟着它提起来,又跟着它放到原来的地方,有的人眼泪都差一点儿流出来。栽德君这才又回到座席上。静默了一会儿,众人纷纷开口问他何故如此。

栽德君言道:"此皿有如告密者,几年前我曾发过誓:今生今世,绝不与此类小人同席!"

"为何发如此之恨誓?"

栽德君言道:说来话长。当年我在家的时候,曾经有一个邻居,是个笑里藏刀、口蜜腹剑的家伙。我与他无话不谈,相交甚密。他用甜言蜜语迷惑我,用花言巧语欺骗我。我把他当成善邻挚友,没想到他却是阴鸱毒鹰；我和他亲密无间，他却是虚情假意；我常与他同案共餐，却不知有人窃喜传他已死；我常与他同杯共饮，却不知有人庆幸说他潜逃。当时我身边有一侍女，美貌无双。每当摘下面纱，羞煞日月；每当面含喜容，笑煞宝珠；看你一眼，你必心慌意乱，如中巴比伦之妖①；秀口一张，你必神魂颠倒，束手就范；启唇一读，你心病立消，若亡身复立，以为她有达乌德②之喉；开口一唱，歌王马伯德③甘愿俯首为奴，乐王伊斯哈格④被主疏远；箫笛一吹，朱纳姆⑤立刻一文不名，哪怕他原来是乐坛魁首；舞姿一展，观者头帕尽歪，饮者杯酒尽忘。我鄙视贵妇之红眼，欣赏此女之美貌，打扮她的秀体，享受甜美生活。我金屋藏娇，不让她随便见人，公开场合闭口不提她。但我仍时时担心她的香气会随风飘出，或被撒提哈⑥探知，担心闪电会将她的身影照予外人。没想到我所担心的事真出现了。有一天，此邻居对我说，你屋里的娇娘似醇酒般迷人。我预感到会出现不好的结果，对此人的可信度产生了怀疑。但我还是和他立下君子约定，严守秘密，绝不外传。他虚情假意，信誓旦旦地说他会像吝啬鬼护财那样守住秘密，就是失火也不破门而进。没想到刚过去一两天，就听说当地郡守要去晋见酋长，请酋长阅兵，乞降恩宠。他要寻访绝色之女，亲手献美，取悦酋长，讨得欢心，多赐赏钱。听到这个消息，我的那位邻居背信弃义，立刻跑到郡守面前去献媚，把我的秘密和盘托出。我最担心的事发生了，郡守的属下一拨又一拨地来到我家，侍从们一次又一次地站在我面前，命我献宝。我陷入了当年埃及法老面对大海的窘境。我不断求情，坚持不献，无济于事。我越抗拒，他们越给我加罪，直到怒不可遏，咬牙切齿。但我的心仍然不愿与她分开，我的心肝仍然不愿被人掏走。最后，他们的威胁变成了暴力，我怕被打死，只能屈服，

---

① 巴比伦之妖，传说史前古巴比伦有两大妖魔，勾人魂魄。一为哈鲁特，二为马鲁特。
② 达乌德，伊斯兰教先知之一。传说他嗓音极美，每当朗诵诗篇，死者复活。
③ 马伯德，伍麦叶王朝著名歌手。
④ 伊斯哈格，阿拔斯王朝初期著名歌唱家、作曲家。
⑤ 朱纳姆，阿拔斯王朝著名音乐家、器乐演奏家。
⑥ 撒提哈，传说为古代最著名的巫师、探秘者。

接受了以黄换黑①的条件。从那时起，我就发誓，绝不再和小人打交道，不和任何献媚者、告密者同帐、同室、同席。透明的玻璃保不住任何秘密，它具有告密者特性，它是告密者的同类，是他的范例。为求诸君见谅，赠诗如下：

> 已释缘由君莫愤，口福错过事有因。
> 光明磊落行有据，弥补过错为诸君。
> 奇言妙语供君赏，胜比甜食助开心。

哈马斯君言道：栽德君解释完，众人纷纷上前与他拥抱、亲脸，表示对他的同情，说"自古以来，谄媚小人害人不止。那个担柴的女人②出现后，这些人更有恃无恐"。大家问起那位无耻邻居的下场，栽德君说："他几次三番向我哀求，望我原谅。我坚决回绝了他，绝不再认他这个朋友。他越发卑躬屈膝，低声下气，丝毫不以为耻，不觉难堪。他越这样，我越坚决。但他仍然不断找我的麻烦，想方设法不让我安宁。作为文人，我没别的手段回敬他，只能以诗句排解我胸中的闷气与愤怒。我的诗驱鬼镇邪，祛烦慰心。好人读之，永享愉悦；恶人闻之，阴毒远避；负义之徒，死路不归。"众人马上请他吟诵此诗，以飨耳福。他说："好吧！人皆躁中生，不容坦缓。"只见他坦然自若，不卑不亢，神情自然，高声诵到：

> 挚友真诚待，相交似亲情。
> 厌恶避之远，此人化毒脓。
> 悔误为君子，诧然露狰容。
> 本欲推心腹，突觉心震痛。

---

① 以黄换黑，以钱换人。"黄"指金币，"黑"指乌黑之眼之秀女。
② 担柴的女人，指伍麦叶王朝开国君主穆阿维叶之表妹。曾不择手段散布谗言，加害先知。

曾喜有帮手,实为小人胸。
初觉很可爱,却是可恶虫。
欲求和风抚,却被毒气冲。
蛇咬忧无医,未料能再生。
用心实歹毒,心恶面奉迎。
本无善人心,终至成敌凶。
但愿无此友,劫后噩梦醒。
日下难藏恶,小人怕天明。
何不迎漆夜,黑暗护罪行。
佞徒请住手,巧舌遭人憎。

讲述者言道:当此家富主听完栽德的诵诗,大加赞赏,对他的遭遇深表同情,立刻请他居于首席,延为上宾。然后命人端来十只银杯,杯杯装满冰糖和白蜜,对他说:"升乐园者与下火狱者无法相称,无辜者与诬

告者怎能等同?此银杯可为贤士护隐,先生不能推辞不受!不能用阿德代替呼德①。"主人为表至诚,好事做到底,特命一男仆,亲托银杯,随时准备跟随栽德一行送至下榻处。栽德君衷心接受,高兴地对众人说:"诸公请诵'开端章',为扫除玻璃皿带来之不快而庆!安拉为诸位消忧解虑,享受美食。望诸位不嫌一味,不弃一色,每味每色,细细品来,大有滋益!"他请求主人向他介绍每一种菜肴,并说:"善心之证有如银杯之容!"主人心领神会,马上说:"我把器皿和男仆一并送给先生!"他起身致谢。

告别主人,栽德君随同行驼友返回暂榻之帐。他一边整理行囊,一边拿出受赠之物让大家鉴赏。他一个一个地拿起杯子反复观看,看完一个,送出一个,把杯子分给大家。然后说:"我不知道我是该谴责那个谄媚小人,还是该感谢他;我是该忘掉他的行径,还是该记住他?他虽然加害于我,却为旱地降雨,使我获赠,得到意外之财。"停了一下,他又说:"请诸君原谅,我主意已改,不再前行。想回到孩子们身边,安心度日,不愿再驱驼劳身。就此与诸位告别,望诸公保重!"说完,他走出帐外,翻身上驼,顺着来路,掉头而去。我们愣在那里,一言不发,就像集会走了主持,夜晚没了月亮。

---

① 阿德与呼德,呼德为一先知,又是古阿拉伯部落名,呼德的宗族即阿德人。此句意为此杯与前者玻璃皿不能等同对待,要比它好得多。

第十九篇　尼济普

哈里斯·本·哈马姆君言道：那一年，伊拉克干旱无雨，庄稼枯死，饥荒蔓延，人心惶惶。我心焦虑，盘算逃荒到别处去。我从路过的一个商队那里听说有一个叫作尼济普①的地方，那里风调雨顺，土肥地美，人人生活富足安康。我二话没说，当即决定到那里去安居。我挑选了几匹快驼，带着家人，日夜兼程，奔向尼济普。经过一城又一城，一山又一山，当我终于来到了尼济普时，我和驼骑都已精疲力竭，瘦弱不堪。我在一处水草丰美的绿洲中通过竞标获得一片牧场，在那里安下身来。我决定一直在那里住下去，直到伊拉克的旱情彻底解除。我把当地人看成我的芳邻和朋友，准备与他们和睦相处。

真有那么巧的事，我在尼济普安定下来没几天，就遇到了艾布·栽德先生，没想到他也游历到尼济普谋生。我真高兴，觉得自己长途跋涉的辛苦终于有了回报，押上的好签竟能成双。我开始关注他的足迹，时时了解他的信息。并经常和他相聚，谈文弄诗。

但没想到，过了不久，突然听说他生病了，更没想到，他的病久拖不愈，越来越重，直到听说已病入膏肓，骨瘦如柴。我预感到了不祥之兆，担心他会死去。我的心悬在空中，就像一个被抛出的球不知落向何处，又

---

① 尼济普，幼发拉底河上游著名古城，现位于叙土边境土耳其一边。

像一个正吃奶的孩子突然被断了奶。我的心在颤抖,如同一个听到自己的抵押品因逾期被取消赎取权力的人,或如一只鸽子因陷入罗网而挣扎。那一天,一个他将去世的消息不胫而走,人们纷纷奔向他的住地向他告别。我没想到此地会有那么多的人关心他、敬重他,他会有那么多的朋友和崇拜者。

君不见:

> 人人悲痛浑身抖,不能自持身如柳,如同喝了罕达酒①。
> 心肝欲裂泪狂流,击面抓脸血污手,捶胸顿足欲撞头。
> 情愿钱财献所有,甚至以命助拯救,只要先生活长久。

讲述者言道:那天我也急忙赶到栽德君家,和他的友人一起,站在门外询问他的消息。只见从门里走出一位少年,眉清目秀,笑容可掬。众人急忙上前询问他的病情,那位少年说:"吾父染疾,一度病危,安

---

① 罕达酒,原文为罕达里沙,阿拉伯古代名酒之一。

拉不忍，使其痊愈。叔伯请回，不必忧虑。"众人要求进室亲自探望，少年转身回去请示，然后出来请我们进去。我们看见栽德先生躺在床榻上，显得很虚弱，但头脑清醒，口齿依然伶俐。我们围坐在他的榻前，忧心地看着他。他转过身来对大家说："你们仔仔细细地看罢！"然后吟道：

感谢安拉宽恕我，病痛几乎夺走我。
他把痊愈赠给我，死亡差点吃掉我。
安拉没有忘掉我，让我继续享生活。
当年库列① 不能保，安拉却能保护我。
并不介意活多久，死期迟缓或急迫。
还有什么更自豪，历经死亡又重活。

众人都很欣慰，纷纷祝他健康长寿，永保平安。然后起身告辞，怕过分打扰他，影响他的休息。不料他说："你们都不要走！今天就在我这里过一天，陪我聊天解闷！你们的话语就是我的精神营养，为我带来温馨与慰藉。"众人不好违背他的意愿，只得重新坐下来，陪他聊天。大家搅出奶油，滤出泡沫②，想出各种好听的话、安慰的话，不觉已到正午，大家都有些累了。那一天非常热，困倦袭来，有些支撑不住了。栽德君看在眼里，说："睡虫爬上了眼角，它是很厉害的对手，是坚定的求婚者。诸位就在我这里午睡吧！"

讲述者言道：我们都去睡了，栽德君也睡了。我们太累了，睡得很死。安拉堵上了我们的耳朵，封住了我们的眼皮，我们没有听到宣礼的呼唤，违反了常规，错过了晡礼的时间。等到我们睡醒起来，酷热已经消退，天已近黄昏。大家赶紧去洗小净，补做礼拜。大家连续做了晡礼和昏礼，

---

① 库列，即库列布，阿拉伯古代成语人物。为保护自己心爱之物被杀，心爱之物亦被毁。
② "搅出奶油，滤出泡沫"，指专拣好听的话说，回避不好的话。

然后各自准备告辞回家。

这时,栽德君看着他的儿子,用他特有的幽默对他说:"吾儿,我猜想艾布·阿姆拉①先生已经在各位客人的肚子里升起了炭火。你快去把艾布·贾米亚②请来,他是所有饥者的报喜者。然后,再把艾布·努伊姆③也端来,他能扛住任何折磨。再把艾布·哈比卜④捆好,反复用火折磨他。然后,你再去拿一些艾布·塞基夫⑤,最好是常用的那种。再拿一些艾布·阿温⑥,如果再能弄一些艾布·加米勒⑦来就更好了!

"对了,还要准备乌姆·古拉⑧,也叫科斯鲁⑨。不要忘了乌姆·贾比

---

① 艾布·阿姆拉,指饥饿。
② 艾布·贾米亚,指餐桌
③ 艾布·努伊姆,白面饼。
④ 艾布·哈比卜,山羊羔。
⑤ 艾布·塞基夫,醋。
⑥ 艾布·阿温,盐。
⑦ 艾布·加米勒,青菜。
⑧ 乌姆·古拉,加醋肉汤。
⑨ 库思老,古波斯国王称号。传说此肉汤为他们所创,故代称。

尔①，她非常受欢迎。再把乌姆·法拉吉②叫来，把她毫不客气地消灭掉。最后，再上一道艾布·拉津③，他能消愁解忧，但他最好和艾布·阿拉④一起出场。你不要太吝啬！注意！在客人离开前不准去碰两个妖言惑众者⑤。如果客人想与艾布·伊亚斯⑥接触，你要用艾布·沙鲁⑦伺候他们，他是好客的象征。"

讲述者言道：儿子完全听懂了父亲的嘱咐，猜出了所有的谜底，按他的要求为我们准备了丰盛的晚餐，并服务得非常周到。等我们吃饱喝足，天已经完全黑了。我们坚持告辞，对栽德君说："先生难道没发现，今天过得多么与众不同！早晨带忧而至，晚上携喜而归。"栽德君立刻跪拜于地，很久才抬起头来说：

> 遇难莫灰心，放松去烦闷。
> 难道热风后，没有凉风跟？
> 偶尔乌云起，并非雨淋淋。
> 常见浓烟猛，烟尽无火喷。
> 无论何时痛，过后总消遁。
> 镇静加坚忍，时间创奇运。
> 耐心唤安拉，意外获赐恩。

讲述者言道：我们抄录下他的精彩诗句，深深地感赞安拉。带着对栽德君恢复健康的喜悦，和他慷慨好客的善行离开了他的家。

---

① 乌姆·贾比尔，肉丸子。
② 乌姆·法拉吉，加糖肉抓饭。
③ 艾布·拉津，甜点沙拉。
④ 艾布·阿拉，蜜制凉粉。
⑤ 两个妖言惑众者，盆与壶。为装食物和饮料的主要餐具。
⑥ 艾布·伊亚斯，洗脸盆。
⑦ 艾布·沙鲁，香料。

第二十篇　法里津

哈里斯·本·哈马姆君言道：有一年，我和一些志同道合的文友漫游到麦亚法里津①。一路上，大家坦诚相待，和睦相处，不争不吵，相敬相让，成了很好的朋友。到达那里后，为了保持彼此的联系，继续加深友谊，大家约定选择一处地方作为雅集之地，每日早晚相聚，彼此分享学识雅作，隽语妙笔。我们就这样每日相聚，其乐融融，亲如一家。那一天，正当我们在雅集里谈诗论文时，一位陌生人走了进来。只见他镇定自若，大声向在座的人问候，声若洪钟。然后，以诗告白曰：

> 诸位君子听我言，我的故事不一般。
> 曾有密友真勇士，剑刃锋利意志坚。
> 英勇无畏上战场，义无反顾不惧险。
> 冲锋陷阵狮般猛，杀开血路探深渊。
> 剑下对手个个倒，剑锋屡屡被血染。
> 直到胜利才收兵，走下战场志得满。
> 多少夜晚尽逍遥，昂首阔步游仙苑。

---

① 麦亚法里津，即此篇标题法里津，古代历史名城，现名锡尔万，位于今土耳其迪亚巴克尔城东北部。

多少女人争相吻，视为英雄把身献。
无奈岁月削筋骨，耗体摧神力渐减。
夜中英雄终被弃，近身之人都生厌。
病因无解治无方，术士高医难回天。
昔日呼之即来女，今日唯恐避不远。
命运今昔大翻转，呜呼勇士变老残。
如今已死裹尸在，谁人愿掏入殓钱？①

说到此处，此人大声哭号起来。他哭得非常伤心，泪流满面。那情景，完全是在哭别心爱之人。哭了一阵后，他抽泣着说："我说的都是真话，是我亲眼所见。如果我有钱，有能力救他，我就不来求你们了，也不会站在这里！无奈我想飞没有翅膀，你们中间有谁能帮我安上翅膀吗？"

讲述者言道：我的朋友们窃窃私语起来，交头接耳，低声商量，不

---

① 此诗为一首诗谜，打一人体器官，读完此篇谜底自明。

知此人所言是真是假。此人等了一会儿,怕我们叫他进一步证明此事,就抢在大家前头继续加重语气说:"你们就像蜃景亮石①,虚情假意,没有真心!用得着这么商量吗?一点痛快劲儿都没有,看着叫人脸红!让你们出一件尸衣钱好像给你们出了多大的难题似的;跟你们要的是一块布钱而不是要一座城市;请你们为死者入殓又不是为天房做罩衣!有那么难吗?真倒霉,怎么碰上你们这些不渗水的石头②!"

听到这里,在场的人坐不住了。他们发现,此人口齿伶俐,很会说话,又很会挖苦人。他们怕他再说出什么难听的话来,赶快弥补刚才的犹豫,纷纷起来掏钱给他。

哈马姆君言道:当时这位乞讨者正站在我的身后,我的背正好挡住了视线。等到众人纷纷起来施舍于他,我也不得不随大流。但我掏遍全身,竟没带一点钱。情急之下,我只好褪下小拇指上的一枚戒指去送给他。

---

① 阿拉伯成语。蜃景即假景,亮石不一定是宝石,意指虚情假意。
② 阿拉伯成语。指吝啬小气。

等打了照面我才看清,此人不是旁人,正是栽德。我恍然大悟,这肯定又是他上演的一出骗人把戏,布下的一个宰人陷阱,但我没有马上揭穿他。我把戒指丢给他,对他说:"把它拿去用作葬礼的花销吧!"他马上认出了我,尖叫起来:"你真大方,太好了!"说完,转身就往外走,就像以前多次干过的那样,头也不回,生怕人追。我毫不犹豫地立刻跟出门去,想看看他所谓的死者是否存在,以验证他的良心到底黑到什么程度。我迈开大步,紧追不舍,终于赶上了他。我一把抓住他的衣角,说:"你跑什么!你能跑得掉吗?"他只好停下来了。我问他:"你说实话,你说的死人在哪呢?"

栽德犹豫了一下,四周看看没人,迅速解开裤子,对我说:"在这儿呢,它就是!"我大叫起来:"你这个该杀的!怎么想得出这样的歪点子来敛财!"

我回到了会所里,向我的那些朋友们一五一十讲述了事情的来龙去脉。一切如实,没有任何添油加醋。大家听罢哄堂大笑,纷纷诅咒那个所谓的死鬼。

第二十一篇　赖　伊

　　哈里斯·本·哈马姆君言道：从我开始懂事，知道趋利避害时起，就喜欢听人讲道训诫，以去除妄言躁语，感染善恶节操。我不断接受循礼守规教导，培养文雅、谦恭品质，使我逐渐成为文质彬彬、庄重淳雅之人。那一年，我来到了赖伊①，那时，我已是一个知谬误、明事理之人。有一天清晨，我突然看见一群又一群人向一个方向狂奔，有如蝗虫遮日、群马奔驰。他们奔走相告，说有一位高人到此地来开道场，此人道行极高，堪比伊本·萨姆欧②。一听此言，我不顾人群嘈杂混乱、拥挤不堪，毫不犹豫加入其中，随人流裹挟，来到一个会场里。只见里面已经密密麻麻坐满了人，有王公臣僚、达官显贵、平民百姓……各色人等，黑压压一片。在他们正中高台上，有如众星捧月一般，坐着一位挺着鸡胸的老者。他身穿隐士服，头戴隐士帽。此人正在向着众人大声喊叫，那声嘶力竭、前拥后仰的动作，足可以治好他的鸡胸，甚至能把石头揉成面团。只听他正在用蛊惑人心的言辞训道："阿丹的子孙们，你们正被欺骗蒙蔽，被恶人煽动，被暴虐引诱，被恭维迷眩，使你们甘心受苦，忽视自身。你们引弓射自己，奋力去送死。你们贪得无厌，无法无天，不听规劝，不理提醒。你们肆行无忌，

---

① 赖伊，古代历史名城，城址位于今伊朗首都德黑兰近郊。
② 伊本·萨姆欧，即艾布·侯赛因·穆罕默德，阿拔斯王朝时著名讲道之人，口才极好。

为所欲为。你们只想巧取豪夺,霸占遗产,炫耀财富,而忘掉末日审判;你们只追求两欲之欢①,而不顾它的危害。你们是否认为自己将逃脱清算,或认为死亡也能被贿赂,会对狮子与绵羊区别对待?绝对不是这样!以安拉起誓,死亡不因钱财多寡、子女多少而别,它只看你生前所作所为。乐园之树只邀请倾听我言、理解我意之人;只接待克欲守礼、戒断恶习之人。只有一生恪守不渝、被主认可之人才被接受。

说到这里,此老者转用一种惶恐的声调吟唱道:

  我以君命起誓言,各色人等听戒劝。
  倘若富人被土掩,有何裨益财与权?
  莫贪钱财多行善,免遭安拉末日判。

---

① 两欲之欢,指食欲和性欲。

灾难来临力无边，更应舍财求平安。
假如岁月将你判，贫富官庶难幸免。
迷惘之徒欲无边，直到摔落下深渊。
敬畏我主最要紧，免除惩罚避风险。
时时牢记罪与失，悔恨痛哭泪不断。
应惧末日觉味苦，警觉死亡在眼前。
无一例外无优待，最终人人进坟间。
善哉痛改前非者，死前悔悟不算晚。

讲述者言道：众人被他说得痛哭流涕，全场哭声一片，纷纷表示忏悔。此老者的训道一直持续到太阳偏西，听众中很多人都有些支撑不住了。就在哭声渐弱、话声渐少、全场渐静之际，从人群中传出一个人的高叫声。只见此人一边喊冤一边冲向也在场听讲的当地总督，当面控告他不仁不义、处事不公。总督很生气，斥责此人无理取闹。此人转身求救那位训道老者，请他主持公道。老者站起身来，以审判官的口吻对总督训斥道：

怪哉贪欲权势者，手中掌权心不端。
为所欲为肆意行，横征暴敛欲无边。
施暴可曾想末日？妄为可虑被惩判？
服从主威不为晚，假如大人有信念。
安拉慈悲惠众人，不论有势或无权。
宠信小人必懊悔，误入歧途悔之晚。
可怜大人不畏主，唯有悔改避清算。
放牧须防吃苦草，饮水应选淡水源。
改邪虽痛咬牙受，归正再苦流泪担。
过后想起会自嘲，曾与邪恶战火燃。
如果一意孤行去，反让奸人窃喜看。
哀哉有人不顾脸，耻辱土中任滚翻。

才子巧舌变口吃，贵人荣耀转难堪。
贱比野菌被清算，笔笔恶行有清单。
因其罪恶被严判，无论其罪明与暗。
点点细节不放过，尤其被揭曾隐瞒。
有人那时必懊恨，悔不当初不听劝。

老者接着说："承担治理责任的人啊，希望受主保护的人啊，放弃你的狂妄吧！离开你的权力和财富吧！权力是流动的风，地盘是变幻的闪。幸福的主子是能使臣民幸福的人，不幸的主子是使臣民受苦的人。绝不能丢掉后世而只恋尘世，肆虐臣民；绝不能一旦掌权即为害一方，作威作福！这种人，安拉绝不饶恕！切记切记！不去恶不能从善，公平之秤放在面前，善恶之账笔笔记请，末日一定清算，绝不留情！"

讲述者言道：听到这里，总督再也坐不住了。脸变色，心发慌，浑身乱颤，焦躁不安。气越喘越粗，汗越擦越显。最后终于离开座位，走到申述者面前，向他认罪忏悔。然后来到老者面前，感谢教诲，特予嘉奖，并邀请老者到家中授课。顿时全场激奋热烈，欢呼雀跃。受害者变成了英雄，主子变成了囚徒。

训道老者在众人的簇拥下离开道场，有如赢得一笔大生意，志得意满。我偷偷跟在他的身后，慢慢地走着，一直走到远离众人。我故意让他感觉到身后有人。他终于察觉了，回过头认出了我，笑着对我说："如果你有两个向导，其中一个能为你指路，他就是好向导。"然后又为我吟起诗来：

本人是你长兄，能言善辩口称雄。
使人快乐胜琴声，时庄时谐乐无穷。
岁月没能改变我，灾难没能断我生。
豺狼虎豹怎奈何，利齿咬后骨更硬。

努哈①后代唯我尊,万物生灵我继承。

哈里斯君言道:我对栽德君说,"栽德就是栽德,做事胜过欧拜德②。"栽德君说:兄弟,听我如下之言:

不畏淫威火,不舍真心肠。
主愤奴悦事,蠢事第一桩。
永怀敬主志,事事安无恙。

那次巧遇栽德君后,很长时间再没有他的消息。当时在分别的时候,曾希望他能在赖伊多逗留些日子,并能经常书信往来,互通信息,但他并没有这样做。

---

① 努哈,伊斯兰教先知之一。
② 欧拜德,即阿慕尔·本·欧拜德,阿拔斯王朝初期著名隐士,穆尔太齐赖学派著名学者,以演说、释道、劝诫闻名。

第二十二篇　幼发拉底

　　哈里斯·本·哈马姆君言道：有一段时间，我经常到幼发拉底河边去散步，在那里，我结识了一批经常在河边游乐的文人。他们都是一些文章高手，水平甚至超过了著名的"幼河父子"①。他们也都是心地纯洁之人，比幼河水还纯净。他们同时又都是当地的地主乡绅、殷家富户。这些人经常相约在河边聚餐，我很快变成了他们中间的一分子。我和他们交往完全是因为敬重他们的文才和品德，而不是贪图他们的钱财和宴请。我和他们坐在一起，如同和卡阿克②那样的人坐在一起，他们也把我当成不分彼此的好朋友。时间长了，甚至把我当成了他们的召集人。无论是在一起聚乐还是分开活动，也无论是在外面还是在各自家中，都对我无话不谈，包括家中的秘密和隐私，不管是认真的，还是开玩笑。

　　有一次他们被授权到河中的一些岛上的村庄去收税，相约同往。为此，他们租用了一艘帆船，船体通黑，航行在水里，非常平稳。虽然速度很快，

---

① 幼河父子，相传在阿拔斯王朝哈里发穆格泰迪尔（公元10世纪初）主政时期，在宫廷任职的四兄弟及其父皆为文学家和慈善家，其中最著名的是二子艾布·哈桑·阿里。因其出生于库法城幼发拉底河边，故以"幼河父子"闻名。
② 卡阿克，伊斯兰教初期出身于著名哈奈斐派弟子谢班家族，以乐善好施闻名之人。此人效仿蒙昧时期著名慈善家克尔卜，"比克尔卜还慷慨"是至今尚在流行的成语。

但感觉就像静止不动似的。他们也邀请我同行,我欣然同意。那一天,大家高高兴兴来到河边码头,船已等在那里。当我们进入船舱,发现有一个老人已事先坐在里面。他穿着一身破衣裳,缠着一条脏乎乎的头帕,形象连一个仆人都不如。大家不由都皱起了眉头,觉得非常不快,纷纷询问是谁让他上船的,想把他请下船去。但最后觉得这样做有损他们的绅士风度,就没有赶他下船。那位老人也看到了我们对他的冷淡与鄙视,也一直保持沉默。就这样谁也不理谁,甚至打喷嚏都没有人说"安拉怜悯你①"。

那天天气很好,随着船行,大家边观景边闲聊起来。从严肃的话题到粗野戏谑的玩笑话,想到哪儿说到哪儿,说着说着就说到看书上面来了。有人问:"文学的书和收税的书,哪种书好?"有人说文学书身价最高,有人说税收、数学计算之类的书更重要。两种意见各不相让,越争执越厉害。就在难解难分之时,那位先行上船的老人突然说话了:"你们已说了很多,能否让我也说几句?"大家只得默许他。老人说:"我看你们完全把这个问题弄混淆了。正确的答案在我这里,听我说完后你们不需要再问别人了!"停顿了一下,老人接着说:"文学写作是高尚的劳动,而税收计算是实用的技艺。文学是月老,计算是樵夫。字为读而写,数为改而记。文笔是知识之盘,学问之罐,是伟人之密友,交往之伴侣,政要之喉舌,战场之骑士,人文之贤哲,决策之向导。它既为报喜人又是警告者,既为调解人又是联络官。堡垒虽坚有它可摧;首领虽悍有它可屈;逆叛再强有它可驭;去者再远有它可归;它可避无端罪罚;免恶人陷害;受众人褒奖;断庸人指责。"

老人讲到这里时,有意观察众人对他讲话的反应,发现有人满意,有人不悦;有人高兴,有人恼怒,似乎认为他是褒文贬算派的人。他立刻话锋一转,继续说:"但是,计算之术也很重要。它以真实记录为本,诚实调查为荣。而文学则多以雕章琢句为本,饰文弄巧为荣。计算之笔是守规之君,写作之笔是随意之徒。税费计算与诗文写作有天壤之别,

---

① "安拉怜悯你"为穆斯林在周围有人打喷嚏或其他微恙表现时常说的慰语。

此别无法丈量,更无法相融。税收把口袋装满,写作把脑袋掏空。税收使收税者致富,写作使写作人受苦。算账人是金钱的保护者,度量的监督者,票据的传送者,公平的记录者,公道的见证者,纠纷的裁判者,调解的公证者。他们中间的贤才俊杰有望成为权势要人或朝政首脑,掌控政务,驾驭臣民。它们能决定政局之稳与乱,财政之入与出,计划之利与害,法令之宽与严。倘若没有计算之笔,则会失去收益之果,史证之实,必将导致尔虞我诈,欺蒙瞒哄,法纪松弛,冤狱迭出,公道之颈被铐,暴虐之刃被抽。文笔多有不实之词,算笔尽为分析之字;算家探本求源,务必笔笔真实;文人类同金雀,随心变换色彩。但若将二者神化,妄为妖术或邪符,则皆成毒字。或若过分雕琢,故意美化,则成惑言媚词,除非你是积德行善之诚信君子。"

哈马姆君言道:老人的言辞打动了众人,大家开始对他刮目相看,顿生敬重之意,纷纷上前询问他的门第与郡望。但老人有意含糊其词,不做正面回答。我看出了他的不屑表情,仔细观察了一会儿,恍然大悟,故意大声说："那个敢驾驭行星、镇服航船的人啊，我怎么从他身上嗅出了栽德的气味？他原来风度翩翩，威风凛凛，今天怎么变了呢？"听到了我的话，栽德哈哈大笑，说："能人多变，我又改头换面了！"我马上向同船好友介绍："他就是那个我曾和你们提到过的奇闻不断、才气夺人、无人能比之君！"大家纷纷上前与之示好，掏银送金以示体恤。栽德君并不领情，坚持不受众人的慰赠。他对众人说："我的破衣让你们怜悯，我的穷相让你们同情。你们的怜悯使我蒙羞，你们的同情让我难堪！你们只是我不期邂逅的船客，是真正值得可怜的人。我用伤心的泪眼看着你们，决定给你们一些忠告！"

他吟诵道：

诸位乡绅听真言，肺腑忠告出心间。
褒贬赞责莫急断，如若尚未被证验。
判定人品应坦缓，喜怒两情看表现。
有雨无雨云起后，大雨小雨雷电显。
是否真心实意君，抑或虚情假意汉。
应擢值得仰视民，不举该遭贬黜官。
土中真金人不识，只有掘出才灿烂。
金币真假有试石，只观图纹必受骗。
白痴误判成伟人，只因服艳与饰鲜。
以貌取人重外表，才杰或许衣着烂。
袍破因恩可受尊，服艳因恶或遭贬。
倘若此人为君子，破衣或可助升迁。
巢旧雄鹰威不减，鞘损宝剑锋依然。

吟完此阙，栽德君要求船主停船靠岸。随后下船，扬长而去。船上的人你看着我，我看着你，内心都感到深深的懊悔。嗟憾尘沙迷眼，错识真金。纷纷下定决心，今后再不以貌取人，以鞘评剑。

第二十三篇　赛　诗

　　哈里斯·本·哈马姆君言道：我在青年时期，曾经度过一段很窘迫的日子。生活不济，勉强度日，担惊受怕，经常失眠。万般无奈，我决定到巴格达去寻找生路。我骑上骆驼，风餐露宿，起早贪黑，日夜兼程，越过无数崎岖难行之路后，终于踏进了哈里发的禁地，进入了君王的保护圈。我感觉像穿上了安全服，忐忑不安的心终于放了下来。我开始在巴格达城四处游荡，寻找谋生机会。那一天，我逛到一处官衙前的广场，举目望去，宫苑连绵，巍峨雄伟。正在四处张望，忽见一队骑兵飞奔而来，列队官衙前。远处一位老人正抓住一个孩子的衣领往衙门口走来，嘴里还喋喋不休地说着什么。他穿着一件破袍子，围着一条破围巾，在他的身后簇拥着一群看热闹的民众。好奇心促使我赶快跑过去，想看个究竟。老人抓着孩子来到市府衙门前，要求面见总督大人，得到允许，径直进了府衙。我也随人流蜂拥而进。只见总督大人正盘腿坐在官榻上，威严沉肃。

　　老人对素丹说："大人，安拉为你赐尊增荣！老朽特来状告此逆子不肖。他是个孤儿，他母亲生下他不久就死了。我既当爹又当妈，从他断奶起开始抚养直到他长大成人。他现在才学出众，文思慧敏，我为此付出了无数心血。没想到他有了本事后却开始与我作对，不服管教，和我对着干，让我丢脸，全忘了我当初对他的抚育和教养。"

那个孩子立刻反驳说："你怎么看出我不肖了？你不要往我脸上泼脏水！我以安拉起誓，我从来没做过使你丢脸的事情！我一直在维护你的尊严。我从没反叛过你，与你对着干！我从没忘记你的恩情！"

老人马上反唇斥之："你太可恶了，竟这样说话！再没有比你干的事无耻之极，让人丢脸！你窃取别人的成果，算成自己的。甚至敢剽窃我写的诗，说成是你自己写的，这是多大的罪过！文人把自己的成果看得比生命还重要，盗窃文人的诗作文笔比偷窃黄金白银还可恶！罪上加罪！"

听到这里，总督大人开口了："他是怎样剽窃的，细细道来！是换汤不换药，还是汤药全换，抑或原样照搬？"

老人回答："大人明鉴，诗歌是阿拉伯人的百科全书，是阿拉伯文学的知识宝库。但此逆子胆大妄为，竟敢肆意践踏别人之诗作。他把我写的诗，每一首裁下三分之一，算成他自己的，这是不是剽窃？"

总督说："你举一首诗为例，看他如何截取？"

老人说:"大人请听老朽此诗!"随即吟诵道:

追逐卑贱尘世者,若求陷阱与险地。
今日欢笑享乐居,明日泣泪盼远离。
倘若浮云无水助,终成雾气将人欺。
灾难伴君无路躲,死亡威胁永难避。
骄横傲物凌世人,狂妄无理超限级。
抑或突然翻恶脸,血刃高举视仇敌。
望君善待生与命,不使毁灭于无益。
盼君了断今世恋,定能救赎消心虑。
如若彼魔不求和,请君奋起斗顽敌。
危难再久必降临,或早或晚或降级。

总督问老人:"那么你儿子是怎么做的?"

老人答:"他为了虚荣心,竟偷偷改动了我原来的诗律①,从六节奏轮旋中减去两个节奏,同时砍去两个音步,致使整诗伤上加伤,诗意也发生了变化。"

总督继续问:"怪哉!他如何操作,举例细细道来!"

老人答:"请大人仔细听我再吟诵一遍此诗,这次是他的诗了。看他是如何做手脚、如何伤害原诗的!"

说罢老人带着怒气再次吟诵起来,明显能听出语调中的怒腔:

追逐尘世者,若求陷阱地。
今日欢笑居,明日泣泪离。
倘若浮云干,终成雾气去。
灾难永伴君,死亡永相逼。

---

① 阿拉伯古典诗歌共有十六种格律,每种格律按音乐节奏划分不同音步。此诗为开米勒律,为六音步轮旋。

骄横凌世人,狂妄无顾忌。
翻脸不认人,血刃高举起。
望君惜生命,不使毁无益。
盼君断尘恋,定能消心虑。
如若彼魔悍,请君斗顽敌。
危难必降临,推后或前移。

　　总督一脸严肃,瞪着那个孩子,怒斥道:"可恶之极,你这个不肖逆子!偷师之徒!"

　　孩子马上辩解道:"大人,你冤枉我了!我根本不擅长作诗,也不喜欢诗。如果他的诗好像是我写的,那纯属偶然,是碰巧我和他灵感一致,是他的蹄子踩到我的蹄印里了①。"

---

① 阿拉伯成语,意为两物巧合。

讲述人言道：大人好像认可了此少年说的话，对刚才的斥责有些懊悔。他沉默了一会儿，思考着用什么办法判定真伪。最后决定现场测试，让两人比赛作诗。遂对父子二人说："你二人要想证明自己无辜，须在本官面前赛诗。我出一诗题，你二人依题同作此诗。每人一行，后人接前人，最后看输赢。"二人马上应允，齐声道："遵命，小民愿赛！"大人接着说："本官最喜欢修辞中之双关语，认为此术应列修辞各术之首。命你二人以此术作十行诗，描述本官之爱。涉及体态肤色、甜言蜜语、哀怨情伤、背信弃义、狂妄罪戾、不离不弃等。"

大人话音刚落，老人就开口吟出第一行诗，儿子紧接着吟出第二行，老人又吟出第三行，就这样一口气作出了非常完整、句句双关的十行诗：

褐肤棕唇美髯君，甜言蜜语占我体。
背信弃义抛我去，长夜恩爱一朝离。
残情尚存不忍害，五脏六腑被他迷。
谎言硬信忧君走，欺骗强忍恐生异。
享受折磨打当爱，虐待越甚心越依。
当初允诺尽已忘，我心悲痛独自泣。
彼之自责常欣赏，彼之狂妄竟不虑。
若成君子维护我，他人断难吮唇蜜。
若能痴情不变心，面似皓月艳无比。
视苦为甜跟定他，从一而终任风雨。

总督惊讶不已，此父子二人竟有如此才气，如此文思，且并驾齐驱，不分高下。遂情不自禁地对他二人说："你二人犹如天上之帝星和太子星，扳机之撞针与撞孔①，光芒同射，才气同辉。而此子之才完全出自其自身天资，非靠他人之助，夺他人之实。老人家告之无理，请收回所控，并

---

① 帝星为北斗第二星，太子星为北斗第一星，意为双星同辉。扳机之撞针与撞孔意为榫卯吻合，并驾齐驱。

好好待他。"

老人说："这是不可能的！我们父子万难再回到从前。他干了很多忘恩负义、忤逆不肖的事情，我已经受够了！"孩子立刻回击，说："争吵不吉利，动怒辱斯文。状告无辜有罪，诬陷好人作孽！你难道忘了，你当年心情好的时候诵读给我听的一首诗？你在诗中说：

请君体谅兄弟情，如果犯错属无意。
请君莫要常指责，哪怕偏激或不义。
请君坚持示善意，无论忘恩或感激。
请君维护彼自尊，不管蛮顽或傲气。
请君信守承诺言，无论履约或背离。
世无尽善尽美人，求之若求空与虚。
常人行止必有失，优点再多也存隙。
良莠长短属一人，花果与刺同枝依。
幸福之中有烦恼，顺利掺杂不如意。
遍验世间君可见，人人卑俗人人低。
文笔口才德行好，集于一身真功力。"

讲述人言道：只见老人一边听一边不住地吐着舌头，大睁着眼睛，如蛇吐芯，似鹰凝眸。他对素丹大人说："大人，你是夜空引路之星，酷暑送爽之雨！我不是不想与他和好如初，只是担心以后会发生更丢脸之事。这个孩子一直靠我抚养，当年生活富裕，我对他有求必应。但是今天，日子变得很艰难，以致家中四壁空空，身上衣不遮体，因常断炊，老鼠都不再光顾。"

父子二人的话深深打动了总督大人，使他顿生恻隐之心。马上决定施以救助，命令下属立刻操办，并请他父子二人坐在他的身边。

哈里斯君言道：我当时被挡在人群后面，只闻老人之声，不谙其面。我尽量分开阻挡人群一点一点往前挤，终于挤到了最前面，就近看清了那位老人。他不就是栽德吗？那个孩子不就是他的儿子吗？我马上明白了他父子二人的用意。栽德也看到了我，不断挤眼暗示我不要说话，偷偷用手势制止我不要太靠前。我只好站在那里看着他，等着他父子二人表演结束后一同离去再与他叙旧。总督大人也注意到了我，看出了我和他父子二人有某种关系，就问我："请问你有什么要求？"栽德抢在我前面回答："大人，他是我的一个老相识。"总督马上面带喜色，并请我也坐在他的身边。不一会儿，僚属拿来了两套服饰和一袋金币，总督亲自把此馈赠交到此父子手中，并与他二人约定永结金兰之好。二人感恩戴德，高声致谢，欣喜告辞，我也随他父子离开府衙。哪知刚走出府衙不远，一个衙属匆匆跑来，喊我回去。我问栽德君："我想总督大人喊我回去一定是向我询问你的情况，我怎么回答？"栽德君说："看起来，此总督很蠢。我来戏弄于他就是想让他知道，他的小风遇到了大旋风，小水流碰到了大河湾①。"我对他讲："我担心他会震怒，失去理智，做出对你不利的事来！"栽德君说："我即将动身到鲁哈城②去，苏海尔星与苏哈星永不会相遇③！"

当我重新回到总督大人面前时，周围已空无一人。只见他容光焕发，非常高兴，大加称赞栽德君的才华，抱怨世道对其不公，埋没人才。然后问我："你是否帮了他？"我马上否认："不是，大人。是他自己才能超群！"我把实情向大人和盘托出，对他说："他们父子为你设了一个局，演了一场戏，把你耍了一番，而你输了此局。"总督的眼光立刻黯淡下来，脸颊开始发红，说："自本官主政以来，还从未见有人不怀恐惧之心敢戏弄于我，让我出丑。我也从未听说一个老人胆敢化装行骗。你是否知道此老贼身藏何处？"我答："他因担心大人会加害于他，目前已逃离巴格达。"素丹说："算他聪明，有种！此人确实狡猾！如果不是看他彬彬有礼，不会让他逃出我

---

① 两句同为阿拉伯成语，意皆为强中更有强中手。
② 鲁哈城，古代历史名城，现名乌尔法，位于土叙边境土方一侧。曾是古叙利亚文化中心，其大教堂为世界奇迹之一。
③ 苏海尔星为南天南船座一等星，也叫老人星。苏哈星为北天小熊座三等星，也叫勾陈增四。两星永远不会相遇。

手掌! 但我担心此事一旦传开,必成官场笑柄,使我脸面无存,威信扫地,以致降级丢官!"思虑再三,总督要我守口如瓶,不准向任何人泄露此事。我向他保证,一定比苏茂艾勒还守信[①],严守秘密。

---

① 蒙昧时期悬诗之王乌姆鲁·盖斯为为父报仇,夺回王位,四处逃亡,曾投靠犹太人苏茂艾勒,把女儿、武器、盔甲存放在他那里,然后向君士坦丁堡进发,请求罗马皇帝救援。此事被迦萨尼国王哈里斯探知,派人到苏茂艾勒那里抢夺盖斯的寄存物。苏茂艾勒宁可牺牲儿子也不交出,终于等到盖斯归来如数归还,遂留下成语"比苏茂艾勒还守信"。

第二十四篇　卡提亚

　　哈里斯·本·哈马姆君言道：那一年春天，我住在卡提亚①区，在那里，我结交了一群年轻人。他们个个面若朵粉，品比蕊香，言似夕氤。更有人美如春花，声盖琵琶。我主动和他们加深友谊，事事保持一致，注意利益均沾，不独享其成。在一个云舒雨润的早晨，我们决定一起出去踏青，到郊外的牧场去欣赏绿地园林，放松心情，启迪灵感。我们正好为一年之月数②，大家结伴而行，亲密无间，好得如同贾其马之二友③。我们来到一处园地，只见绿草如茵，野花盛开，色彩斑斓，芬芳馥郁。大家选择一处，高高兴兴坐了下来，吩咐随侍酒仆摆杯布盏，随行歌师调琴润喉。正在这时，一个生人闯了进来，他满头白发，穿得破破烂烂；不打招呼，不经允许，一屁股就坐在我们中间。大家惊讶不已，神情愕然，脸上显得很不好看，刚才的好心情一扫而光。大家极不情愿地接受了他，就像妙龄女子接受白发老翁。尽管老者坐下后非常客气地向大家问候，和颜悦色地与大家说话，大家仍然觉得很不快。为了扭转尴尬气氛，歌师弹起琵琶，唱起歌来。只听他用甜润、高亢的声调唱道：

---

① 卡提亚，巴格达近郊一区。
② 意为其人数为十二人。
③ 贾其马为蒙昧时代古希腊国王，其二密友马立克和欧基勒忠心耿耿，曾救助其外甥阿慕尔·本·阿迪，使之得以继承王位。此事演绎为成语，寓意忠实。

苏娅姑娘把你盼,何时能来我身边。
最大耐心将你等,忍气撑至喉骨边。
誓与情敌争胜负,赛饮比醉共酒酣。
有缘相交合快合,无缘情分断难断。

讲述人言道:有人对歌词中的句法不解,上前询问歌师为什么"有缘相交合快合"中第一个"合"为宾格,第二个"合"为主格?歌师说:"此词出自西伯威之《书》[①],原词如是。"没想到这句问答激起了大家的兴趣,使大家找到了谈天的话题,遂热烈谈论起来。谈着谈着,竟然争执起来。一部分人认为两词皆为主格;另一部分人认为两词皆为宾格;还有一部分人不置可否。争执渐趋激烈,难于一致。只见那个外来闯入者不发一言,

---

① 西伯威为阿拉伯最伟大的语法学家,其名著《书》被公认为阿拉伯最早最权威的语法学著作,通称《西伯威书》。此书问世是阿拉伯语最后成熟、定型的标志。

面带神秘微笑看着他们。一直等到大家争累了，声音减弱了，他才开口问众人："诸位才俊，愿意听听老朽的解释吗？"众人无奈点头。此人说："此词中之两个'合'既可为主格，又可为宾格，关键在于如何确认省略词。"刚说至此，立即有人起来反驳他，想与他争辩。他接着说："你们想和我挑战？那好！我问你们，什么词里含有心仪字母，或者含有乳香字母？什么名词既有确定单数，又有随行复数，单复数可互换？哪一种'海伊'一旦连在词上，就解除了此词的负担，松开了它的手脚？'西因'加在何部位就毫不客气地隔断了支配者？什么宾格词永远为时空宾语，只有虚词才能使之变属格？什么正次多加一环就破坏了正偏组合关系，使词义谬之千里？哪种词的支配者可首尾相接，正反两用？哪种代主语比主语语义更广，更灵活，被安拉多次提到？何地男人戴面纱，女人裹缠头？哪里需要记住乘数与被乘数的数位？什么名词必须借助其他两个词或依靠两个字母才能理解词义？第一种情况迫不得已，第二种情况必须如此。哪种形容词一旦附加'奴恩'，其服务对象就会减少关注度，甚至被忽视？一共十二个问题，是按诸位的人数和最高争论级别出的。你们想加也行，想减也行，请回答吧！"

讲述者言道：此老者谜语式的问题把所有人都镇住了，大家面面相觑，困惑不解，哑口无言。僵持了一会儿，大家不得不放下身架，调整心态，丢掉鄙视之心，主动上前求教。只听老者说："语句文法相当于食品中之调味盐，为其提高品味。我不是来指导的，更不是来乞讨的！"说着，他便燃起智慧之火，为众人拂拭脑锈，诱其发出睿光，祛疑解惑，探悉谜底，众人无不折服。

讲述者言道：通过老者释析，大家方对所问勉强理解，但仍存些许疑惑。钦佩之情，溢于言表，在对老者刮目相看同时，懊悔不已。大家纷纷向他道歉，并盛情邀请他与大家同饮同乐。他却连连推辞，说："无须如此客套！"大家坚持邀请，他显出不耐烦的神情，以不屑的语气说：

白头禁我纵情，怎能饮乐尽兴？
自从乌须霜染，绝不晨起举盅。
精神才气尚在，誓不让酒乱性。
永不手触葡液，远离杯间赌令。
再不关心浓淡，止步酒肆饮棚。
绝不邀友上席，不认酒徒为兄。
一旦苍髯遮面，憎饮随之而生。
鄙视杯盏之徒，避之唯恐不诚。
倘若继续放荡，将熄家族之星。
我族传统好客，尤其敬重老翁。

说完，立即转身离去，快似蛇行，急若云风。我马上认定，此翁乃文学之皓月，苏鲁吉之明灯，十二天宫任其遨游，天下纵横。

他的离去让大家阵阵心痛，憾悔不停。

第二十五篇　卡拉季

　　哈里斯·本·哈马姆君言道：曾经有一年，我为了讨债，来到卡拉季①。那一年的冬天特别冷，我实实在在地体验到了严寒的滋味儿。我不得不整天守在火盆边，只在星期五聚礼或有急事才走出家门。那一天，乌云密布，寒风凛冽，我因一件必办的事儿硬着头皮出了门。刚走不远，就碰到一群围观看热闹的人。走进一看，人群中一个光着身子的老人出现在我眼前，他全身上下只在腰间和跨下用一条白布缠裹着，没穿任何衣服。老人并不在意人们惊愕的目光，反而向众人高声吟诵道：

　　　　诸位善公看仔细，落难老人不遮体。
　　　　瘦弱之躯寒风里，处境悲惨贫如洗。
　　　　命运惩罚须警惕，引以为戒此境遇。
　　　　不堪回首昔日荣，有钱有势有门第。
　　　　也曾慷慨常施舍，也曾立功勇杀敌。
　　　　天命抽出负义剑，战驼哀号长叹息。
　　　　摧残折磨接踵至，流浪乞讨低身躯。
　　　　穷困潦倒路边卧，赤身裸体紧屈膝。

---

① 卡拉季，古代历史名城，位于今伊朗德黑兰与哈马丹之间。

状以纺锤光溜溜①，瑟瑟发抖惨凄凄。
阳光炭火难渴望，只求遮身救急衣。
望看主面怜悯我，破衣烂衫不挑剔。

吟罢，他接着说："各位善公、贤士，你们都穿着厚厚的皮衣裘服，非常暖和，而我却衣不遮体，快要冻死。人生虚幻，岁月无常。强弱贫富常为过眼烟云、梦中蜃景。机会虽有，转瞬即逝。我为不被冻死，总是用'卡法特'②来迎接冬天，为它的到来做好充分准备。今天不得已出来乞讨，请各位善公发发善心，赏件遮身之衣，赏点儿充饥之食。请有识之士重视世情冷暖，以我之状为戒。身于福中之人要善于以他人为鉴，未雨绸缪。"

这时，人群中有人说："听你之言，口才不错，能否告知出身？"

老者说："世人应以敬畏安拉为荣，以道德学问为尊，把以祖先朽骨为荣之徒视为不齿！"然后吟道：

以君生命起誓，荣在今日现时。
贵贱不依朽骨，只看人生实际。

他紧缩着身子，坐在地上，瑟瑟发抖，高呼着："安拉啊！受主隆恩的人啊，向先知祈祷吧！伸出救助之手吧！积德行善吧！不能只顾自己暖和而看着别人受冻吧！伸手不嫌少，一点也很好！"

讲述者言道：此人之口才和话音话意使我有似曾相识之感，遂仔细观察他，很快就认出他不是别人，正是艾布·栽德先生。随即也明白了他为什么在大冬天赤身裸体，招摇过市。这肯定是他骗人的新创意、新花样。栽德也认出了我，知道我已看穿了他的把戏，怕我一旦开口扰了

---

① 阿拉伯成语。意为身体虚弱、消瘦、憔悴。
② 卡法特，阿拉伯语以字母"卡夫"打头的七个名词，指七件东西，"卡法特"为"卡夫"的复数。

他的局,马上抢在我的前面说:"我以日月星辰起誓,相信好人会替我遮丑护脸,安拉最怜悯这种人!"我听出了他话里的弦外之音,是提醒我不要说漏了嘴,要帮他演好这场戏。我实在不忍心看他冻得瑟瑟发抖的样子,就脱下我的皮袄——它白天是我的大衣,夜里是我的褥子,对他说:"把这个拿去穿上吧!"他马上接过去立刻就穿在身上了,一边穿一边说:

善君赠皮衣,不再身战栗。
护命救冻身,除恶防魔袭。
今日得我赞,明供乐园里。

讲述者言道:我的举动启发了围观者,栽德的口才更使他们着迷,使他们不由自主地纷纷脱下身上的裘衣皮袍扔给他。他一件又一件地接在

手里，直到多得拿不住了。他把它们捆成一大包，背在身上，然后以最快的速度逃离众人，心里十分得意。我立刻跟在他的后面，一直跟到一个风平浪静①的地方。我抓住他，对他说："你不要命了！大冬天赤身裸体出来骗人，太缺德了！"只听他说："奇怪！朋友相见，怎么开口就先指责人呢？对不了解的事情一上来就先指责是不公平的！为我的白发增光，让圣土②飘香的人啊，我以你起誓，如果我今天不脱下衣裳冻一日，我就会两手空空度一日！"说完，他还想跑，看我仍抓住他，不耐烦地说："你难道不知道？我的脾气就是捕猎四方，从一个猎场转到另一个猎场，钓一条鱼换一个地方。你别妨碍我，挡我的财路好不好？别再缠着我了，我没工夫陪你玩儿！"我大声对他说："要不是我帮你兜着，没揭你的老底，你能得手吗？能穿得像洋葱③吗？你必须回报我！或者把我的皮袄还给我，或者告诉我什么是过冬的卡法特？"栽德用一种奇怪的眼神看着我，开始是嘲弄，逐渐转变成愤怒，最后吼道：想要回皮袄？不就等于想追回昨天和死人？门儿都没有！至于过冬的卡法特，那要怪你脑袋进水，记忆力差！你忘了我那次在一家小酒馆里为你吟诵过的伊本·苏卡拉④的诗，诗中说：

倘若到冬季，雨多出门稀。
我有七件宝，生活不着急。
屋袋炉酒肉，女人加冬衣。⑤

然后，他又和缓了语气，说："听了我的回答满意了吧？它比皮袄更好，

---

① 风平浪静，阿拉伯成语，又是双关语。既指风停天气好了，又指安全、无干扰的地方。
② 圣土，指圣城麦地那。
③ 阿拉伯成语。洋葱鳞片层层包裹，比喻人衣服多，里三层外三层。
④ 伊本·苏卡拉，即阿拔斯王朝著名诗人艾布·哈桑·马哈茂德·本·阿卜杜拉·本·穆罕默德·哈希米，生于哈里发王室家族。以一首长达五万行长诗闻名，擅长诙谐、幽默。
⑤ 即前文提到的以字母"卡夫"（读音打头的七件东西。其中"袋"原词意为粮袋和钱袋；"酒"原词意为酒杯；"肉"原词意为烤肉串；"女人"原词意为女人之阴。

更有用吧? 好好记住它吧! 请回吧!"

我只好怏怏地与他分别,也和我的皮衣分别了。这回轮到我在这个冬天瑟瑟发抖了。

第二十六篇　隔母点文

哈里斯·本·哈马姆君言道：那一年，我住在阿瓦士①，生活较艰难。每天穿着破衣烂衫，在它的两个市场里转，寻找能填饱肚子的东西。最后觉得这样下去实在不行了，决定离开那里另寻出路。我一路北行，走了两天两夜，到第三天，又冷又渴又饿，正想歇息一下，远处一顶豪华大帐出现在面前，好像里面还生着火。我顾不得这是什么人的大帐，直奔它而去。大帐里面富丽堂皇，几个英俊的仆人正在侍候一位富翁。富翁衣锦华丽，富态威严。座榻前摆满了水果和甜点。我不敢太靠前，远远地在帐门里向他致意。没想到富翁看到我却笑了起来，非常和气地回答我的问候，热情地对我说："快到我跟前来，坐下吃水果！"我也正想借机套套近乎，讨些好处。走进一看才认出，此富翁正是艾布·栽德先生。我大喜过望，上前拥抱、亲吻他，他也热情地和我拥抱。当时的心情，到底是因为与他久别重逢而高兴，还是看到他脱贫致富而高兴，一时难以说清。但我确实非常急切地想知道，他是怎样变成富翁的。因此与他寒暄过后，我直奔主题，问他："先生从何而来？将赴何地？如何发财如此？"栽德答："你问我从何而来，我自图斯②而来；你问我将赴何地，我将奔

---

① 阿瓦士，古代历史名城。位于今伊朗西南，靠近伊拉克，现为伊朗胡齐斯坦省省会。
② 图斯，古代历史名城，位于今伊朗东北，今名马什哈德，为呼罗珊省省会。

赴苏斯①；你问我发财之事，则源自一篇即兴所写之文。"

"如何一篇文章就能致富？请详细道来！"我说。

"说来话长，有如白素丝之战②，一两句讲不清楚，除非你能跟我一起到苏斯走一趟。"

我只好跟他一起上路，一直陪他转了一个月。他一路走一路讲，但无论他怎么讲，我就是摸不着头脑。我终于发现，他在故意绕圈子，故意留悬念，故意不把真正原因讲明。那天我实在忍不住了，对他说："我不想跟你走了，明天就和你分别！我看明白了，你不想把实情告诉我，所以一直跟我绕圈子。"他说："你说对了，我确实在故意拖延时间，不想很快把实情告诉你。我之所以这样做是想让你一直和我做伴儿，陪着我。既然你怀疑我的诚意，想离开我，那我只好现在就告诉你我发财的经历，不再拖延了。希望你好好听，切切记。我这几年的经历很奇特，足可以补充进那本艾布·杜亚写的书里③。"我说："这次你不能再耍花招，必须切入正题，老老实实说清！"

栽德言道：你知道，我的生活一直很窘迫，浪迹天涯，四处流浪。那一年我流落到图斯，两手空空，一贫如洗。为了应急，我去借钱。不知是怎么的，那时我一直走背运。有人愿意借我钱，我以为他是好人，没想到看错了人。开始以为借的钱很快就能还上，没想到就是还不上。以为再借一次就能还上，还是还不上。我的债主露出了本来面目，乘人之危，逼我还钱。我向他诉说我的困难，他不愿意听。我不断地向他央求、解释，希望他能理解我的难处，给予宽限。没想到，他是个没有丝毫同情心的人。我越退让，他越紧逼，说："你除了还钱无路可走！别想拖延、赖账、耍滑头！"我和他争吵，他威胁我要去告官。我抓住此言，故意逼他和我一起去见图斯总督，而不是去见当地法官。因为我事先听说了总督

---

① 苏斯，史前古城，位于今伊朗阿瓦士往北迪兹富勒市南郊。
② 白素丝之战，阿拉伯蒙昧时期因一名叫白素丝的老妇的骆驼被杀，而引发两大部落之间长达四十年的血亲复仇战争。
③ 即《解忧集》，由当时巴格达著名圣训学家艾布·杜亚（894年卒）所撰，收录当时文界与教界的逸闻趣事。

的仁慈、大度和奖励文坛、提携才俊的文人情结，而法官却是个蛮横、吝啬之徒。我和我的债主来到了总督府，我觉得非常心安，也很有信心，因为我的强项有了用武之地。我从办事僚属处要来了纸墨笔，给总督书写了一封陈情函。我把此函写成了一篇隔母点文①。此文是这样写的：

大人德尊，督衙善任。近之心亲，远之伤损。友之增信，离之劳神。剑锋锐峻，功勋照人。身正宽仁，操行有品。口碑远闻，智慧绝尘。

运筹善断尽争勋，敬业勤政极忠贞。廉洁拒污独善身，宽宏大度惜贵昆。广施恩德有自尊，精明卓越智绝伦，洞察万物谋称神，临危不惧勇超群。

品集一身，惠雨永霖。悯手常伸，吝心无根。慈乳普润，善财广分。近者有份，商者有进。无辜施仁，迷途善引。咸柔相匀，以松量紧。是恶无门，守操有韧。

青天老爷名相称，清正廉明得民心。人品德行闪若金，锐箭神弓战必擒。和蔼可亲事勤奋，深谋远虑唯谨慎。慷慨大方广施恩，积德行善不掩行。天灾来临勤慰民，斩断魔牙驱灾瘟。

明达仁君，远近名人。顺应天运，服从大人。自乳始吮，沐主雨润。活力生根，愉悦盎春。博强斗阵，打扰大人。理明事准，费心问审。公正辨讯，积德添恩。

大人依然心热忱，广施恩德惠臣民。公正廉明永忠顺，普照沐其慈光人。再绘功德添绣锦，畏主之服永披身。

大人心仁，美德超群，善举盈门。救难亲临，施恩近身。

---

① 隔母点文，阿拉伯文人游戏文字。阿拉伯文共有二十八个字母，其中十五个为带点字母，十三个为不带点字母。写作时，专门挑选由带点字母接不带点字母，再接带点字母，再接不带点字母（或相反）……组成的单词，连成句子，形成文章、韵文或诗歌。从头至尾，连续不断，一气呵成。此篇之隔母点文原文共三百字，韵文插以诗歌，分成七大段，四段韵文，三段诗歌。译文考虑到其整体性及韵诗之别，采用四言译韵，七言译诗，句句用韵，一韵到底，中间不换韵。

生自善门，逃荒饥馑，伤痕犹存。妙语珠滚，口才众钦，古斯[①]稍逊。字如绘锦，书似花茵。食靠贷赁，饮品难寻。度夜如晨，衣旧袍陈。忧债逼甚，债主心狠。大人赐恩，断其黑心。增降甘霖，消忧宽心。美德长熏，豪气长闻，人主恩本，永世长存。

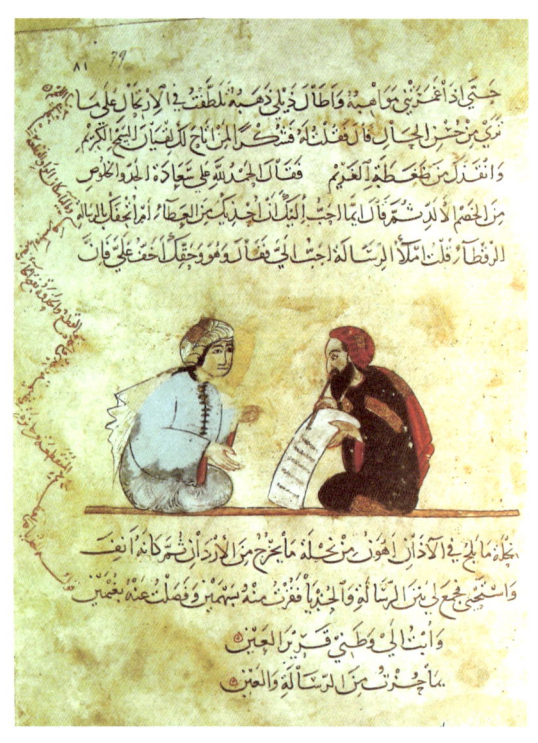

栽德言道：当总督大人看完了我的诉函，欣赏了我的文采，理解了我的状情，立刻开始审案。当场裁决解除我与债权人的关系，免除我的所有债务，随即把我收在他的麾下，成为他最亲密的文友与僚属。没有公务，只为陪他消遣，却享受俸禄。一连几年过去，他给我的照顾越来越多，待遇越来越高，使我越来越富。今年，我请求离开都城，替他私访各地，经过阿瓦士，就遇到了你。"我对他说："真得好好感谢总督大人！他是你

---

① 古斯，即古斯·本·沙伊达（？—600），阿拉伯蒙昧时期著名演说家，身份为奈季兰地区基督主教，经常在欧卡兹市场当众演讲、训道、劝诫。奈季兰位于今沙特、也门边界沙特一方，蒙昧时期为阿拉伯半岛基督徒主要集聚地。

的救命恩人，对你恩重如山！"

栽德说："感赞安拉！让我摆脱债魔，获得新生！"然后他问我："你想要我送你什么样的礼物？是给你一笔钱呢，还是那篇信纸？"我马上回答："当然是那篇隔母点文！我非常想认真拜读，请让我抄录下来！"他说："你太容易满足了！要的都是我最容易办到的事，口说的总比手拿的容易。"说完，他亲自为我抄录了那篇妙文，又装作很不屑的样子，在递给我那篇文章的同时，附带了一大袋金银。

我高高兴兴地带着双份收获离开了栽德。

第二十七篇　沃伯里

哈里斯·本·哈马姆君言道：我年轻的时候，非常喜欢沃伯里人①的生活，我欣赏他们豪爽、坚忍、顽强的性格，迷恋他们淳朴的民风和原汁原味的阿拉伯语。我努力向他们学习，养驼牧羊，精心照料，积少成多，终于拥有了上百匹骆驼和大群的羊。我找到了附近的一个游牧部落，结交了此部落酋长下属中一些口才极好的人，他们说服了酋长，同意划出一块最安全的地方让我放牧，并解除了对我这个外乡人的防范，允许我自由活动。我心情舒畅，无忧无虑，完全把自己当成了游牧民。

我的宁静生活在一个月夜被打破了。那天夜里，我巡视驼群，发现一只奶水最多的母驼走失了。我心痛不已，无法承受，发誓要把它找回。于是，我骑上一匹快马，带上一杆长矛，出去寻找。我转遍了沙丘、树丛、秃岗、荒谷，一直转到晨曦初现，晨礼宣声响起，我才跳下马背，就地晨祷。晨礼做完，我又跳上马，继续寻找。我不放过任何痕迹，不错过任何角落，逢丘必上，遇谷必下，还是一无所获。不觉到了正午，骄阳刺眼，烈日烤身，热得厄伊兰头昏忘了向梅伊求爱②。暑日漫长如长矛之影，

---

① 沃伯里，即贝都因的同义词，指阿拉伯游牧民。
② 厄伊兰，即祖·鲁马，伍麦叶王朝诗人，有诗集问世，他写了很多与其情人梅伊相恋之情诗。

酷热似失子妇泪①。我四处寻找遮阳避暑的地方,找得精疲力竭。就在我感到将被热死之时,眼前出现了一棵枝繁叶茂的大树。我马上奔到树下,下马靠树而坐,感谢安拉,终于有了歇息之地。然而,还没等我把气喘匀,我的马还没站稳,我看到远处出现了一个人影,我马上警觉起来,默求安拉保佑平安。人影直奔我而来,走近一看,此人竟是栽德。他背驮着行囊,腰缠着行具。我惊讶能在此地见到他,非常高兴,一时竟忘了丢驼的事。我急切地问他从何而来,催他讲述别后之事。他并不作答,而是即兴随口吟韵于我道:

寄言欲探隐秘者,吾乃珍宝与尊身。
或若荒野之幽冥,亦如大地之游魂。
猎物为粮驼为靴,行囊手杖作枪棍。
家为客栈处处在,友乃纸页日日询。
不存遗憾对过去,不留悲愤在凡尘。
无忧无虑度岁月,知足常乐平常心。
不选杯具随意饮,不论酸甜与清浑。
不把卑贱作本金,换取他人赏与恩。
心愿若披耻辱衣,毋宁心愿不成真。
天性憎恶屈卑命,宁死不进屈辱门。

吟到此,栽德才想到问我:"何故在此?何事让卡绥耳割掉了鼻子②?"我跟他讲了丢失母驼之事。没想到他并没有把它当成很大的事,反而对我说:"过去的随它过去,失去的让它去,不必患得患失。什么都可舍得,哪怕是金山!不要被人诱惑,哪怕是亲儿子、亲兄弟!"不等我说话,他

---

① 古阿拉伯人常以矛长喻最长之物,认为失去儿子的女人的眼泪是最热的。
② 喻意非常严重的事情,源于蒙昧时代故事。卡绥耳为希拉国王贾齐马之友,他被帕尔米拉国女王齐诺比亚割掉了鼻子,但他谎称是贾齐马的外甥阿慕尔·本·阿迪割的,以陷害他。后阿迪继任希拉国王。此事经历史长河辗转传述成著名典故与成语。

又接着说:"咱们是否先在树下睡一会儿,睡醒了再叙旧,我也能有精神帮你找驼。走了很长的路,确实累了。天也太热了,头脑发昏,浑身无力,一年最难熬的是六七月。"我说:"悉听尊便!但说好了,休息够了帮我去找驼!"他没有再说话,往地上一躺,很快就睡着了。我心里有事,本来只想歇息一下,并不想睡觉,就歪在地上,曲肱而枕,没想到实在太累了,不一会儿也进入了梦乡。等我再睁开眼时,天已经黑了,星星在向我闪烁。往周围一看,栽德已不在身边,连马都不见了。我被困在了荒野中,度过了一个纳比埃之夜①,感受到了叶尔孤白②之悲。为了熬过漫漫长夜,我尽量放松心情,与星空夜谈。但也难免胡思乱想,愁肠百结,悲愤填膺。一会儿想,双脚如何走出荒野;一会儿想,回不了家,会死在这里吗?一会儿怨恨栽德,他竟敢捉弄老朋友;一会儿又埋怨自己太缺心眼,太相信栽德那个老狐狸。就这样迷迷糊糊,似睡似醒,一直挨到晨曦露出了笑脸。我站起身来,瞭望四周。真是主具慧眼,这么早,天边就出现了人影,难道是来救我的?我揉揉眼睛,仔细看去,远处确实有一个骑驼之人。我高兴极了,举起衣物向他挥舞、呼喊。但是,无论我如何喊叫,那位骑驼之人也没有反应,仍然自顾自走他的路。我不能放弃这难得的机会,只好使出吃奶的力气向他追去。我奋力追赶,磕磕绊绊,终于追上了那只骆驼。定睛一看,主啊!这不就是我丢失的那只母驼吗?我不由分说,上去就把骑驼的人拉下驼背,抢他手里的缰绳,说:"这是我丢的驼,你把它还给我!你这个小偷!"没想到那个人毫不退让,不仅不承认偷驼,反而出言不逊。我对他说:"你不要学艾什阿卜③,强占别人的东西!"那人仍然紧抓住缰绳不放。正在我和他你争我夺、难解难分之际,就像从天上掉下来似的,栽德突然出现在面前。恍惚间,他身披着虎皮,猛扑过来。我看清了是他后,

---

① 即恐怖之夜。蒙昧时代诗人纳比埃·朱布亚尼以善于描写夜晚的愁绪和惶恐闻名,后人遂有"纳比埃之夜"之说。
② 即叶尔孤白·本·优素福,伊斯兰教先知之一,亦为北非穆瓦希德王朝第三任哈里发,为王朝进入全盛时代立下功勋。
③ 艾什阿卜为阿拉伯家喻户晓贪婪之人,麦地那人。"比艾什阿卜还贪婪"是流传最广的成语之一。

一把把他拉住。因为我怕他的今天有如他的昨天，他的圆月有如他的太阳①。让我追随那两个采胶人②而去，变成了过眼烟云。我马上提醒他昨天的所作所为，问他：今天再来是为了弥补昨天之错，还是想继续昨天的游戏？栽德说："安拉保佑，我绝不会再对伤者下手，绝不会让昼热风变成夜热风③。我再来的目的就是来帮你！"我再一次相信了他，心里踏实了很多，恐惧和孤独感一下子消失了。我马上把那个偷驼之人指给他看，栽德的脸瞬间变得严厉、阴沉，向那个贼射去一道凶光，有如狮子盯上了猎物。他举起矛枪对着他，警告他说，如果有幸躲过第一刺，就赶快放下缰绳逃走，否则第二刺必刺中喉咙！那个贼一听，马上丢掉缰绳，飞也似的逃走了。

栽德把驼缰交到我的手里，说："骑上你的爱驼，放心地走吧！无论如何，你得到了两善果④之一，一难总比两难强⑤。"

哈里斯君言道：我站在他的面前，感到很困惑。我不懂，他刚才的话是在夸我还是损我？他这两天的行为是行善还是作恶？我只能说，他是用恶美化他的善，用害人装饰他的助人。不管怎样，我得承认，他能洞察我的内心，预知我的所思所虑。

栽德看出了我的困惑，就随口吟出几句话。语气显得很大度，却又有些刻薄：

兄弟莫委屈，是我欺负你。
不是我族人，更非我家里。
昨日你受苦，今日救你急。
或能饶恕我，不能也在理。
无谓谢与责，看轻贬与誉。

---

① 意喻重复昨天所为，把自己扔下不管。
② 阿拉伯古代成语，比喻一去不复返。据说曾有两友结伴出门去采阿拉伯树胶，从此渺无音讯。
③ 意喻绝不再像昨天那样做。
④ 穆斯林认为人人都有两善果，胜利或牺牲，即成功或成仁。
⑤ 阿拉伯成语，意为不幸中之大幸。

然后他接着说:"我脾气暴躁,你性情温和,咱俩不是一路人①。"说完,他飞奔上马,绝尘而去。我骑上我的爱驼,静静地站了一会儿,然后才向着住地的方向走去。

经历了两天两夜不大不小的磨难,我终于找回丢失的爱驼,回到了家。

---

① 阿拉伯成语,意如水火不同炉、鸡凤不同食,大路朝天,各走半边。

第二十八篇　撒马尔罕

哈里斯·本·哈马姆君言道：我曾经有一段时间经营砂糖生意。当时我正值壮年，中等身材，精力充沛，性格开朗，活力无限。有一次，我贩货到撒马尔罕①，驼队到达的那一天正赶上星期五。为了不耽误聚礼，我马不停蹄地找好客栈，安置好货物，把该交代的事情向客栈老板交代清楚，就赶到澡堂，大净更衣。然后以极快的速度，但很谦恭地赶到当地的清真寺。我想早一些进入清真寺，一是为占据最好的位置，离教长近一些，二是为享受献祭头等圣畜②之殊荣。等我进入清真寺，选好地方后，当地民众才一拨一拨蜂拥而进，一直到把整个清真寺挤得水泄不通。教长终于在一些人的簇拥下出现了。只见他趾高气扬，昂首阔步地走到讲台前，傲视了一遍教众，开始演讲。先是例行导语，然后宣礼、领拜，等这一切结束后，他大声说：

安拉美名，永世赞尊。主恩浩荡，世代传闻。至仁至慈，解难救民。普世之主，复活之神。征服之雄，宽容之君。镇叛之剑，灭犹之魂。认主归一，导世之本。永济众生，祈福赐恩。

---

① 撒马尔罕，古代历史名城，现位于乌兹别克斯坦。
② 圣畜，指驼、牛、羊。源于圣训："聚礼日大净，洗涤污秽，先到者，如献祭肥驼，次到者，如献祭肥牛。"

无父无子,天地一身。无伴无亲,乾坤一神。降派先知,信仰永进。信徒确认,人鬼皆引。维系血统,传授教门。是非规矩,标定允禁。安拉赐尊,仰视终身。施恩圣属,福及子孙。不降暴雨,不恐鸽群。养牧畜财,抵御利刃。末日升天,愉快侯殡。积德行善,力行正坤。视欲如敌,虔甲护身。努力付出,医治贪婪。认清时变,驱除邪心。抑富据贵,剪断病根。岁月无常,命途多舛。常警亡苦,两神之审[①]。

尔等切记:多少伟业成尘,多少美味无真,多少强族无存,多少霸主被擒。人主威凛,人耳聋震,人泪淋尽,人欲除根,人情无寻。王奴主仆,强懦富贫,狮蛇猛弱,君臣官民,统治一切,引领乾坤。只为强权而临,只为虐人而近,只为苦人而邻,只为贫人而进。不让人喜只让人恨;不让人强只让人损;只让人惧

---

① 两神之审,指孟凯尔和奈吉尔,在坟墓里预审死人的两个天神。

不让人亲。

敬畏安拉吧！唯有安拉看护你们！你们要迷误到何年？混荡到何月？作恶到何日？你们不听智者之言，违抗天神之戒。丧亡是你们的下场，棺板是你们的宿床。死亡正在追赶你们，正道是你们唯一的选择。末日是你们的预期，警示是你们的救赎。乐园之门敞开，火狱之门紧闭。火神守门，黑脸冷面，吞噬热风，吮吸毒气，无财无子，无亲无器。不知悔改，安拉不佑，顽固不化，安拉不容。要尽顺主意，竭诚拜伏，毕生畏主。只要生命尚存，岁月尚宁，身体尚健，生活尚安。否则必降意外之灾，使你舌僵口闭，肉痛骨疼，血凝体冷，感消觉停，元气散尽，挺尸墓中。可怜哪！悔恨啊！痛不欲生，辗转难平，苦不堪言，昏厥不醒。懊恨已晚，无人同情。安拉为你们启迪真经，为你们穿戴荣膺，为你们安置乐园。我祈求安拉保佑众生，保佑一切信公、教众。安拉乃至仁至慈，大度大量，天地唯一之神圣。

哈马斯君言道：此人之演说训道堪称一流，无懈可击，口才极好，组词精妙。我一边听一边注意他、端详他，终于看清，此演说者不是别人，正是栽德先生。但我不能出声，只能跟着听讲。一直坚持到聚礼结束，我才主动走上前去。栽德一见到我，马上离座起迎。然后迅速和我离开清真寺，领我回到他的下榻之处，和我促膝交谈，一直谈到天黑。这时，只见栽德拿出一把口上安着过滤嘴的酒壶和杯盏，我惊讶地问他："你难道喝酒？你是教长啊！"栽德说："我白天训道，晚上逍遥。"我更吃惊了，说："我真不懂了，我是该佩服你能忘掉族人和家乡、闯荡四方的精神，还是该佩服你在劝诫别人的同时，不改自己的恶习？！"

栽德一脸不以为然的神情，对我说：兄弟，听着：

莫怜远家友，随波而逐流。

天下一家人，挤住一土球。

智者善相处，隐瞒与迁就。

及时行乐好，不知活多久。
死亡如影随，生灵无遗漏。
无论日与夜，坟土永侍候。
无人能逃脱，国王也难救。

　　哈里斯君言道：我和他推杯换盏，喝得畅快淋漓，一切誓言皆抛脑后。我决定按他的意愿，替他保守秘密。一方面要维护他在教众中有如富达伊勒①那样受人尊崇的地位，另一方面又要掩饰他在夜里不能见人的行为。这是他的习惯，同时也变成了我的习惯。他仍然在坚持他的欺骗营生，也一直不改他的酒徒习性。

---

① 富达伊勒，即伊本·阿亚德，阿拔斯王朝时一位著名隐士，以信仰极度虔诚闻名。

第二十九篇　瓦西特

哈里斯·本·哈马姆君言道：那一年，我因为生活所迫，流落到瓦西特①。我在那里人地生疏，举目无亲，犹如一条被抛到陆上的鱼。或出现在黑鬓中的白发，凄凉而孤独。我在当地的一家客栈里暂且容身，里面住的大都是周边各地来的漫游者和漂泊汉。客栈还算干净，租金也不贵。

有一天清晨，我刚睡醒，就听到隔壁房间里传出谈话声，一个人高声地对同房间里另一个人说："快起来，儿子，别睡懒觉了！万事须抢先。你带上那个圆圆的、白白的东西。它原本是细细的、软软的，但却经历了磨晒、淋水、捶打、烧烤等一次又一次的折磨。你拿上它，赶快到市场去，用它去换那个天天被敲击的、被虐待的，虽疲劳不堪，但又心甘情愿挨打受罪，直到累得噼啪乱响，闪闪发光，娩出一个耀眼夺目的胎儿，身上电闪雷鸣，火苗乱窜的物件。"

不一会儿，从隔壁房间里闪出一个半睡半醒、摇摇晃晃的年轻人，向客栈外走去。我感觉这好像是刚才说话的那个人的恶作剧，想捉弄出门的年轻人。遂决定跟着那个年轻人，看他到底怎么做。只见那个年轻人直奔市场而去，一边走一边东张西望，一个店铺一个店铺地查看，如同夜色里的幽灵。最后，他走进了一间卖打火石的小店，用他带的大饼换

---

① 瓦西特，伊拉克历史名城。位于底格里斯河下游，巴格达与巴士拉之间。

了一块打火石。我惊讶不已,继而恍然大悟。心想,隔壁房间里的父子太聪明了,智力太高了!这种档次的文字游戏只有栽德才能胜任。啊呀!留在房间里的那个人不会就是栽德吧?我马上返回客栈。还真让我猜着了,一进门就看见,栽德先生正在客栈院子里坐着呢。

我和他都没想到能在此地相遇,都非常高兴,互相拥抱,互祝问候。栽德问我:"何故到此?"我回答:"世道不公,生活所迫,流落至此。"栽德说:"社会黑暗,恶人当道,求助无门,唯有安拉。雨自云中落,果自花中来,请问君何以为生?"我回答:"以夜当衣,空腹出门。"一听此言,栽德以杖击地①,沉思良久,然后说:"以我所见,你最好找一个女人医治创伤,复愈翅膀,你应在此地娶妻。"我问:"我既无权又无钱,乃一无名小卒②,如何找到女人?"栽德说:"这你不用担心,我来替你操办!此地人同情弱者,尊敬友人,诚实善良。他们嫁女,彩礼不高,只要你不休妻就行。但是,如果易卜拉欣·本·艾德哈姆或是贾巴拉·本·艾伊海姆③来求婚,他们至少会索要五百金币,这是参考先知结婚的彩礼钱。我也正好想找个场合讲道,到时,我来主持你的订婚仪式,你会听到与众不同的、非常精彩的主婚词。"

哈里斯君言道:栽德兴高采烈地说起主婚词,仿佛忘了求婚之事,直到我对他说:"我接受你的建议,你替我操办吧!但你得一丝不苟,就像自己结婚一样④。"一听此言,他马上收住嘴,高高兴兴地离开了客栈。过了一个时辰,他满面春风地回来了,对我说:"恭喜兄弟!没想到此事这么好办。一切都办妥了,包你满意!"随后,他又马不停蹄地向客栈里的所有客人报喜,邀请他们晚上参加由他主持的订婚仪式,并准备台案、张罗喜筵。夜幕降临,栽德故意拖到客人们纷纷准备关门入睡之际,才大声招呼众人来参加仪式。全客栈的所有客人都挤到了他的房间里,女

---

① 古阿拉伯人每当遇到大事思考时,习惯以杖击地,此习惯动作已成民俗。
② 此句为阿拉伯成语。
③ 易卜拉欣·本·艾德哈姆,阿拔斯王朝时著名隐士。贾巴拉·本·艾伊海姆,古代阿拉伯在位于今叙利亚地区建立的伽色尼王朝末代国王。
④ 此句为阿拉伯成语。

方家人也早到了。所有人都看着他，等着他说话，他们都是冲着他准备的喜筵来的。栽德并不着急说话，也没摆上食品。他先拿出一个星盘挂在墙上，研究了一会儿，又翻看了半天历书。我看到已经有人开始打哈欠了，着急地对他说："人们都开始犯困了，你还拖什么？快开始啊，往下进行啊①！"他这才站起来，走到院子里，看了看天上的星星，心里暗暗以图尔②和书③发誓：永远保守秘密，至死不被揭穿！然后，他回到室内，面对众人，跪坐在地，开始说话：

安拉至尊，美名永赞，众爱集身，万物赞主，漂者归宿。他铺开天地，起导山河，润降雨露，普遂所愿。全知全觉，兴族亡国，延世断代，造事引务。广慈宏恕，祥瑞普降，有求必应，救苦救难。永赞我主，唯一圣神，乾坤独一，无可替代。派降先知，宣示正教，统领君王，训导愚顽，捣毁偶像，传教解惑，审案断讼，溯宗扶贵，扬善抑恶，天恩浩荡，精神永存，体恤圣属。若伪信不敬，家族不荣，明月不显。应祈主佑助，积德行善，匡扶正义，镇治邪恶。永应主唤，维持血统，禁欲苦行，结亲良善，远避贪懒。看今日喜公，良家君子，出身望门，谱系纯正，诚朴守信，条件俱佳。来到贵地，欲成婚配，彩礼优厚，堪比先知。乘龙快婿，百里挑一，门当户对，无可挑剔。衷心祝愿，百年好合，多子多福，幸福美满。盛赞安拉，敬颂先知，时来运转，盈福升天。

栽德精彩的主婚词讲完后，开始签订婚约。等婚约签完后，他才叫儿子端出事先准备好的食盘摆在台案上，招待众人。所有在场的人纷纷露出贪婪的本性，不再客套，拿起就吃。我也随众人伸出手去，就在我的手接近食盘的一刹那，栽德猛地抓住我的手，拉我站起离开了座位。

---

① 此句为阿拉伯成语。
② 图尔，位于西奈半岛，为伊斯兰教先知穆萨接受神启的地方。
③ 书，指《古兰经》。

等我再回过头去,主啊,一眨眼的工夫,屋里的人一个接一个地倒在了地上,就像被掏空的椰枣树干或是喝过了量的酒鬼。我恍然大悟,这是栽德策划的大阴谋。我质问他:"你这个浑蛋!你准备的是点心还是毒药?安排的是喜事还是丧事?"栽德说:"我不过是在点心里加了点儿迷魂药而已。"我气极了:"你简直是在作恶、犯罪!没想到你能干出如此可耻的行径!"

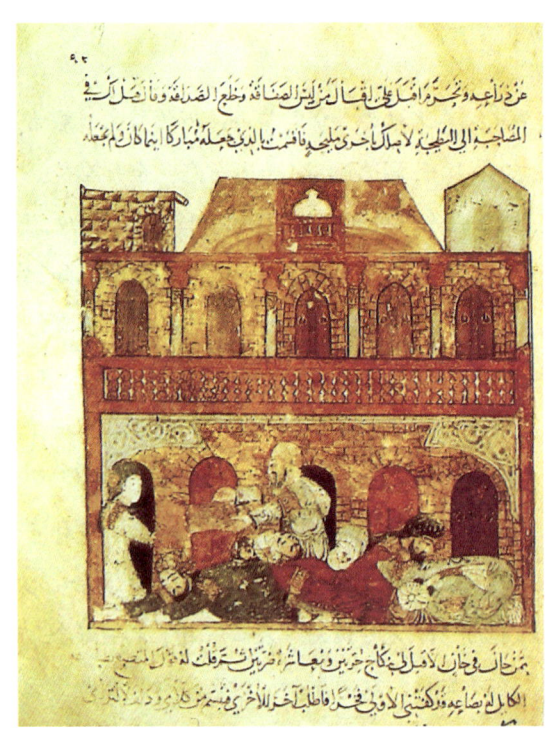

我意识到了这件事的后果,恐惧充满了全身,手足无措,浑身发抖。没想到栽德却说:"你怎么怕成这样?不要担心,你看,我很平静。这样的事我干得多了,每次都平安无事。如果你是为自己担心,更大可不必。你现在可以吃东西了,你把剩下的点心都吃了也没事!一会儿,你可以放心地回去睡觉。你要不信,仍然害怕,那你就逃跑吧!"说完,栽德开始一个一个搜索倒在地上的人,把每个人身上的钱袋、银匣都搜出来。只要是值钱的东西,什么都拿。那样子,活像是搜索落在捕猎坑中的猎物,就是一个脑壳,也要把脑浆掏干了再扔掉。他动作敏捷地把金银钱物打包装袋,系在身上腰间,整理完了后,厚颜无耻地问我:"你是否还想陪我再到巴拉赫①去一趟,我再帮你娶一位漂亮姑娘?"我故意模仿他的心思,仿效他的口气对他说:"这件事干得漂亮,让我很得意,咱们赶快去干第二件!"栽德当真了,微笑着上来想和我拥抱。没想到,我扭过脸去,避开了他。他明白了我的厌恶情绪,对我说:

朋友请莫躲避我,你可知道世道艰?
兄弟请莫申斥我,你可知我为何骗?
至交请莫责骂我,你可了解彼劣蛮?
我和他们久相处,彼类待人皆傲慢。
我对他们考验过,虚情假意心藏奸。
盛气凌人让你惧,装腔作势实如犬。
无诚无信不守约,不豪不慷心不宽。
今日惩治教训之,权当恶狼进羊圈。
品尝死亡身倒地,恰似酒鬼饮犹酣。
控制毒量定生死,主宰命运判安险。
采摘果实蓝装满,打扫战场钱再添。
肠胃受伤治辗转,病体拖累步蹒跚。
婚房华丽家饰贵,主人被我折磨瘫。
实现目的路多条,善用计谋胜利剑。
而今我视彼贱族,有如猛狮望猎餐。
顽劣狂妄被我灭,实为小民练豪胆。
害人喋血造孽多,罪行迅积恶多端。
问心无愧除民害,丹心可鉴心坦然。

---

① 巴拉赫,位于瓦西特与巴士拉之间,周围是一片一望无际的沼泽地。

哈里斯君言道：当说到此处时，栽德大哭起来，不断地乞求安拉饶恕，说得我的心都软了。他已经认罪了，理应被饶恕。最后，他终于止住了哭，开始和他儿子一起收拾行装，对他儿子说："安拉保佑我们，能带的都带上吧！"父子俩匆匆逃离了客栈。

讲述人言道：栽德父子俩走掉后，我也意识到，此地不宜久留，再待下去肯定对我不利，于是也匆匆逃离客栈，连夜赶往推布①。如果安拉愿意，就让他去惩罚那个主婚人吧！

---

① 推布，古代历史名城，位于今伊朗胡齐斯坦省。

第三十篇　苏　尔

哈里斯·本·哈马姆君言道：那一年，我离开曼苏尔城[①]，来到苏尔港[②]居住。在曼苏尔城时，我的生活已经很富足，每天随意消遣，自得其乐，舒适惬意。但安定的生活不仅不让我心安，反倒使我浮躁起来。我突然特别想更换生活环境，迁移到新城市去。就像一个病人急切地想找医生，善人盼望施舍对象。于是，我抛下一切家产资财，抖去所有羁绊，骑上快马直奔苏尔海边。经过一路颠簸劳顿，风餐露宿，差点儿精疲力竭之后，我终于来到了她的身边。我马上就爱上了她，每天都被她的晨曦陶醉，被她的海风勾魂。有一天，我正骑着马在市内漫步游览，忽然看见远处有一队骑马的人向我所在的方向奔来。他们骑着清一色的黑鬃短毛马，毛色黝黑发亮，有如夜里的繁星。骑马人个个兴高采烈，兴奋异常。我感到很好奇，遂拦住他们询问缘由。他们告诉我，是要赶去参加一场婚礼。我当时正年轻气盛，事事不甘落后，马上决定随他们而行，也想沾沾喜气，收获些礼品和馈赠。走了很长的路，一处很宽大的庭院出现在眼前。房子不大，院子不小。看得出来，拥有此房产的主人至少

---

① 曼苏尔城，即巴格达。因其规划建造者为阿拔斯王朝第二任哈里发曼苏尔，故得此名。
② 苏尔港，地中海东岸古代港口城市，位于今黎巴嫩贝鲁特南部。

是位富翁。但当我下马走进一看，却发现它的门廊蒙着一块块破布和草袋，一个穿着破旧粗毛大衣的人坐在院门前的一个漂亮软椅子上，显得很滑稽，我的心一下子凉了半截。这是什么地方，什么人会在这样的地方结婚？我想先打听出这所宅院的主人再决定是否进去。问来问去，他们说："这是个无主宅院，如今已变成破烂市。里面住的大都是流浪汉和乞讨者，以及杂耍人、卖艺人和暗娼。藏污纳垢，乌烟瘴气。但它每天人来人往，熙熙攘攘，非常热闹，因为它是专门举办穷人婚礼的地方。"我非常后悔，心里说："我上了那群骑马人的当了！怎么稀里糊涂跑到这里来？"我决定转身回去，但又不好意思马上就往回走，觉得那样太显眼了。我只好随着人流，非常不情愿地被裹挟着进了院子。穿过院子，进到了那座房子里。我看到里面已经摆好了一排排色泽娇柔的坐垫，前面铺着五彩斑斓的地毯，每个坐垫上都放着一个花色艳丽的靠枕。不一会儿，新郎官在亲友团的簇拥下和用人们的服侍下，大摇大摆，傲气十足地走进屋子。那傲慢的样子恰似伊本·麦萨麦①。新郎和亲友们入座后，亲友团中的一个人开始大声向全场说话。有人介绍说，说话人既是新郎的代理人，又是他的师父，更是丐帮的帮主。只听他大声宣布："诸位父老兄弟，值此良辰吉日，在此宝地为我们的好兄弟举办隆重的婚礼。今日婚礼致主婚词的人要从诸位中间挑选，只有德高望重，曾四处流浪、漂泊，以乞讨为生，从小吃苦受罪的人才有被选资格，才能被其亲属接受，获致辞之荣。"话音刚落，只见人群中有人大声应和，循声望去，一位弯腰驼背、白发苍苍的老者从人群中走出来。亲友团见了，满心欢喜，欣然同意，主动上前，邀其入座。此老者稳稳地坐在新郎对面，捋了捋胡子，开始致主婚词：

盛赞安拉，恩福普降，祥瑞始现，众心祈望。创制天课，善待乞讨，慰藉群氓，佑助诚服。示降圣章，领受圣餐，启言

---

① 伊本·麦萨麦，即蒙迪尔三世，公元514—554年在位，伊斯兰教兴起前阿拉伯古代部族莱赫米人在两河流域下游建立的希拉国国王。"麦萨麦"为其母绰号，意为天上之水，喻其美貌。

共仰①,保佑丐帮。证主独一,鼓励施舍,减免重利,加恩增赏。

我证先知,主之忠使,除暴安良,劫富济贫。体恤不幸,谦敬弱伤,贫富明权,立法工商。安拉至亲,所选无双,制定婚法,以定夫纲,规范生育,以兴族旺。

再示主训,以正纲常②。新郎一丐,此地名氓,厚颜无耻,惯于诓谎,追逐乞嚷,惹人厌谤。死追一女,长舌之妇,女名甘芭,安巴为娘③。执著追求,死缠硬磨,打斗吵闹,终于成双。彩礼实在,头套罐瓶,讨棍背囊。成全好梦,身拴心绑。

望学此赖,讨妻在床,多子多福,人丁兴旺。莫怕贫穷,安拉将帮,赐福于你,福乐安康,口无遮拦,望主宽谅。

主恩浩荡,关注此房,免遭毁伤,污名远扬。

此老翁主婚词讲完,新郎新娘双方签订婚约。婚约刚一签完,无数礼品从亲友团中抛向全场,数量之多超出了预料,里面有钱有物,我也得到了很大的一份。

哈里斯君言道:老者的口才和他的语音语调使我想起了栽德,难道他又在这里出现?他怎么突然变得这么老?怎么又成了丐帮中的一员?我开始紧盯着老者的一举一动。他致完主婚词,趁着分发礼品的工夫,偷偷回到远处的人群中。过了一会儿,婚宴开始了,无数的食品被摆上台面,在场的客人纷纷入座。人们一排一排地坐好,开始吃喝。我偷偷从我坐的地方溜出来,往老者坐的地方凑过去。刚凑到跟前,他就看见了我,并马上认出了我,打趣说:"你这个浑蛋怎么也在这里,是谁请你来的?"我直截了当地说:"我心里堵得慌,什么也吃不下。不解开这个疙瘩,我坐立不安。你告诉我,你到底生于何地,长于何方?"老者长叹一声,潸

---

① 原文后引《古兰经》播种者章第19节:"他们的财产中,有乞丐和贫民的权利。"
② 原文后引《古兰经》寝室章第13节:"众人啊!我确已从一男一女创造你们,我使你们成为许多民族和宗族,以便你们互相认识。"
③ "安巴"为一种狮子之名,喻此女似狮子所生,意此女为悍妇。

然落泪。最后,他止住泪,对我说,也对众人说:

我的老家苏鲁吉,物阜民丰人乐业。
沙漠处处是绿洲,水源甜美味清冽。
房如星座人如星,风中闻香美月夜。
鲜花盛开雪化后,人间乐园堪叫绝。
人见人爱不愿离,一旦离开常哽咽。
当年抛家实无奈,止泪还流心悲切。
外人所逼被迫走,悲痛不已心流血。
何时能返家族地,哪怕徒步踏沙野。
命中注定人生路,天命当年与家别。

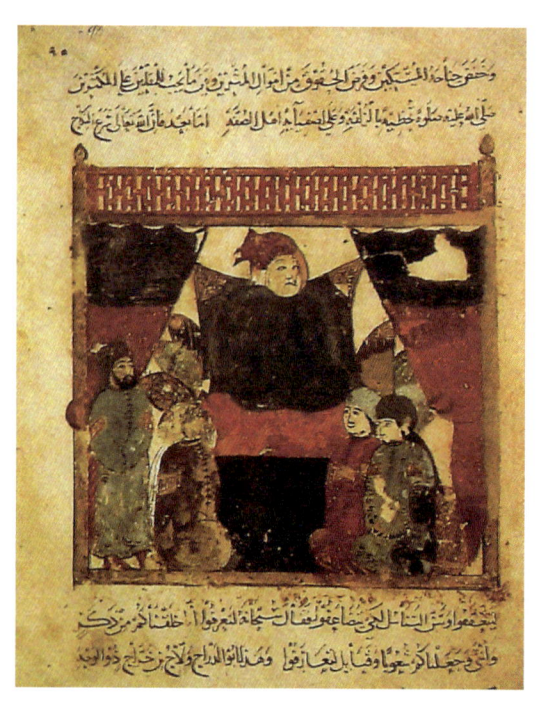

讲述人言道:老者表明了他的出生地,描述了他的家乡,我心中的石头终于落了地。他不会是另一个与他相像的人,只能是大名鼎鼎的杰出

文人栽德，虽然他看起来老态龙钟。我上前与他握手拥抱，然后坐下来和他同盘用餐。从那一天起，我一连几天住在栽德那里，吸吮他的智慧之光，享受他的文采之美。一直到乌鸦在头上叫起，才与他依依惜别①。那情景，恰如眼睑告别眼睛。

---

① 阿拉伯人迷信乌鸦叫声是预示妻离子散的凶兆，称离别的乌鸦。

第三十一篇　拉姆拉

哈里斯·本·哈马姆君言道：当我刚步入青年时代时，风华正茂，血气方刚，很不安分。年轻气盛的我，讨厌蜗居在家，总想出门游荡。我认为游历四方可以增长知识，使人获得成就感。如果老待在家里，则会损伤智力，降低身价。那一年，我经过深思熟虑，请教咨询，决定赴沙姆之地①经商，我就这样来到了拉姆拉②。我发现拉姆拉是个做生意的好地方，决定在那里待上一段时间，赚上一笔钱再走。可就在我做此打算时，一支浩浩荡荡的驼队冲我而来。一打听，他们是经过此地，准备奔赴麦加朝觐圣地。我刚刚平静的心情马上被扰动，他们撩起了我对圣城的向往之心。经过片刻犹豫，我决定扔掉生意不做，重新跨上驼背上路。

责我者住嘴，无端扰是非。
我择先知地，身贵可安睡。
圣土引我去，情愿生意毁。
神石慰我心，忘却世间味。

---

① 沙姆之地，历史上指中东地中海东岸地区，包括现叙利亚、黎巴嫩、约旦、巴勒斯坦。
② 拉姆拉，古代历史名城，位于今特拉维夫－雅法与耶路撒冷之间。

  我毫不犹豫地加入了这支驼队,为了在预定时间赶到戒关①,这支驼队昼夜赶路,行进得非常快。夜晚望去像满天的繁星在飘,白天则如飞流奔腾,疾驰而下。几天后,终于按时到达了戒关古哈发②。同行之人喜笑颜开,纷纷互相祝贺。此地为集结休整地点,赴麦加朝觐的正式出发地。大家下驼休息,重新收拾行囊,大净修面、更换戒衣③。就在这时,从附近的高地上冒出一个人来,此人光着上身,站在高处,向众人大声喊叫道:

  "诸位准备朝觐之君,本人在此宣讲朝觐之理,末日拯救之方,复活

---

① 戒关,穆斯林每年大朝觐进入麦加城前的集结出发地。朝觐者进入后,开始净身、修面、换戒服。
② 古哈发,中世纪沙姆地区穆斯林赴麦加朝觐的戒关之地。位于麦加与麦地那之间,距麦加约八十千米。
③ "大净修面,更换戒衣",穆斯林朝觐宗教礼仪。大净即洗全身,修面即理发剃须,戒衣为两块不连缝的白布,一块披在肩上,遮盖上身;另一块围在腰间,遮蔽下体,免冠赤足,袒露右臂。下文提到的阿拉法特山祈祷、米那山投石、渗渗泉饮水、拜谒先知易卜拉欣立足地等都是朝觐礼仪内容。

之路！人人有益，速来恭听！"集结的人们大都是初次朝觐者，非常想多了解朝觐理规，遂纷纷向此人跑去，围坐在他的面前，静静地等他宣讲。此人没想到这么顺利就把人都招来了，并都怀着崇敬的心情恭候他，很是得意。他选了一个高台站上去，清了清嗓子，开口说道："为朝觐而奔忙赶路的人们哪，我问你们：你们是否真清楚去做什么和为什么而去？你们将会面对何事，面遇何人？难道你们以为朝觐就像平常出门一样，挑好骆驼，检查驼轿，计算行程，核实驮重就行了？难道你们认为朝觐就是表现虔诚，只要能做到忍受别子离妻之苦，远离家乡之痛，能不惜身体，忍饥受累，克服困难，努力前行就行了？不对！完全错了！记住，朝觐实际上是去赎罪！它要求你们在上路前就要远离罪恶，以便诚心实意，毫无杂念地走向圣地。它要求你们虔诚敬畏安拉，友善待人，谦逊礼让。但你们现在太可怜了！人人身上罪孽深重！无论是朝觐之人还是为之指路之人。你们虽然大净全身，但洗不掉你们心里的污垢；你们虽然更换戒衣，但脱掉旧衣并不等于去掉罪恶。受戒并不能制止犯法，佑祖也无法使人免罪，修发无益于制止不轨，而受戒后的剃发更无法免除你平日的怠慢与不敬。迷觉不悟之人站在阿拉法特山前是无喜悦幸福之感的，同样，心存不义之徒在米那投石再多也不会换来内心安宁，心术不正之徒无法真正看到当年先知易卜拉欣的立足地。一切偏离正道者都得不到安拉的慈颜与嘉赏。安拉怜悯原本纯洁之夫、守规之君，而不看他是否饮了渗渗泉水。安拉在他进入戒关前就已经确认了他是否洁净；在他走向阿拉法特山之前就已经赞许了他的善德……"此人说到这里时，突然变句为韵，并把声音提到连聋子都能听见的高度，大声吟道：

> 朝觐并非仅赶路，更非驼好或轿舒。
> 岂容邪念与私欲，虔心诚意奔圣庐。
> 坚持公道与正义，维护真理行正途。
> 尽其所能施援手，只要你比别人富。
> 慷慨豪爽紧相伴，功德圆满缺憾无。

自欺欺人伪善者,一路奔波徒辛苦。
安拉不悦不赞赏,反为谤者供舌污。
及时行善在眼前,安拉远近皆注目。
无论真诚或虚伪,莫想隐瞒背我主。
末日临前力行善,哪怕死期降神速。
谦和之德永不弃,哪怕身披帝王服。
并非是云皆有闪,哪怕期盼雨如注。
并非人皆信丧报,多少死警无人悟。
知足常乐真聪明,勉强温饱应满足。
积少成多沙变丘,硬石最终化斋土。

讲述者言道:当此人以其警言妙语为不孕之脑授粉后,让人耳目一新,众人惊异其解,茅塞顿开,而我则从他的话中嗅出了栽德君的味道。我目不转睛地盯着他,等着他。我按捺不住内心的激动,身体随着他的话语不由自主摆动着,一直到他把玄言奥理掏尽,从高台上下来,我才慢慢走上前去。我终于又找回了遗失的宝珠，苦苦追寻的璎珞。我和他互相拥抱，有如拉姆拥抱艾里夫①。寒暄过后，我请他和我一起同乘一顶驼轿恭赴圣地，没想到栽德君断然拒绝。他对我说："我为这次朝觐起过誓：不与人同行；不获利受益；不透露家世；不容忍伪善之徒。"说完疾奔而去，任凭我苦苦哀求。我目送着他，直到他的身影从我眼中越趋越小。我多么希望他能在我的视野中多停留一会儿，多么希望能出现他回转身来的奇迹。啊！奇迹真的发生了！只见他突然停住了脚步，但却没有返回，而是飞快地爬上了旁边的一座小山头。他站在山顶上俯视着山下沙丘间行进的人流。注视了一会儿，他使劲鼓起了掌，以吸引行人的注意。看到众人都抬头望他后，他高声朗诵道：

朝觐路同人不同，驾驼莫若徒步行。
奴仆随影全服侍，何如无仆自由行？
世间人皆不平等，有人建房有人平。
今日挥霍无度者，明日或诉悔恨情。
他将举行忏悔会，一心为主表虔诚。
让我受难静我心，誓为先人争颂名。
奢华逸乐堪受责，实为烟云过眼空。
须常提醒末日到，哪怕猝至不觉惊。
痛悔泪伴涕血下，丑行件件无地容。
将死之前染悔色，虽晚尚可获主应。
我主或能来拯救，免遭火狱火熊熊。
待你不再失足日，无须再发愧痛声。

栽德君朗诵到此，终于将舌剑收进鞘中，止住了嘴。然后继续迈开脚步，

---

① 拉姆拥抱艾里夫，此句出自圣门弟子哈里杰之诗句"梦中与君相拥抱，恰如拉姆艾里夫"。拉姆和艾里夫为阿拉伯语两个字母名称，两字母经常结合在一起以冠词形式出现，彼此密不可分，故有此喻。

走他自己的路。

  我深深陷入了对他的回忆之中,思绪沉浸在与他交往的一幕幕。每一次同寝,每一次同饮,每一次同行,但每一次我都突然失去了他。我四处寻觅,走访打听,均无济于事。我甚至怀疑某位精灵劫持了他,抑或某方地神掠走了他?我失去他无数次,每次都产生难以自拔的失落感,但以往的每一次都没有这次的失落感严重,都不如这次的邂逅让我叹息再叹息!

第三十二篇　塔　巴

　　哈里斯·本·哈马姆君言道：当我赴圣地麦加朝觐结束，履行完所有教规礼仪后，我决定跟随一群谢班人①到塔巴②去拜谒先知陵寝。正要动身时，听到传言说，两圣地间发生了战争，路上无人敢走。我不禁犹豫起来，在渴望与恐惧中做着选择，最后还是渴望占了上风。我和其中志同道合的人一起，选好了驼骑，备好了行囊，向先知之地直奔而去。经过一天一夜连续赶路，我们在半路上遇到了哈尔卜部族③的人。他们已经结束了哈尔卜④，正返回部族属地。我和同行人商量，决定到他们的部族里休息一天再走。来到他们的属地，我们开始寻找水源，选择卧驼架帐之处。就在我们为此忙碌之时，发现他们部族的人突然躁动起来，都冲一个方向飞跑。我们大惑不解，马上问他们发生了什么事。他们说，有一位教法大师来到了他们部族，他们都要赶去聆听教诲，唯恐落后。我马上对同行者说："我们也去听一听！或许能受益，更能明辨是非！"同行者说："此言在理。机会难得，焉有不听之理！"我们跟在当地人后面来到了会

---

① 谢班人，谢班即先知祖父，谢班人即先知家族后裔，从古至今一直是天房的看护人。
② 塔巴，麦地那城别称。
③ 哈尔卜部族，阿拉伯古代部族之一，世居汉志之地。
④ 哈尔卜，意为战争。此文中"哈尔卜"为双关语，既指部族名称，又含战争之意。

场。当我望见那个所谓的教法大师时，我马上认出了，他就是艾布·栽德，一个货真价实的假冒者、一个才华横溢的危险人物。只见他缠头的一端拖在耳边，身披着教长的礼服，和当地人一样，席地而坐。周围坐着部族头人和显贵，他们的身后则是各色人等、名流百姓。

只听栽德对众人说："诸位信众！本人乃伊斯兰教法权威。以创造天地万物和教诲天下苍生之主起誓，本人对教法教义无所不知，无所不晓，有问必答，逢惑必解，此番前来特意为诸位信众答疑解惑，请随意提问！"话音刚落，场中一位少年站起身来，毫不胆怯地走向栽德，对他说："我曾游学各地，遍访学者权威，整理出一百个教法问题。假如先生确有真才实学，并非招摇撞骗，并想在本地饮食无忧，就请回答这些问题！先生将受到应有的尊重和接待。"

栽德说："安拉在上，明察秋毫。是真是假，事实为证。尽请提问！"

译者提示：以下问题，皆为双关语。问者针对其字面意思提问，答者针对其内涵意思回答。为方便阅读，减少注释量，特将字面意思和内涵意思用等号相连，置于问话后面。

少年问："请问有人小净后手又抚摩了鞋跟，怎么办？"

（鞋跟＝妻子）

栽德答："此小净无效！"

问："假如此人小净后受凉将如何？"

（受凉＝睡觉）

答："他须重新小净！"

问："小净时允许摸双阴吗？"

（双阴＝睾丸＝双耳）

答："允许，但非必须！"

问："能用蛇唾小净吗？"

（蛇唾＝泉水）

答："还有比它更好的水吗？"

问："能用盲人之泪小净吗？"

（盲人之泪＝山中之水）

答："可以，但明目人之泪不可用。"

（明目人之泪＝狗之眼泪）

问："能在春天巡游吗？"

（春天＝小河）

（巡游 = 出恭）

答："这是令人讨厌的！"

问："宰牲后应洗手吗？"
　　（宰牲 = 泄精）
答："不需要。"

问："大净不需要洗皮衣吗？"
　　（皮衣 = 头皮）
答："是的，也不需要洗缝衣针。"
　　（缝衣针 = 肘骨）

问："需要洗书籍吗？"
　　（书籍 = 脸皱纹）
答："是的，就如同洗嘴唇。"

问："如果他不洗斧头呢？"
　　（斧头 = 颈骨）
答："那就等于不洗头。"

问："能在皮囊里洗涤吗？"
　　（皮囊 = 水井）
答："那就等于在地牢里洗！"

问："有人先以土代净后又发现了绿地，他该怎么办？"
　　（绿地 = 水沟）
答："代净无效！他应重新小净。"

问:"允许在茅厕里跪拜吗?"

（茅厕＝庭院）

答:"允许,但应避开污垢!"

问:"允许在柳树上礼拜吗?"

（柳树＝衣袖）

答:"不行!也不准在衣服上!"

问:"如果有人着北向礼拜,当如何?"

（北向＝大衣）

答:"这无关紧要!"

问:"能跪在牲畜蹄子上吗?"

（蹄子＝黑石地）

答:"可以。只要不是牲畜腿。"

问:"能在狗头上祈祷吗?"

（狗头＝山路）

答:"可以,就像在其他地方一样。"

问:"求学之人能带书吗?"

（求学之人＝来月经之女）

答:"不可以。她在被褥里怎么看书?"

问:"有人礼拜时把阴毛露出,可以吗?"

（阴毛＝野驴）

答:"当然可以!"

问:"礼拜时身上把着斋怎么办?"

（把着斋 = 粘上鸵鸟粪）

答:"重新礼拜,哪怕再做一百天!"

问:"他如果带着小狗呢?"

（小狗 = 黄瓜）

答:"可以带,就跟他带着蚕豆一样。"

问:"遭遇阴囊疝气的人能礼拜吗?"

（阴囊疝气 = 狗食盆）

答:"不行!哪怕他在麦尔卧山上礼拜!"

问:"如果礼拜者衣服上落有粪便?"

（粪便 = 雨水）

答:"不足为奇,它不影响礼拜!"

问:"伊玛目引导礼拜能戴面纱吗?"

（面纱 = 头盔）

答:"可以,穿铠甲也行。"

问:"如果他的手抽筋了或僵直了呢?"

（抽筋 = 戴象牙手镯）

答:"重新引导礼拜,哪怕引导一千人!"

问:"要是他的大腿露出了呢?"

（大腿 = 部族）

（露出 = 游牧民）

答:"礼拜照常进行!"

问:"如果伊玛目是个无角公牛呢?"

（无角公牛＝没带枪矛之首领）

答:"尽可礼拜下去!"

问:"四拜能仅用在做证词吗?"

（做证词＝昏礼）

答:"不行!安拉无所不知!"

问:"生活困难者允许在斋月进食吗?"

（生活困难者＝接受割礼者）

答:"这仅限于儿童。"

问:"新郎可以不把斋吗?"

（新郎＝旅行者）

答:"当然可以!"

问:"裸体者可以不把斋吗?"

（裸体者＝黄热病患者）

答:"当然!没有人会反对!"

问:"把斋者在早晨进食怎么办?"

（早晨＝点灯时）

答:"说明他很谨慎,很好!"

问:"他要故意夜晚吃东西呢?"

（夜晚＝白天飞的小野雁）

答:"那他是想赶快被审判!"

问："如果他想在白天离开前吃呢?"

（白天 = 女人）

答："他可以这样做!"

问："如果把斋者正在生气怎么办?"

（生气 = 呕吐）

答："他可以开斋进食。"

问："能够在厨师折磨下进食吗?"

（厨师 = 疟疾）

答："能，但不是厨师。"

问："如果女人于斋戒时发笑呢?"

（发笑 = 来月经）

答："当天的斋戒作废!"

问："如果妻子乳房患痘疹怎么办?"

（乳房 = 同夫之妻）

答："不影响她本人斋戒。如有感染之危，则应开戒!"

问："什么时候需要一百盏灯?"

（灯 = 母驼）

答："为两匹四岁公驼配种时。"

问："如果此人拥有十把匕首?"

（匕首 = 产奶多之母驼）

答："他可以少养两只母羊。"

问："能允许诽谤者利用他的亲属吗？"

（诽谤者 = 行善者）

（亲属 = 钱财）

答："此乃末日之喜讯！"

问："犯罪者有权分得天课所得吗？"

（犯罪者 = 携带武器者）

答："是的！如果他们是征服者。"

问："准许朝觐者小朝觐吗？"

（小朝觐 = 缠头帕）

答："不准许！也不准戴面罩！"

问："允许他杀死勇士吗？"

（勇士 = 蛇）

答："当然允许！也可以去杀狮子。"

问："如果他在圣地杀死女笛手呢？"

（女笛手 = 鸵鸟）

答："他须赔上肥驼、肥牛、肥羊。"

问："他如果砍掉释奴的小腿，并把它扔掉？"

（释奴小腿 = 公斑鸠）

答："他须赔付一只羊代替它。"

问："假如此人受戒后杀了一只母狮子？"

（母狮子 = 蚂蚱）

答："他是在施舍一捧饭。"

问："朝觐者需要带着船吗？"

　　（船 = 夜里的找水人）

答："当然！以便带他们去找水。"

问："安息日后有何禁忌？"

　　（安息日 = 理发）

答："从那一天起禁忌解除。"

问："准许买卖赤骝马吗？"

　　（赤骝马 = 酒）

答："不准！就像不准买卖死人！"

问："允许用骆驼肉换醋吗？"

　　（醋 = 难产子）

答："不允许！也不允许用羊羔肉换！"

问："允许出售礼物吗？"

　　（礼物 = 专门供奉天房之赠品）

答："不允许！更不允许出售女俘！"

　　（女俘 = 酒）

问："婴儿头发能卖吗？"

　　（婴儿头发 = 出生七日被杀之畜）

答："那是被禁止的！"

问："允许向牧人售卖召唤者吗？"

　　（召唤者 = 牛羊乳房内残存之奶）

答："不行！施舍者也不行！"

问:"能用椰枣交换鹰隼吗?"

（鹰隼＝蜜糖）

答:"不行！这犹如葡萄换酒！"

问:"准许购买从女穆民身上抢来的东西吗?"

（抢来的东西＝树枝和树叶）

答:"准许！这些东西还可以继承。"

问:"能够买卖中间人吗?"

（中间人＝母羊）

答:"没有什么不可以！"

问:"能卖给罗马人汤壶吗?"

（汤壶＝利剑）

答:"那就如同卖给他们头盔一样令人反感！"

问:"允许卖骆驼崽吗?"

（骆驼崽＝老来得子）

答:"绝对不行！但允许卖奶多的母驼。"

问:"如果买来的奴隶发现他母亲受伤了怎么办?"

（母亲＝脑袋）

答:"完全可以退货！"

问:"允许确认股东们对荒漠的先买权吗?"

（荒漠＝母驴）

答:"不行！也不能确认对母驼的先买权。"

问:"能加热井水和溪水吗?"

　　(加热 = 阻止)

答:"如果是在大漠里,则不行。"

问:"如何对待叛教者的尸体?"

　　(叛教者 = 大海)

　　(尸体 = 水面上的鱼)

答:"任由他们自由活动!"

问:"可以除掉斜眼人吗?"

　　(斜眼人 = 不结果之树)

答:"这是最受人欢迎的了!"

问:"准许杀掉休妻者吗?"

　　(休妻者 = 可自由吃草之母驼)

答:"当然!可用其肉招待客人。"

问:"能否在羚羊出现前开杀?"

　　(羚羊 = 太阳)

答:"这是必须的,和宰羊一样。"

问:"能靠击打器物谋生吗?"

　　(击打 = 投石)

答:"那和赌博没什么两样!"

问:"站着的人能问候坐下的人吗?"

　　(坐下的人 = 停经的女人)

答:"这在室外是被禁止的!"

问:"才俊能睡在蠢人下面吗?"

（蠢人＝安拉）

答:"这如同睡在麦地那,太好了!"

问:"是否禁止被保护者杀死老人?"

（杀＝调配）

（老人＝酒）

答:"老人是不会反对这样做的。"

问:"允许儿子迁离父亲的宅院吗?"

（宅院＝部族）

答:"无论他是贵人还是平民都不行!"

问:"允许穆斯林信仰犹太教吗?"

（信犹太教＝忏悔）

答:"此乃修行之捷径!"

问:"你怎么看从容面对危难,遇事不慌的人?"①

（从容＝拘禁）

（危难＝母驼）

答:"此乃大罪也!"

问:"能鞭打部族信使吗?"

（信使＝落叶）

答:"可以!还可以役使咨询者。"

（咨询者＝肥驼＝受孕驼）

---

① 蒙昧时期阿拉伯人有死后将母驼拘禁在墓中殉葬之俗。

问:"子女应该责打父亲吗?"

（责打 = 尊崇）

答:"此乃尽孝之道!"

问:"你如何评价使其兄弟受穷之人?"

（使其受穷 = 借给他母驼）

答:"他们能互为兄弟应感荣幸!"

问:"有人任其儿子光着身子,可以吗?"

（光着身子 = 借给他口粮）

答:"这多好啊!"

问:"如果有人火烤他的奴仆,允许吗?"

（奴仆 = 面团）

答:"这不是罪过,也不丢人!"

问:"允许女人抛弃丈夫吗?"

（丈夫 = 椰枣树）

答:"没有人禁止这样做!"

问:"羞涩是女人有教养的表现吗?"

（羞涩 = 忍受贫穷）

答:"是的。"

问:"有人砍了他兄弟的柽柳,你怎么说?"

（砍柽柳 = 背后中伤别人）

答:"此乃作恶!"

问:"准许拘禁有牛之人吗?"

（牛 = 疯癫）

答:"当然! 这可免遭恶人伤害!"

问:"也准许他打伤孤儿之手吗?"

（打伤 = 监督）

答:"是的! 以便使他走正道。"

问:"能把城外房子送给孤儿吗?"

（城外房子 = 妻子）

答:"不行! 哪怕他很满意!"

问:"何时白痴能卖自己的肉身?"

（肉身 = 短褂）

答:"当他交好运的时候。"

问:"能为他买大麻吗?"

（大麻 = 椰枣树）

答:"可以! 如果他没有东西遮荫。"

问:"当权者可以是个暴君吗?"

（暴君 = 喝鲜奶的人）

答:"当然可以! 如果他是位学者!"

问:"能让没有识别力的人做法官吗?"

（识别力 = 盾牌）

答:"只要他品行端正就行!"

问:"如果他是一个没有智力的人呢?"

　　(智力＝被控告)

答:"这正是他突出的优点。"

问:"如果此人曾具有狂妄自负之记录?"

　　(狂妄＝椰树)

　　(自负＝生椰枣)

答:"很正常。不否定他,也不抬高他。"

问:"证人能是可疑人吗?"

　　(可疑人＝制凝乳之人)

答:"是的。如果他是位头脑清楚之人。"

问:"如果此人曾干过鸡奸呢?"

　　(鸡奸＝为水池涂泥)

答:"就是干过裁缝也无所谓!"

问:"如果发现此人筛过麦子呢?"

　　(筛麦子＝杀人)

答:"他的供词不被采纳!"

问:"如果发现此人是个骗子呢?"

　　(骗子＝以粮食助人者)

答:"这更为他的证词增色!"

问:"如何对待崇拜权利者?"

　　(崇拜权力者＝伪信者)

答:"让他以安拉起誓!"

问:"如何对待故意挖夜莺眼睛的人?"

（夜莺＝活泼开朗之人）

答:"以眼还眼！把他的眼睛也挖掉！"

问:"如果此人打伤了女人的沙鸡，沙鸡死了怎么办?"

（沙鸡＝阴部）

答:"以血还血！"

问:"如果孕妇扔掉了干草怎么办?"

（干草＝死胎）

答:"让她诚心赎罪！"

问:"在法律上如何判处隐居者?"

（隐居者＝盗墓者）

答:"砍断其手以绝后患！"

问:"对偷盗民居室内之蛇的人如何惩处?"

（蛇＝盆盘锅等餐具）

答:"如果被盗物价值四分之一第纳尔以上，断其一手！"

问:"如果此人偷盗贵重金饰呢?"

（贵重金饰＝黄金价目单）

答:"就是把他抢走也不断手。"

问:"假如女人身上露出盗窃物品呢?"

（盗窃物品＝白色丝绸）

答:"任其所欲，无须担心。"

问:"婚约可以在不见峰虎鸟的场合下签订吗?"

（峰虎鸟＝见证人）

答:"以造物主起誓,这是不行的!"

问:"倘若新娘度过了自由之夜,黎明前回到娘家,如何?"

（自由之夜＝拒绝同床）

（回到娘家＝被休妻）

答:"应该退还一半聘礼,可不守制[①]!"

问答至此,那个少年对栽德说:"太好了!太了不起了!先生的学问简直就是永不枯竭的大海,对你任何赞颂之语都不为过!"少年低下头去,有些不好意思,一时不知说什么好了。但栽德却意犹未尽,说:"继续问

[①] 守制即待婚期,穆斯林妇女丧偶或离异后须等待至少四个月零十天才准再嫁。

哪!年轻人,怎么不说话了?"少年说:"我的箭袋里已经没有可射之箭、可辩之题了!"栽德又问场下之人:"诸位还有谁有不解之题,尽可问来!"全场静默,人人哑口,无人敢应。过了一会儿,那位少年又开口说:"先生来到此地乃吾族莫大荣幸!能否告知先生从何而来?"

一听此言,栽德马上以不屑和近于刻薄的语气对少年吟起诗来:

本人名扬四方,
聚集学者目光。
无奈日日赶路,
夜夜投宿寻帐。
难享乐园之福,
看我面生不爽。

他又举起双手,喊道:"主啊!你曾经指给我们正道,也指给他们正道吧!"

部族头人叫人为他赶来十匹骆驼和十个侍女,送给他作为谢礼。其他显贵、族人也纷纷送畜、送钱、送物,并请求他经常来访。栽德赶忙许诺他会再来的,一边说着一边准备动身离开。

哈里斯君言道:我趁机走上前去,挡住了他的去路,对他说:"老兄别来无恙!据我了解,你对教法近乎无知,何时变成教法学家了?"

栽德迟疑了一下,略一沉吟,开口道:

每时每刻换扮装,吉凶福祸尽闯荡。
不挑场面勤亮相,频换角色引目光。
书人面前口悬河,酒徒中间举杯忙。
训诫使人常垂泪,俏语又让人欢畅。
场中只要吾口开,烈马也显驯服样。
落笔生花手稍动,字字珠玑满篇香。

难题始若苏哈星①，经我一解成太阳。

奇言妙句神痴迷，人心送暖情激昂。

出口成章赋新诗，篇篇传诵声远扬。

无奈久以欺为业，并非法老骗犹王②。

日日身陷邪火中，烘烤难熬斗沸汤。

灾难接踵躲又来，气力渐消发染霜。

远别虽苦似觉近，相聚纵亲若遥望。

若非岁月恶如此，命运或许易卑装。

听到此，我打断他说："老兄！不要如此悲伤，不要指责岁月不公！你应该感谢让你幡然醒悟、脱离魔鬼之学并接受伊本·伊德里斯③之学的人。"栽德说："不要乱说！不要揭我的短！跟我一起到圣地麦地那去吧，到那里去洗刷我们的罪孽！"我说："我还没有完全理解你和那位少年之间的问答，我不能等到了麦地那再理解吧？那也太晚了！"他说："你也太急了！什么事儿马上就要做到，一刻也等不得！好吧，我现在就满足你，为你解惑！"

哈里斯君言道：当栽德君为我解答了我全部的疑惑、消除了我全部的不解后，我和他才开始整理驼具和行囊上路。一路上，我们谈笑风生，忘却了旅途艰辛，直到进入先知之城。在那里，我们得到了满足，实现了愿望。然后。我继续前行，经过叙利亚到了伊拉克。而他，则奔向了摩洛哥。

---

① 苏哈星，即北斗七星中第二亮星。意为遥远难寻。
② 犹王，即伊斯兰教先知穆萨。
③ 伊本·伊德里斯·沙斐仪（767—820），生于巴勒斯坦加沙，伊斯兰教四大教法学派之一沙斐仪教派代表人物，推崇圣训和类比。其遗著《法源论纲》是有关伊斯兰教法学稀有传世之作。

第三十三篇　泰福利斯

哈里斯·本·哈马姆君言道：自我开蒙懂事时起，我就向安拉立下誓言，无论何时何地，坚持按时礼拜，绝不怠懈。从那以后，无论身处在荒漠旷野，还是消磨于雅集嬉乐，我都认真遵守礼拜时间，唯恐疏忽忘却。每次出门游历，或暂居一地，都时刻注意倾听宣礼之声，虔心服从它的召唤。那一年，我游历到了泰福利斯城①，有一次，正好赶上和一群当地贫民一起做礼拜。正当我们礼拜结束准备起身离开的时候，人群中一位老人喊住了我们。循声望去，此人佝偻身瘫，口歪眼斜，衣衫褴褛，虚弱不堪。老人对众人说："诸位暂且留步，老翁有话要说。你们都是良善守礼之民，请不要打断我的话，细细听我讲完。然后各自判断取舍，决定做与不做。"一听此话，准备离场的人又都回转身来，围坐在他的周围，以为他有什么微言大义要说。那位老人等众人都坐好、静静地等他发表高见时，才开口继续说道：

"诸位皆有明察秋毫之目，洞彻事理之脑，见火不必查烟，悟道不必过眼。本人白发苍苍，虚弱不堪，穷困潦倒，病容满面。曾几何时，本人也曾家财万贯，权倾一方，官运亨通，享乐一时。也曾仗义疏财，济困救穷，结交天下，纵横驰骤。谁知命运不济，瘟疫肆虐，灾祸连连。以致资财散尽，

---

① 泰福利斯，即今格鲁吉亚首都第比利斯。

田舍荒芜，生计无着，衣不遮体。子女终日啼哭，常吮枣核充饥。此等惨状，本不想说，挨至今日。哪知又遭身瘫颜破，病体愈重，恐来日无多，似无活路。但求速死，呜呼哀哉！

"主啊！我哭岁月之不公，我哭命运之不幸！灾难狠狠敲打我，毁我根基与名声。犹如主枝被撕断，腰躯压弯身不挺。家园荒芜无可食，老鼠也欲逃求生。举目无亲近绝望，无力挣扎心愈痛。万贯家财不复在，不堪回首昔日荣。有求必应客盈门，盛赞豪爽济困情。而今命运遭逆转，无人伸手无人应。避之不及昔日客，忘恩负义躲恩公。老朽不幸堪如此，何人尚能不动容。但欲宽心得慰藉，改善境遇求再生。"

讲述者言道：众人全都为此老人的话所感染，纷纷询问此人所言是否为真，互相探求他的来历与隐情。最后对他说："我们已经知道了你的遭遇，了解到了你曾经的善行。我们还想进一步了解你的出身门第，是否受到了歹人的迫害等。"听到此话，老人开始烦躁不安，似乎在抱怨众人

缺少豪侠之气。他以韵代言,回答众人的话。声音虽微弱,尚能听清楚:

以命起誓所言诚,看人何必查血统?
好果味美尽管吃,产自何枝无法证。
加蜜越多食越甜,难辨蜜产哪只蜂。
葡萄酿酒分好坏,酸甜优劣价不同。
或售或买凭经验,哪知何枝流何桶。
聪明莫被聪明误,蠢事再小毁名声。

讲述者言道:老者的几句话就将在场众人折服,其狡黠、机敏、口才可见一斑。再加上他那令人怜悯的老态病容,使得众人不再犹豫,纷纷解囊,对他说:"很抱歉!你到一口枯井里打水,空巢里采蜜。我们也都是穷人,没有太多的东西给你!你只好委屈一点了!"此老者也不客气,照单全收,说:"我不嫌少!把少当多,聊胜于无!"然后,他撩起衣襟,转眼间没了踪影。

讲述者言道:我隐约觉得此老者是在做戏,但不敢肯定。他能言善辩,形态可怜,但似乎是故作姿态,耍弄计谋。我决定证实一下,就紧紧盯上他,跟踪而去。没想到刚走一会儿,他眼睛里的余光就发现了我。故加快了脚步,想摆脱我。我紧追不舍,一直追到一处周围无人的空旷之地。他突然不走了,停了一会儿,他回转身来走进我,对我说:"你是否想找个旅伴?想找一个愿意帮助你,又愿意为你遮丑的朋友?"我说:"若能找到这样的朋友,万事无难!"他面现狡黠,挤眉弄眼地说:"你不是已经找到这样的朋友了吗?"说罢,他哈哈大笑起来,一边笑一边挺直了身子。我这才看清,此人腰不弯,嘴不歪,瘫无恙去,一切正常。这不就是艾布·栽德君吗?!我太高兴了,也大笑起来。笑了一会儿,我突然收住了口,几句斥责他的话涌上了嘴边,他不该伪装瘫痪去骗穷苦人!还不等我把话说出口,栽德早已意识到了我要说什么,抢在我的前面吟起来:

身披破衣为装穷,表演瘫痪骗同情。
一副病容可怜相,换来财物超所争。
倘若不穷不装瘫,何来怜悯与馈赠。

然后说:"兄弟,此地已没有我们的立足之地,也没有任何可留恋之物。你如果把我当朋友,就跟我走吧!咱们一起游荡,如何?"

我就这样陪伴栽德君四处游荡了两年。

第三十四篇　宰比德

哈里斯·本·哈马姆君言道：我曾经收养过一个少年，多年精心培养他、教育他，直到他成年。他文质彬彬，知书达理，礼貌周到，循规守矩，非常投合我的脾气。在一起相处久了，他谙熟我的心思，一举一动，从不超越我的要求，违背我的意志。所作所为，都如我所愿，让我满意。所以，我每次出门游历都带着他，寝食起居形影不离。那一年，我带他来到宰比德①。没想到，刚到没几天，他突然失踪了。我发疯似的四处寻找他，整整找了一年。一年来，我天天食之无味，寝之难眠，起居无常，生计尽废。开始时，我想再找一个少年充填他不在的空虚，但又担心找来的人不合适反平添麻烦，就一直拖下去。直到那一天，我实在拖不起了，决定不管怎样先买一个孩子照顾我再说。

我心急火燎地赶到了宰比德的奴隶市场，找到了几位中间人，要求他们尽快帮我物色一个有文化、有教养，曾经照顾过主人的，只因主人破产才被卖到市场的少年。那些中间人都满口答应帮我去找。我天天等，夜夜盼，一晃几个月过去了，没等到一个奴隶贩子的回话。等再跑去问他们，不是推托忘记了，就是说从未答应过我。我明白了，不是所有工匠都能

---

① 宰比德，也门古城，位于红海岸边，据萨那约两百四十千米。中世纪阿拉伯半岛南部著名商埠，曾非常繁华。

按时交活，挠痒还得靠自己的指甲①。我决定绕过中间人，亲自到市场去物色。我腰揣黄白之物②，一家一家地看。每到一家，就要求主人把欲售少年奴隶领出来让我挑选，议定价格。就在我走了几家，准备奔向下一家时，路边突然闪出一个男人。此人用围巾围住了口鼻，手里拉着一个孩子。他挡住我的去路，大声说：

"我有美少年，买者快来看。心灵手又巧，精明又能干。善解主人意，从不找麻烦。恭听主人唤，事事办圆满。主人有危难，他在必脱险。哪怕是火坑，敢跳不眨眼。只要在身边，必能保安全。索取非常少，花费很有限。从来不说谎，从不揭人短。遇财不贪心，秘密不外传。知书达理人，文才气冲天。下笔皆新作，诗文尽佳篇。若非生计难，全家陷饥寒，绝不走此路，卖子在路边。哪怕波斯王，也难夺我男。"

讲述者言道：听完此人的话，我立刻盯住了那个孩子，从头到脚把他仔细端详了一番。我发现他长得五官端正，眉清目秀，身材匀称，面善清纯，简直像个天上下凡的小仙童。我情不自禁地赞叹："哪来的这么一个小可人儿！若如天上掉下来的一般！"我马上问那个孩子叫什么名字，逗他说话，目的是想看看他口齿是否流利，语音是否纯正，口才如何。出乎我的意料之外，孩子竟表达不清，说出话来不明不白，不咸不淡，不粗不雅，甚至听不出他是城里人还是乡下人。我皱起了眉头，脸显愠色，心中不悦，对他说："可惜啊，你的口才不好！"没想到孩子大笑起来，竟笑得前仰后合，最后把头转向我，对我说：

> 本名尚未吐，先生为何怒？
> 此非君子为，更非大人度。
> 为君心满足，倾听我陈诉：

---

① 阿拉伯成语，意为自力更生。
② 黄白之物，指金银币。

吾名优素福，吾乃优素福①。

君若心聪慧，必然有所悟。

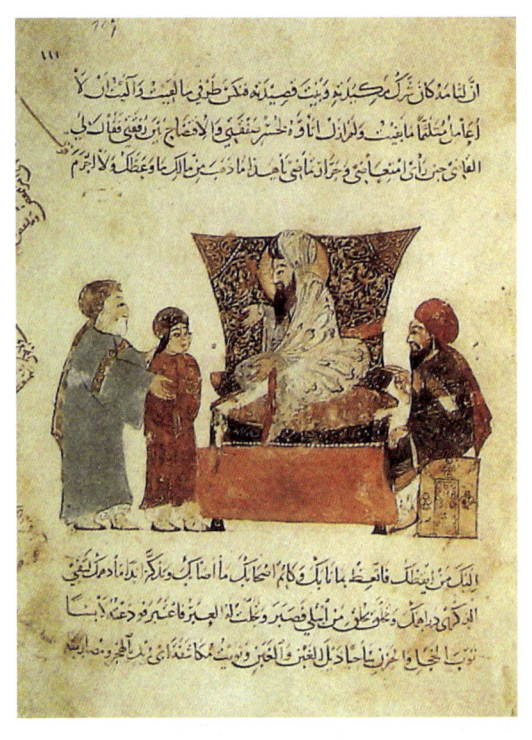

讲述者言道：这个孩子竟能出口步韵，开言成诗，使我大为震惊。我马上转愠为喜，为之倾倒，一时竟忘了仔细琢磨他的诗句，疏忽了"优素福"这个名字的真意。我不再犹豫，马上向他的主人询价。本来以为他的主人会借机抬价，让我耗费口舌与他还价。没想到孩子的主人开口就说："我这个孩子身价不高，索求很少，只要有人要，就是我的福气，也是对他的爱护。如果先生喜欢他，我愿意把对他的爱转移给你，只要先生肯出两百金币就可以把他领走。先生意下如何？"一听如此便宜，我二话没说，立即掏出两百金币付给了他，心中很是得意，而丝毫没有想到，任何小便宜都可能付出高昂的代价。当我和孩子的主人办完交接手续，要把孩子

---

① 优素福，伊斯兰教先知之一，他曾被其兄弟们卖身为奴。此处为双关语，意为其身份为自由人，并非奴隶。

领走之际，那个孩子却大哭起来。只听他向他的主人哭诉说：

狠心的人哪！
只为家中人待哺，忍心卖掉至亲骨。
世上公平抑何在，牺牲小儿填众腹。
让我惶恐受煎熬，别人虽饥不受辱。
尚忆吾父试我心，诚实守信勤叮嘱。
却常逼我充猎网，为你计捕财无数。
小儿次次勇上阵，战利回回手中无。
每次捕获皆有功，从未因错毁计谋。
正因小儿勤助力，吾父你才未失足。
今日为何弃承诺，犹如雕匠丢刻术。
卖我于市若贱畜，使我人格受侮辱。
上次你曾维护我，保我名誉免受污。
你对购者如是说：沙卡不售亦不租①。
难道儿命不如马？吾父不如马之主？
自此生离死别时，我心悲痛只欲哭。
儿之身价贱如此，唯有呜呼亦呜呼！

讲述者言道：当孩子的主人听完此话，痛苦地长叹一声，抱住孩子也哭号起来。许久，他才转过身来对我说："这个孩子是我的心肝宝贝！如果不是因为遭遇变故，致使家徒四壁、灯枯油尽，我至死都不会让他离开我！先生已经看到了我们之间的离别之苦，不会不生恻隐之心。先生大人大量，定会可怜这个孩子。恳请先生满足我一个要求，如果以后我想解除买卖合同，重新领回这个孩子，先生不要拒绝！不要横生枝节，让我为难！我们以前的伟人中曾经有很多废除售奴合同的善举。安拉乐助解除

---

① 沙卡，沙卡为一良驹之名，属于古阿拉伯泰米姆部落一牧民所有，曾有多个国王派人向他索要，都被拒绝，该牧民拒绝国王时说过上述之话。

合同之人。"

哈里斯君言道：我答应了孩子主人的请求。只见他面现惭愧，若有所思，把孩子叫到跟前，亲吻他的前额，对他说：

我子莫哭诉，安拉来佑助。
你会去恐惧，你将解痛苦。
离别很短暂，相逢必从速。
新主贤君子，暂将你托付。

孩子的主人走了，孩子又大哭起来。一直哭了很长时间，才止住了泪水。当我也要带他走的时候，他突然问我："先生，你知道我为什么这么伤心吗？"我回答："原来的主人对你好，你舍不得离开他。"孩子说："完全不是！"然后吟道：

非因别亲哭，更非抛亲福。
泪向弱智洒，悲悯盲眼夫。
惜其枉损财，怜其甘受辱。
难道没明示，良民非家奴？
吾乃优素福，含义很清楚。

讲述者言道：我有些疑惑，开始以为他是想用话语为自己抬高些身价，以掩饰自己奴隶身份的尴尬；又以为他是故意开玩笑，以缓解我和他的关系。我斥责了他几句，没想到他竟敢顶撞我，与我争辩起来。明确说他不是奴隶，我买错了。我气得狠狠打了他一巴掌，他仍然与我争执。没有办法，我只好带他去面见法官，以求得公正的结果，让他心服口服。

当法官听完我们各自的陈述，确认我们所言为实后，对我们说："事先提醒应无咎，视为报喜防无忧。此童售前曾警示，而你愚顽不觉悟。他曾明确劝告你，而你浑然不接受。你脑进水呆若木，痴患侵身蠢似牛。

此案断不怪此童，错在你身自蒙羞。你应自责甘受罚，咎由自取自承受。此童无疑身自由，不能为奴不准售。其父昨日刚至此，也曾明示此情由。此童乃其亲骨肉，唯一继承其所有。"我问法官："你难道与其父相识？"法官反问我："你难道没听说过艾布·栽德其人？此人声名赫赫，我们当法官的无人不知，无人不晓。有关他的事端、行径日日不绝！"

一听此言，我恍然大悟，原来这又是栽德精心策划的骗局。我明白了，他为什么要用围巾围住嘴脸，因为围巾就是他的布陷之网、诗中一行①。我怒火中烧，牙齿咬得咯咯直响。在法官面前，我只能反复默念"无能为力，只凭安拉"。我羞愧无比，无地自容，暗暗发誓："今生今世再不与任何围脸之人打交道！"我长吁短叹，既叹息这一赔本的买卖，又叹息今后如何面对友人。法官见我如此懊恼、愤恨、痛苦，劝我说："吃堑长智，破财买鉴。福祸相依，得失相济。引以为戒，莫怨他人。接受教训，不告友人。反省自修，下不再损。"

哈里斯君言道：我身披羞愧难当之衣，腿夹愚蠢上当之尾告别了法官。我决心自此与栽德决裂，不再与他交往。无奈人算不如天算，我自认为选择了一条离他越来越远的路，却还是在一条小路上与他不期而遇。他仍然热情向我问候，好像什么事也没发生，我怒目而视，不发一言。栽德说："怎么这样啊，老兄！什么时候端起架子不认朋友了？"我说："忘性真快啊！刚干完坏事，骗完朋友，就没事了！你让我如此难堪，你太缺德了！"栽德一脸阴笑，接着我的话吟道：

> 兄弟面前睁怒目，口虽发难心痛苦。
> 问我平民可售卖，自由之身当牲畜？
> 请闭尊口听兄释，此事理解实有误。
> 吾非此径第一人，当年人卖优素福。
> 犹太先祖此行在，仍为先知不沾污。

---

① 诗中一行，阿拉伯成语，意为关键要害之处。

朝觐之人奔圣地，蓬头垢发面发枯。
以此觐者兄起誓，彼等耻行非我术。
恳请宽谅莫责我，友情犹在冤仇除。

他继续说道："我诚挚向你道歉，唯望宽恕！兄弟钱财既失，追悔无益。如果仍然愤愤不平，为此损失耿耿于怀，我无能为力，我不想把人害两次。如果你还不愿理我，不想摆脱这次不幸，你就继续哭吧，哭够了为止！你怎么这样死脑筋？"

哈里斯君言道：栽德使出了浑身解数，耍尽了花言巧语，终于让我就范。我重新把他当成了好兄弟，再一次把他的所作所为抛在脑后。

第三十五篇　设拉子

哈里斯·本·哈马姆君言道：那一年，我漫游到了设拉子城①。有一天，我从城里的一条街上路过，突然看到走在我前面的人都不由自主地放慢了脚步，所有人的眼光都转向路边的一家门脸。我在好奇心的驱使下，也在这个门脸前停住了脚步。我马上就明白了人们被它吸引的原因，因为门里边传出了我非常熟悉的吟诵谈笑声。我没有片刻犹豫，一步就跨进了门。我没有猜错，这是一处雅集文馆。我很快就融入了那些才子俊逸中间，和他们一起赋诗弄文，饮酒作乐。正当我们沉浸在文趣酒香之中时，又有一个人从门外闯了进来。那人褴褛不堪，衣裳破烂得好像不止一代人穿过了。此人热情地向众人问好，口齿伶俐，清晰纯正。他一点儿也不在意众人诧异的目光，一屁股坐在大家中间，双手抱住双腿，自顾自地说："主啊！为我们指出正路吧！"所有参加雅集的人都对此人嗤之以鼻，他们只注意到了此人的穿着举止，而忘了人的根本不在外表，而在两小②。冷场了一会儿后，众人继续他们的文字游戏——赛诗竞文，猜谜斗句，谁都不理睬那个闯入者，似乎他根本不存在。那个人并不在乎众人对他的鄙视，他不发一言，不动声色地观察着众人的表现。他很快就对每个在场

---

① 设拉子，古代历史名城，位于伊朗西南，现为伊朗法尔斯省省会。
② 两小，指心与舌，是人成才的两个基础。

的人的才智长短、学问高低、口齿优劣心中有数了。等他衡量完轻重后，开口说话了："诸位才俊、善公，假如你们懂得酒壶滤嘴后面就是美酒的话，你们就不会以服饰取人了。你们在蔑视他以前，会问一句，他为什么也来参加我们的雅集，难道他有什么本事？"接着，他不等众人回答，以一种旁若无人的，似乎是在孤芳自赏的样子，一首接一首地吟诗诵赋。他的嘴犹如飞泉悬瀑，源源不断地喷出妙语雅句，美言丽词，句句都可用金水抄录，直让在场的所有人都听得如醉如痴。待到他把所有人都迷倒后，又若无其事地起身做出想要离去的样子。众人马上挡住了他的去路，对他说："你既然已亮剑，不妨继续亮出你的蛋壳和蛋黄①。"

此人沉默了一会儿，继而抽搐哽咽，最后竟哭号起来。

讲述着言道：我从此人的言谈举止上看到了艾布·栽德的影子，遂开始仔细地观察他。他那张饱经风霜的脸，他身上散发出的熟悉的味道都证明此人乃栽德无疑。我故意不动声色，权当是替病人隐瞒无法启齿的病患吧，我想暂时替他保密，等看完他的全部表演再说。栽德也发现了我，他马上止住了哭号，本来无泪的双眼显得很不自然。他盯住我看了一会儿，好像要暗示什么，继而用一副苦笑的表情吟诵道：

哭求安拉恕我罪，罪若重石压身累。
我曾多次杀少女②，此女人爱人赞美。
不怕家人罚金讨，不畏亲属索命追。
每次作恶犯案时，皆归天命心自慰。
不能自拔入迷途，一味蛮干鬼作祟。
直到白发两鬓垂，才终收手良心回。
娇娘之血不再流，美女之命不再毁。
我今只靠乞讨活，苟且偷生心垂泪。
只因家中有亲女，相依为命藏深闺。

---

① 蛋壳和蛋黄，喻人的表与里。
② 杀少女，双关语，暗指调酒。杀即调兑，少女即酒。

已然订婚择日嫁①,虽非少女仍妩媚。

可悲无钱置嫁妆,一百金币难筹备。

天净地荒赤条条,手中钱币无一枚。

诸位善公谁伸手,助我老女成婚配。

愿如常人嫁娇女,舞娘簇拥歌女陪。

洗掉忧戚去苦楚,调换心绪展愁眉。

特备香词醇祝语,答谢善公赐恩惠。

讲述者言道:当时所有在场的人都被此人的诗句打动了。大家纷纷伸手相助,慷慨解囊。栽德不费吹灰之力就拿到了一百金币。他继续装模作样地说了一通赞扬感谢之类的好话后,就迅速离场了。我马上起身跟上他。我要搞清他是否真杀了人?他现在藏身何处?栽德一眼就看透了我的心思,出门走了几步,就主动转身迎着我,讨好地对我说:

兄弟留步莫再追,我未杀人未犯罪。

少女为酒杀为兄,杀女意即酒对水。

并非刀砍血溅背,美女非成刀下鬼。

更无亲女藏闺房,嫁女意指酒入杯。

昔日年轻气盛时,居家出游日日醉。

已然释疑请明断,或是谅解或责备。

栽德然后说:"我放荡不羁,敢作敢为;你懦弱老实,谨小慎微。我们两个差距太大,虽为兄弟却非同路之人。"说完,扬长而去。

---

① 嫁女,双关语,暗含倒酒之意。

第三十六篇　马拉蒂亚

　　哈里斯·本·哈马姆君言道：那一年，我携带大量金银，来到了马拉蒂亚①。在那里，我恣肆放纵，尽情享乐。只要是好看的、好听的、好玩的，无不涉足。只要有文人雅集、弄词戏句之事，绝不错过。直到我的钱花得差不多了，才产生了离开之意。就在我收拾行装驼驾，准备上路之际，我有幸遇到了九位才俊。当时他们买了很多美酒，正围坐在一处高地上饮诵作乐。他们的形象和谈吐，吸引了所有路人的目光，我不由自主地就奔他们而去。不是为要喝他们的酒，而是想融入他们中间，享受雅乐文趣。他们非常欢迎我的加入，坐下不久，就成为了不分彼此的文友。我发现，他们九人并非同宗同族，而是非亲非故，只因文趣相投才聚到一起。但他们亲若双子星，胜似一家人，就像是组成美句的各个成分，完美融洽、协调相宜。我很庆幸能有此好运，与他们相识。我积极地与他们互动，全身心地投入到往来唱和之中，很快就陶醉了。不是因为酒力，完全是现场的文气使然。最后，大家开始进行猜谜游戏，互相出谜解谜，你来我往，忘乎所以，你让我望北斗，我让你看明月；你让我刺扎舌，我让你鲜入口②。就在大家争着标新立异、出奇斗巧之时，一个人不声不响凑了过来。

---

① 马拉蒂亚，古代历史名城，位于土耳其西部幼发拉底河上游，邻近叙利亚。
② 意为你暗我明，你用粗语激我，我用妙言回敬。

此人青春不再，只剩风霜。他开始只是站在众人身后，竖耳倾听，并不作声。一直听到大家气衰声弱，语断无词，才枯思竭，场静无声之时，才面对大家，开口道："俗话说得好，并非黑的都是枣，红的都是酒①！"此话一出，如石击水，大家立刻把他围住，让他把话说明白。犹如变色龙缠住了树干，身旁插进了木桩。大家说："你是什么人，敢口吐狂言？衣裳破了要自己缝②。大话说出去了，就别想走了！伤了别人就要付出代价！这叫自作自受！"一看此架势，此人干脆一屁股坐在地上，说："看来你们是想激我出手？好吧！但我想先对你们刚才的表现做一个苏莱曼③之判。诸位既是弄文睿才，又是品酪高手，应该懂得设谜破谜之戏乃智力测验，才学比拼，发隐探微，斗聪比识。谜面要求紧扣谜底，表达清晰明确，并富有文采雅趣。不遵循此道，就是败笔，无保留价值。"大家说："先生所言极是！不知能否示范一二？光说不练非君子，何不借此展示才华，以能受惠？"

此人说："本人一向言行一致。为免生疑惑，我即略献几谜，多多得罪！"说完，他走到九个人的领头人面前，对他说：

先生才智高八斗，学识渊博满腹书。
饥肠恰遇人送谷，请问所喻为何物？④

然后又笑着对第二个人说：

---

① 阿拉伯古代成语，即闪光的并非都是金子。
② 阿拉伯古代成语，即自作自受，自讨苦吃。
③ 苏莱曼即第三犹太王所罗门，他与第二犹太王、其父达乌德同为伊斯兰教先知，但比其父更睿智，人称智王所罗门。
④ 此编中二十条谜语皆为字谜。设谜方式皆为谜面同义词再次组合。如此谜的谜面是饥肠加送谷，饥肠的另一表达为卷起；送谷的另一表达为梳毛。卷起加梳毛组合成一新词：书册或画轴。
为简化注释，特将二十条谜底集中揭示如下。第一轮十条分别为：一、书册；二、被刺者；三、韵脚；四、指引者；五、灾难；六、荒野；七、危险；八、壶罐；九、浮游物；十、纯洁。第二轮十条：一、出丑；二、皇后；三、复仇者；四、富裕；五、出水口；六、茫然；七、石弩；八、倾泻；九、珍珠；十、药剂。

先生贤德廉洁君，两袖清风不惹尘。
背痛反把毒眼引，请问所喻为何人？

又注视着第三个人说：

先生口才非一般，吐字犹如投银钱。
假如偶遇赏钱者，所指为何请指点？

又引颈看着第四个人说：

先生堪称布局手，故弄玄虚有智谋。
一千金币请拿去，你出此谜有解否？

又飞眼瞟了一下第五人说：

先生博古通今人，殚见洽闻有学问。
故将饰品遮不顾，愿闻可有寓意隐？

又转身看着第六人说：

先生志高奋争先，突然止步不向前。
你对谜手连叫停，不知何意请解玄。

又用眼皮示意第七人说：

先生智力列前茅，答疑解惑人难超。
如何兄弟反脱逃，恳请赐教解玄奥。

又示意第八人注意听：

先生善德花满园，雨后朵朵艳又鲜。
为何你对谜手言，他的银器我不选？

又转而凝视第九人说：

先生智力众人夸，伶牙俐齿善表达。
你踩大家为何意？请为众人一解答。

讲述者言道：最后，他用双手捏摇我的肩膀说：

先生堪称妙语王，逗人高兴或感伤。
请你破解此句谜，舅舅闭嘴莫声响！

我明白了，此话一石二鸟，既是谜面，又是提醒。

此人一口气为在场的每一个人出了一个字谜，还没等我们开始猜，又接着说："我已经满足了诸位的要求，又说了又练了，让你们解渴了。诸位不要着急破谜，我有耐心。如果诸位觉得这水好喝，我还可以再打一桶奉饮诸位！"大家已经被他刚才的谜深深迷住了，一听此话，确实感到还有些口渴，还想继续喝此人的水以解渴。此人又说："我不想把奶油倒在自家羊皮上①，独享此学，好事做到底吧！"

说完，他仍从第一人开始说：

如果谜面增难力，愈显先生有功力。
今日此谜出给你，拿起那个喻何意？

---

① 阿拉伯古代成语，意为吝啬，坐享其成。

然后扭头面向第二人说:

先生修辞技超群,才学明显压众人。
人语野驴化装事,可有所指请揭隐。

又用眼光示意第三人说:

先生才华人称奇,堪比学者斯迈伊①。
给他粮食管住他,请问何意喻此语?

又转头注视第四人说:

先生堪称指路灯,无论多暗能照明。
请闻酒香莫迟疑,何悟何感快指明。

又瞥了一眼第五人说:

先生敏捷反应快,从不多思张嘴来。
快把死人来遮盖,你出此谜请自猜。

然后走到第六人面前说:

先生智者群为兄,聪明伶俐占上风。
有时偶尔夜路走,不知何故请点明。

---

① 学者斯迈伊,指阿拔斯王朝著名语言学家艾布·赛义德·阿卜杜勒·麦利克·斯迈伊(740—828),第五任哈里发哈伦·拉希德宠臣。

又将目光转向第七人说：

先生满桶智慧水，开市售卖永充沛。
请爱一下胆小鬼，可否端出释义杯？

然后又走向第八人说：

先生日日增荣耀，一山更比一山高。
给我一只无柄杯，此话何意请相告。

又微笑着对第九人说：

先生学富超五车，无疑可称大学者。
为何你考出迷人，这只公牛属于我？

最后，他抓住我的袖子，一边抖一边说：

先生智光冲天际，答疑解惑有灵气。
牲口能用嘴吹哨，请快指明何所喻？

哈里斯君言道：我们十个人对此人佩服得五体投地，但我们每个人都无法按他的要求解出谜底。我们对他说："我们才疏学浅，尤其不谙谜学。先生之谜深奥玄妙，学问高逸，实难解悟。何不继续把好事做到底，帮我们剖析谜底，增学长智，也为自己加恩添德。这比看我们抓耳挠腮要强。"听我们如此说，此人陷入了沉思。犹豫了一会儿，他才走到大家面前，说："诸位才俊，既然你们都说对谜学不熟悉，那我就为诸位补上此课。望诸位用心听，仔细记，以后诸位的雅集就会更有光彩了！"他开始为我们一条一条地解释刚才出的二十条谜语，通过实例分析打磨大家的头脑，启迪众人的智慧。当然，我们也没有白听此人的授课，而是纷纷松囊解带，掏金献银。当我们的才智有如今日之时，我们的钱袋也无法与昨日相比了。此人装好所献金银，准备迈步离开，这时，突然有人问他府在何地、家居何处？他迟疑了一下，突现凄楚之相，犹若丧子之父，悲诉道：

> 天路条条任我驱，四海处处迎我居。
> 日日彷徨何所至，夜夜思念苏鲁吉。
> 出生之地梦中系，离别之天望不及。
> 茵茵芳草花园里，层层树影绿茵地。
> 眼中再无第二美，心中再难有甜意。

讲述者言道：我这时才向大家介绍此人，告诉他们此人即大名鼎鼎的艾布·栽德·苏鲁吉先生，介绍他的文笔、才华及功力。正在大家听得津津有味之时，转身一看，他已经不声不响，背起钱物，起身离去，不知道他走向了何方。

第三十七篇 萨 达

哈里斯·本·哈马姆君言道：那一年，我踏上了萨达①之地。那时，我身材有如萨达美女，健壮堪比沙漠野驴。我惊叹萨达的秀美翠绿、清新淳朴。按照习惯，我安顿好后，马上去询问本地风霜智叟，以了解当地贤达名士，以便日后能为我指路照明、解危济困。他们告诉我，当地的大法官乃高洁雅士，厚仁博施，豪爽贤德，出身泰米姆②名门。我立刻登门造访，拉近关系。从那以后，我想方设法接近他，频繁与之交往，终于成为了他的密友，在他眼里，我俨然就是他家庭中的一员。借助他的威望和关照，我甚至可以参与他的堂审判案、堂下访查、诉讼调解。那一日，当我正在法官大人的堂上和他及他的一些幕僚议事之时，从门外哆哆嗦嗦迈进来一位老者。他老态龙钟，身穿一件破袍子。进堂来，他先用审视的眼光看了一下在场的众人，认清了其中的法官大人后，上前对他说，他是来状告他的一个仇人，此人处处与他作对，事事和他过不去。正说着时，门外又走进来一个少年。这个少年眉清目秀，壮实得活像一头雄狮。

---

① 萨达，阿拉伯半岛南部重镇、古城，现位于也门沙特边界也门一侧。因其地女子貌美，故常在喻美诗词谚语中被提及。
② 泰米姆，阿拉伯古代著名部族，此部族曾涌现很多历史名人和文人。

只听老者手指少年对法官大人说:"我主佑助,大人明断。此孽障乃吾子,他就像一支坏笔,一把锈剑,不可救药。此子不顺父命,执拗倔拧,混沌痴顽。我叫他向东,他非要向西;我叫他说话,他必装哑巴;我如果点火,他肯定吹灭。常言道'你兄弟把肉烤熟了,又扔到灰里①'。我从小把他抚养大,为使他成才费尽心血,他却不听我的话,我容易吗?请大人评评理,替我好好训教他!"

老者的状词引起了法官大人的重视,他马上要求在场议事之人都来关注此案。他对众人说:"忤逆乃教法所定弃亲罪之一,它比不孕还可恶!"那位少年见法官听信老者一面之词,忍耐不住了,气愤地对法官说:"法官大人!我以为法官们立法,使他们施恩安民、惩恶扬善。我起誓:我从小到大一直顺从我父,听命他的训教,遵守他的禁戒,唯命是从,令行禁止,从未对抗过他。但是他现在要求我变成寻找秃鹰蛋的人,命令我去学那个梦想骆驼飞的人②,这太过分了!"

法官很感兴趣,问少年:"他想叫你怎样做?或许是想考验你,具体说说!"少年说:"旱灾使我家陷入贫穷,他叫我出门乞讨,求人施舍,以接上中断之水,修复遭折之骨③。而当初他曾经教育我如何遵礼守制,维护自尊。我在他的训教下,深知贪婪使人污,妄欲被人辱,野心遭人恨,乞讨惹人嫌。他曾对我这样说:

> 知足常乐为智者,视少为多安于饥。
> 莫要贪婪与奢望,越滑越远欲难息。
> 维护尊严与脸面,堪似雄狮护鬃须。
> 窘情困境试耐力,轻易莫要人知悉。
> 切勿腆颜去求人,哪怕有人蛊惑你。
> 抑或眼中进异物,也能挺住装无疾。
> 衣服虽破身架在,腹中无食头不低。

---

① 阿拉伯古代成语,即功亏一篑。
② 阿拉伯古代成语,即要求做不可能做到的事。
③ 阿拉伯古代成语,即复原如初。

讲述者言道：只看到老者的脸越来越阴沉，越来越难看。突然，他冲向儿子，大吼道："住嘴，你这个逆子！你难道想教你母亲怎样怀胎，怎样哺乳吗？蝎子竟敢向毒蛇挑衅①，刚断奶的驼还想和害白斑症的驼一起赛跑②！"吼完，他又有些后悔，觉得话说得太重了，想弥补一下，就缓和了些语气，略显爱怜地对儿子说："儿子，你难道没看见，主张知足常乐、安于现状和维护颜面的人都是些什么人？他们都是富人、财主。而生活陷入窘境的人和遭遇天灾人祸，急需摆脱困境的人是可以不受其限制的！不知者无罪。你如果明白这个道理，还会反对父亲吗？你应懂得：

---

① 阿拉伯古代成语，即太岁头上动土。
② 阿拉比古代成语，即不识好歹。

不为尊严伤身体，莫顾脸面反受饥。
你看无草无树地，怎与森林等相提？
只有蠢人不明理，枝条无果可有益？
快避干渴上驼骑，奔向绿洲迎沛雨。
乞求甘露从天降，祝你手湿有天济。
倘被拒乞也无妨，当年穆萨亦被拒①。

讲述者言道：法官大人越发觉得少年说话不实，心中不悦，面露愠色，问他："你好像一会儿是泰米姆人，一会儿又像是盖斯人②，像个好打扮的女人，变来变去，不实在，不好！"少年说："我以能让你说一不二、生杀予夺的人起誓，我确因家贫而愁苦，因穷困而心痛。饥饿使我痴愚，干渴使我呆滞！但是，就算我愿意去乞讨，有谁能为我敞开大门？难道当今世上还有主动行善之人吗？还有人遇到乞讨者会主动说'给你，拿去吧'？"法官大人说："住嘴吧！俗话说'不善射者有时也能中的'③，并非打闪必有雨。但你可以去尝试，分辨何为带雨之闪'。知之为知之，不知为不知，诚实才好！"

此时老者已完全摸清法官大人的心思，他已胜券在握。只需再加把火、添把柴。他马上对法官恭维道：

豪气高过拉瓦④脊，法官大人与山齐。
无知小子竟妄语，世无善人乞无益。
大人盛名贯东西，施舍赐福霖甘雨。
逆子诬告皆不实，难阻大人恩德济。

---

① 穆萨求食被拒之事见《古兰经》山洞章：77节，"他俩来到一城，向城里居民求食，他们不肯款待。"
② 泰米姆部族和盖斯部族都是阿拉伯古代著名部族，当时两部族正在交恶争斗。
③ 阿拉伯古代成语，即瞎猫遇死鼠。
④ 拉瓦，圣城麦地那一山名。

乐善好施心自暖，普天赞颂传美誉。

讲述者言道：法官大人被老者夸得心花怒放，不再细查二人，马上吩咐救济老者一家，另加额外赏赐。幕僚当场兑现，付给老者一大笔钱物。最后，法官大人还没忘训责少年几句："你知道错了吧！俗话说'刻木之前试软硬，责人之前查实情'。你要注意了，不能再对抗你的父亲！否则，你将受到应有的惩罚！"少年唯唯诺诺，躲在了父亲身后，然后飞也似的逃走了。老者紧追其后，边走边念念有词：

谁有不幸与怨恨，请到萨达找大人。
宽宏大量胜前任，公正廉明楷后人。

讲述者言道：从老者一进门，我就开始疑惑，觉得此人似曾相识，好像在哪儿见过。我暗下决心，一定要解开谜团。所以我马上跟上他，追出门去。紧追慢追，终于追上了他们父子。两人也看到了我，老者故意显出高兴的样子，对我说："欺骗兄弟的人没有好日子过！"我这时才认定他是栽德无疑。我们互相握手拥抱，然后询问别后的情况。栽德狡猾地说："你去问你那孝顺的侄子吧，他什么都知道！"说完就借机开溜了。那位少年，他的儿子，我的干侄子，也神秘地笑起来，然后什么也没说，也转身溜走了。我又一次见到了他们父子二人，也又一次失去了他们父子二人，他们俩又到哪里去了呢？

第三十八篇　木　鹿

哈里斯·本·哈马姆君言道：从我开始识字时起，我就迷恋上了文学，它成了我一生的追求和生活目标。我如饥似渴地学习一切文学知识，拜识每一个所知的文豪。最后，我终于找到了其中最有才之人，他从此成为我日后最倾慕之人。我紧紧抓住他的驼鞍①，以求获得他的赏识与提携，因为我此后再也没遇到第二个像他那样博学多才的人了。但是他走得比流言还快②，转得比月亮还频。害得我总是在寻觅中苦熬，见他一面太难了！我为寻找他而向往游历四方，情愿品尝跋涉的辛苦，旅行的艰难。话说那一年，我游历到了遥远的木鹿③，鸟卜④向我报喜，预示我能在此地见到他。于是，我走遍木鹿全城，见到人群就问，遇到驼队就寻，仍然一无所得，踪迹全无，我又一次陷入了失望的深渊。但就在那一天，当我有幸进入木鹿总督府、成为总督大人的座上客时，此人现身了。在众多的宾客当中，一个衣衫破旧、面容憔悴的人正在奉承总督大人。此人虽形象不雅，但口才极好。但见他先以臣民面见国王的语气向大人致意，然后阿谀道：

---

① 紧抓住驼鞍，阿拉伯古成语，意为锲而不舍，矢志不渝。
② 走得比流言还快，阿拉伯古成语，即经常出门上路之人。
③ 木鹿，古代历史名城，今名马雷，位于今土库曼斯坦。
④ 鸟卜，阿拉伯蒙昧时代一种占卜方式。伸手进笼让鸟啄手，啄其右为吉，啄其左为凶。

"大人,安拉保佑你免责无忧!你要知道,谁被委以重任,就被寄予厚望;谁被不断提拔,对他期求更高;谁更敬畏安拉,受享善福更多。大人乃一方主宰,木鹿之父,善名远播。致天下驼驾蜂拥而来,苦徒寒士慕名而至,四方渴求皆望沐恩。大人施恩视如为主献畜,维权视若为民造福。大人天天散财积恩惠,日日开掌悦人心。小民也曾富甲一方,家资殷实。而今穷困潦倒,一贫如洗。我今远道而来,望饮大人海中一滴,望沾大人面上一光。诉愿为乞求捷径,期待是获得佳途,关照穷人乃大人之责。安拉恩沐大人,大人惠顾小民。恳请大人开恩,不要慢待访者,不能掌握需求。守财者无荣,手紧者缺智。贤臣为富厚仁,乐善好施;明官心胸坦荡,有求必应!"

总督大人并没马上回答他,他目视此人,沉默不语。希望能听到此人更妙的话语,更雅的表达,以验证此人之水深浅如何,此人之才高低几许。总督大人的迟疑似乎激怒了此人,只见他一改媚容,面显愠色,以教训的口吻说道：

难道大人重穿着，见我衣烂心不悦？
为何不尊来访人，不论此人可有学？
应将慷慨付所有，莫对小民手紧握。
善财笔笔增美誉，四方处处赞英德。
可知求者皆实在，知恩图报心无恶。
若无乐善好施心，必被贪骗谋徒挟。
欲求更高劲抬足，垂涎更多紧伸脖。
可知谢恩若麝香，只有善贤方嗅得。
博施吝啬难相容，鲸鱼鳄蜥不同窝。
豪举品高人皆赞，悭吝卑鄙众人唾。
小气难逃谴责追，守财苦寻借口遮。
慕名者前仗义显，总督府传大人德。
疏财应使量超常，直让求者手无措。
施善积福贵尽早，莫待气衰悔泪抹。

总督大人听到这里才面露悦色，问此人："你确为才高之士！可问先生何方人士？"看起来此人最不愿意听到这样的问话，只见他斜视着总督大人，非常不情愿地说：

相识莫问人出身，品学门第难相论。
醇酒或自幼葡酿，只要香甜尽可饮。

讲述者言道：此人的口才终于赢得了总督大人的欢心，他热情地邀请此人坐于割礼人之位①，然后，给了他一大笔金银。看来此人做梦都没

---

① 坐在割礼人之位，阿拉伯古成语，意非常亲近，近在咫尺。

想到能拿到这么多，显得兴奋异常。带着一副志得意满、气宇轩昂的样子离开了总督府。我一直跟着他来到他的歇息之地，对他说："别来无恙，艾布·栽德·苏鲁吉先生！先生可喜可贺，可钦可佩！"栽德容光焕发，连连感谢安拉，随口回我道：

  无才者乞福，无能者耀祖。
  唯我学满腹，张口财即入。
  才气通财路，无须晒宗谱。

  然后说："贬文者可悲，扬文者可喜！"说完别我而去。把渴求再见又一次丢在我的心中。

第三十九篇　阿　曼

　　哈里斯·本·哈马姆君言道：从我嘴上长须、知道羞耻时起，我就酷爱骑驼行大漠，越岭探沙山。一年又一年，我游遍古城名州，踏遍荒野险境。无数日夜，我忍受寻水露宿之苦，血染马掌驼蹄，累瘦膘马肥驼。直到有一天，我突然对沙漠之游感到厌烦，非常想换一个环境。于是，我在友人的指引下，来到了苏哈尔①，我马上爱上了她的大海，产生了畅游大海的冲动。很快，我在那里结识了一群志同道合者，然后挑选了一艘大船，购买了一切所需衣食物品装满货舱。然而，在上船的时候，我忽然有些犹豫。我生平第一次登上如此大的海船，迈步在踏板上，战战兢兢，心虚胆寒，真想转身下船，放弃此行。转念又责备自己如此缺乏男子气，随后又原谅自己情有可原。无论如何，我最后终于稳稳当当坐在舒服的客舱里，等着开船。在那天夜里，大船扬起了帆，拉起了锚。就在即将开航之际，从漆黑的夜空中传来一个人的喊叫声：

　　"大船宽又长，即将破风浪。人人羡慕他，我也想登上。可做引航人，为尔指方向。多年做生意，熟悉水路商。助兄赚大钱，遇险保无恙。"

　　船主答："欢迎指路人，为船指航向。出门靠朋友，有难互相帮。"

---

① 苏哈尔，阿拉伯阿曼湾著名海港，海上丝绸之路必经之地，当年郑和下西洋登陆阿拉伯半岛之港。位于今阿曼素丹国北部，邻近阿拉伯联合酋长国富查伊拉。

那人问:"你们是否愿意和一个漂泊者同行?他自带干粮,性格开朗。除容身之地,别无他想。"众人都表示愿意接受他。此人上得船来,仍然话语不断、滔滔不绝。只听他对众人说:"敬祈我主保佑诸位旅途平安!诸位知道,伟大的安拉让愚者学,使智者教。本人曾求教前辈先知大师,学得平安避险咒文,不敢私藏,愿教诸位。诸位可用心学,认真记,依言行,传他人。"然后此人大声喊叫道:"下海必学平安咒!有了它,海航无忧,浪大无险。正是靠了它,努哈战胜洪水,拯救物种。此事多段经文有记。"接着,他又背诵起很多经文,讲述了很多神话传说,奇谈逸事。最后说:"以安拉的名义乘风破浪吧!"说完,长出一口气,换成极虔诚的口吻对众人说:"请以安拉之名义做证,吾乃告知者、劝诫人、引导员,诸位乃最好见证人。"

讲述者言道:众人被此人的说辞深深震撼了,都不由自主地跟着他诵读起来。我从此人的声音中听出了老熟人的信息,遂问他:"以驾驭大

海者之名义,先生可是苏鲁吉?"他答:"明人不做暗事,义士不屑阴损。大丈夫行不更名,坐不改姓!吾乃苏鲁吉是也!"一听此话,我上船以来一直悬着的心一下子放了下来,对海航的恐惧烟消云散。有他在,我还怕什么?

一连几天,海面风平浪静,天空万里无云。旅途有滋有味,大家有说有笑。老朋友在我身边,我就如同穷人捡到了黄金,淹者遇到了救星。无奈好景不长,就在那一天,大海突然咆哮起来,暴风席卷,巨浪翻滚,众游友惊慌失措,哭天号地。瞬间,大船倾覆,随浪漂浮。最后,残船漂到了一个岛边,未死者精疲力竭,爬上岸去,惊魂未定,狼狈不堪。大家状若无头蝇,岛边乱窜,寻找生机。最后干粮吃完了,气力用尽了。我问栽德如何是好,他反问我:"难道办法是坐等来的吗?你当初不是为寻求快乐才上船的吗?"我无言以对,只能说:"你说怎么办就怎么办,我跟定你就是了!""那好,你随我先去探路!"。

　　我跟随栽德往岛的深处走去，走着走着，一座高大雄伟的宫殿出现在眼前。一扇大铁门紧闭，门前站着卫奴。我喜出望外，赶紧上前陈诉遇难之情，乞讨充饥之物，但他们一个个毫无反应。近前仔细一看，发现他们个个情绪沮丧，面露悲痛之状。栽德问他们："我们乞求帮助，你们无动于衷，一定也有难事，能否告知真情？"卫奴们仍无人开口。我恍惚觉得他们是海市蜃景、萤烛之光①，心中想："这些人相貌丑陋，猥琐污浊，无力助人，故不开口。"刚想到此，一个年长的卫奴说话了。只见他泪流满面，凄凄切切地说："二位先生，莫怨莫怒！只因我王有事，臣民痛苦，故而无暇顾及外人。"栽德说："敬请节哀，并请告知真相。本人乃神卜名医，云游四方，为民排忧解痛，治病救人。"那位老卫奴说："此宫之主乃本岛之王，只因多年膝下无子，遂遍选沃土，勤奋耕耘，终于传来后宫有

---

① 若萤烛之光，阿拉伯成语，即不值一提，无济于事。

孕之喜。我王日日祈拜，以求育苗平安；时时掐算，企盼出苗佳期。没想到，待产期来到，金项圈和象牙腰带①都已备好时王后难产，母子皆危，宫中上下不知如何是好，慌作一团，愁云笼罩，寝食难安。"说到此，老奴号啕大哭，不能自已。

栽德安慰他说："请转告你王，敬请宽心！得遇本人，愁云必散！我有一符，专解难产。"一听此言，卫奴们马上进宫禀报。也就是过了说声"不"的时间②，就有官员急忙跑出来恭请我们进宫见王。

岛王见到我们，开口就问："尔等所言为实？"不待回答，又说："如若为实，本王必当重谢！"栽德并不多说，他请岛王为他准备一支芦笔、一块浮石、一包番红花、一盆蔷薇水、一尺涂满香料的绸布。岛王立刻传旨下去，眨眼的工夫，索要的东西都放在了栽德的面前。只见栽德先

---

① 金项圈和象牙腰带，阿拉伯古俗，富家生子必备之物，为保佑平安。
② 说声"不"的时间，阿拉伯俗语，意时间非常短暂。

跪拜在地，脸埋土中，诵经赞主，祈求恩恕。然后回避众人，把番红花浸于蔷薇水中，拿起笔来，蘸着浸泡番红花的蔷薇水，在浮石上写道：

母腹宝胎竖耳听，诚挚忠告助你生。
你被禁闭难出门，母室坚固又安静。
不见亲人让你喜，不遇仇人使你惊。
一旦搬出平安屋，从此再难有安宁。
生活艰辛乐又苦，日日哀哭喜又痛。
但愿你能沾福光，莫用虚幻售真情。
常警奸佞小人心，防欺拒饮耻辱羹。
我以信仰起诚誓，你已倾听我心声。
世间良善常被误，多少忠言耳边风。

写完后，他偷偷往浮石上唾了几口唾沫，用绸布包起来，命无月经之宫女绑于王后大腿处，嘱咐有月经之宫女远离。过了不到两次挤奶间隔的时间①，胎儿顺利出生。消息传出，整个王宫一片沸腾。君臣主仆凄云尽扫，兴高采烈，团团围住栽德先生，亲吻他，拥抱他，人人以抚摩一下他的破衣为荣。他们认定，栽德不是闻名天下的无为士②，就是杜博士③。

岛王奖赏了所有上岛之人，使他们所有人一夜暴富，荣列贵族。栽德获得额外重赏，他心花怒放，得意非常。在随后的日子里，岛王日日款待，时时犒劳，见面必赐。直到有一天，听说残船已被修好，海面风平浪静，非常适合出航。栽德也觉得斩获已够，方动了离岛之心。我们齐向岛王告辞，没想到岛王唯不准栽德离岛。暗示他只要愿意留下，岛内一切资财可随意支配。

---

① 两次挤奶间隔时间，阿拉伯俗语，意时间非常短暂。
② 无为士，伊斯兰教著名圣门再传弟子，当时圣城库法大隐士。
③ 杜博士，即杜贝斯·本·萨达卡（？—1135），当时为一伊拉克地区首长，为当时大名士。

哈里斯君言道：当我看到栽德愿意留下的时候，怒火中烧。我狠狠地斥责他背叛祖国和亲人！没想到他却说：

住嘴！你听着：
莫恋家园与祖城，漆黑污浊光不明。
贵贱颠倒无平等，善恶不分缺公正。
智者常寻避难地，哪怕山高路难行。
自救自赎远逃离，自涤自洁出污坑。
周游四海皆为家，只要容身可尽兴。
只让思念存心中，遥寄家乡亲人梦。
可知好花墙外香，本国君子常落冷。
蚌中珍珠价最轻，出壳才被人看重。

然后，他放缓了语气说："你最好能跟我一起留下！"我表示抱歉说："我实在做不到！"最后，他原谅了我，我也原谅了他。他把我和其他上岛者一起送上了船。我心中恋恋不舍，心想要是岛王的孩子生不出来该有多好啊！

第四十篇　大不里士

哈里斯·本·哈马姆君言道：那一年，我漫游到大不里士①。住了一段时间后，觉得当地缺少吸引我的东西，心情烦躁，遂决定离开它继续漫游。我开始寻找旅伴，收拾驼囊。没想到在寻找旅伴时，我竟遇到了艾布·栽德君，他当时正被一群女人围着。我很惊讶，立刻上前问候，然后问他怎么和一群女人在一起？栽德先用头示意，让我注意女人中一个站在稍远地方，不戴面纱、素颜清秀的女人，然后低声和我说："我为了有人做伴儿，免除孤独，娶了这个女子，没想到从此交了霉运，她把我变成一个背水囊的人汗流满面②。她不尽女人之道，妻子之责；常拒床欢，常拗夫意。让我身心疲惫，痛苦不堪。我现在正要带她去见官，让法官大人主持公道，好好训导她，不行的话，就休了她！"

讲述者言道：栽德的话勾起了我的好奇心，我想看看他和他老婆如何打官司，谁最后会获胜？因此当即决定先把继续漫游之事放下，陪同栽德两口子一起去见法官。

当地的法官是一位出了名的铁公鸡，他连剔牙棍剔下的食渣都舍不得吐掉。栽德拉着他的女人来到他的面前，双双下跪向他祝福，然后开

---

① 大不里士，古代历史名城，位于今伊朗西北部，东阿塞拜疆省省会。
② 背水囊的人汗流满面，阿拉伯成语，意为吃尽苦头。

门见山地说:"愿安拉佑助大人,恩顾大人!我今带我的女人前来请大人评理、赐教!女人犹如驼骑,但我的驼骑不服调教,桀骜不驯,虽我尽量迁就,她仍我行我素,望大人明察!"一听此言,法官问那个女人:"你为何如此?你难道不知'悍妇必致夫爆,必引夫弃'!"

女人说:"大人有所不知,只因我夫求欢无时,床欲无度,无法承受,以致此!""噢,"法官对栽德说,"我看你是自作自受,你找盐碱地下种,在石头上育苗①,还抱怨别人不让你享福了!你走吧,我不受理你的案子!"

栽德说:"大人,怎么她一煽风,你就信她?好像我还不如伪先知赛贾赫②!"女人说:"大人,他是硬给鸽子套脚环,强给鸵鸟装翅膀!想叫我看起来比那个叶麻麦的老稗子③还像骗子!"

一听此言,栽德怒火中烧,跳起来对他女人说:"你这个不要脸的臭婆娘,还想倒打一耙!你说!你是不是故意在床上折磨我的,然后又和外人说我的坏话?你要知道,每夜和你贴身,我都觉得恶心!你的脸比猴脸还丑,比生皮还干,比树皮还粗,比泻肚还让人难受,比寒风还冷,比马齿苋还酸。我一直在替你遮丑,从未外扬。即使谢琳④给你美貌,珠贝妲⑤给你金钱,碧卡丝⑥给你皇冠,布岚⑦给你艳床,姹芭⑧给你王位,

---

① "盐碱地下种,在石头上育苗",阿拉伯俗语,比喻想和不能生育的女人生孩子。
② 赛贾赫,原为阿拉伯半岛泰米姆部落一女酋长,基督徒。先知去世后,自称先知,发动叛乱。后嫁与另一伪先知、叛乱头子穆赛利迈。穆赛利迈被杀后,赛贾赫归信伊斯兰教。
③ 叶麻麦的老稗子,指伪先知穆赛利迈。先知去世后发动叛乱,后与赛贾赫合流,被剿灭。
④ 谢琳,古波斯国王的一位皇后,以美貌闻名。
⑤ 珠贝妲,阿拔斯王朝哈里发哈伦·拉希德之妃,曾用大量金钱行善。
⑥ 碧卡丝,古也门萨巴女王,即《圣经》中示巴女王,曾因倾慕犹太王所罗门主动下嫁于他。
⑦ 布岚,阿拔斯王朝哈里发马蒙之妃,美貌绝伦,其父为宰相哈桑·本·萨哈。
⑧ 姹芭,伊斯兰教兴起前阿拉伯半岛叶麻麦部族女王。

拉比尔①给你虔敬,赫娜塔②给你荣耀,韩莎③给你诗才,我也再不愿意和你同居一帐,同骑一驼。"

讲述者言道:只见那个女人气急败坏地挽起袖子,叉着腰对栽德喊叫道:"你这个臭男人,还敢说我!也不撒泡尿照照自己是个什么东西!你比马迪尔④还下贱,比剥皮人还可恶,比夜里吹口哨的人还胆小,比跳蚤还不知天高地厚!你竟敢往我身上泼脏水,用刀子割我的脸,无耻之极!你比指甲垢还脏,比大拉马的骡子⑤还坏,比在人前放屁还不知羞耻,比

---

① 拉比尔,中世纪巴士拉城著名苏菲派女修士,以虔敬、善行闻名。
② 赫娜塔,即莱伊拉,阿拉伯古莱什部族之母,蒙昧时期阿拉伯半岛最受尊敬之女人。
③ 韩莎,蒙昧时期阿拉伯著名女诗人,古愚诗作者之一。
④ 马迪尔,古代阿拉伯以吝啬闻名之人。
⑤ 大拉马的骡子,大拉马为阿拉伯伍麦叶王朝与阿拔斯王朝交替时一部落酋长,他骑的骡子经常有意憋尿,走到人多的地方才撒,非常惹人讨厌。

盒子里的臭虫还难闻！就算你有哈桑①的口才，有萨比②的学问，有海利勒③的文论，有哲里尔④的诗才，有古斯⑤的雄辩，有哈米德⑥的文笔，有阿慕尔⑦的诵读之才，有古雷布⑧的传述之才，我也不会把你当成我的教长，我剑鞘中的宝剑！"

① 哈桑，巴士拉人，728年卒，圣门再传弟子，中世纪阿拉伯著名教义学家。
② 萨比，即阿米尔·本·谢拉希，圣门再传弟子，伍麦叶王朝著名圣训学家，哈里发阿卜杜勒·麦利克之宠臣。
③ 海利勒：即海利勒·本·艾哈迈德，786年卒，阿拔斯王朝时期著名语法学家，诗律学家。
④ 哲里尔，伍麦叶王朝时期著名诗人，以与另两位大诗人法拉兹达格和艾赫塔尔用诗歌进行辩驳闻名。
⑤ 古斯，即古斯·本·沙伊达，蒙昧时期阿拉伯半岛著名演说家，为奈季兰地区基督教主教。
⑥ 哈米德，伍麦叶王朝时期著名文学家，750年卒，为书信体散文的首创者。
⑦ 阿慕尔，即伊本·阿拉（689—770），中世纪阿拉伯著名传述家，诵经家，语法学家。
⑧ 古雷布，即阿卜杜勒·麦利克·艾斯马伊（740—828），阿拔斯王朝著名文学家，哈里发哈伦·拉希德之宠臣，太子辅师。

听到这里,法官大人对他二人说:"我看你们两人是半斤八两。一个是谢恩,一个是塔贝克①;一个是里达,一个是奔杜克②。作为男人,应对女人宽容,不应怀有仇恨;作为女人,应理性对待丈夫。做爱是好事,不应拒绝,更不应该骂你的丈夫!"

那个女人对法官说:"大人有所不知,我无温饱,如何有爱?他除非让我吃饱了,我才能为他张腿;除非让我穿暖了,我才能在床上住嘴!"栽德马上接住女人的话茬,向法官发毒誓,说他除了身上的破衣烂衫一无所有,一连重誓三次。法官一眼就看穿了他的把戏,明白了他二人的意图。他马上翻转盾牌③,板起脸对栽德说:"你们二人胆大妄为,竟敢在庭审现场,于众目睽睽之下,争吵谩骂,语句下流,行为无耻,你们已经犯了扰乱、污染法庭之罪,现你二人又进一步用谎言欺瞒本官,欲行诈骗,罪上加罪!以我主起誓,你二人之腚未对准厕坑④,箭未射中咽喉。我王信士长命我为民仲裁、判审、主持公道,付我生杀予夺之权,匡正教法。他没有叫我去观看对骂表演、下流展示,更没有叫我去和债权债务集于一身之人玩还债游戏。你二人所争何事,所欲何为,从实道来。若有意隐瞒真相,欺蒙本官,本官将训斥你二人于民众之前,以为众人之鉴!"

一听此言,栽德若蛇屈身,沉思起来。须臾,如蛇耸头,眼盯着法官说:大人,请容实禀:

> 我名苏鲁吉,此女乃我妻。
> 堪比日与月,形影不分离。
> 夫唱妇紧随,如胶又似漆。
> 床欢有节制,解渴为生育。
> 断炊已五日,几忘嚼与吸。

---

① 谢恩和塔贝克为当时两人名,二人极其相像。
② 里达和奔杜克为两相似部族名。
③ 翻转盾牌,阿拉伯俗语,意改变了想法,产生了恶念。
④ 腚未对准厕坑,阿拉伯俗语,意事与愿违。

憔悴成饿鬼，幽灵出墓地。
若无忍耐力，难抗痛苦击。
祈求大人恤，救难于未毙。
无论福与祸，只想碰运气。
不管好与坏，乞讨为充饥。
贫急无君子，无衣不顾体。
困境难顾脸，失颜为救急。
大人请明察，比较今与昔。
我情何以堪，教训谨牢记。
命在大人手，施救或押拘。
或使病痊愈，或令病加剧。

栽德终于用口才打动了法官大人，他对栽德说："你已被饶恕，你有权获得救助！希望你重获夫妻温情，再现文人理智！"说完，他拿出一枚金币，想就此打发了他夫妇二人。没想到，栽德之妻突然跳起来冲到法官面前，手指着在场众人，对法官说：

恭喜大不里，盛产好官吏。
大人贤如此，百姓好福气。
缺点只一处，慷慨不到底。
赏赐若更公，善德必登极。
见我夫妇来，浑身抖成泥。
来此为求救，何故添焦虑？
为何只慰夫，不顾夫之妻？
眼中只见男，不见身边女？
救助乃二人，为何二变一？
让我心灯灭，失望压我体。

大人岂不知，前诗乃我拟。

若非妻教夫，绝无此佳句。

今日庭上事，我将传千里。

大人成笑柄，难逃众巷议。

老娘说便做，只要我愿意！

讲述者言道：法官这才意识到，他是遇到了舌刀唇剑，心狠手辣的对手，一根难啃的骨头、一个难医之病摆在了他的面前。他只要赏赐其中一人，不给另一人，就等于还了旧债又欠下新债，等于昏礼拜过还要补拜一次昏礼。他的脸突然变得很难看，口里嘟嘟囔囔，眼睛左顾右看，不知如何是好。在心乱如麻中，他开始诅咒法官之职，抱怨此业之辛苦、劳累、费力不讨好；数落仍孜孜以求此职之徒。最后，他就像被人欺负、遭人抢劫了似的，号啕大哭起来。一边哭一边说："我真倒霉啊，怎么碰上这么两个讨命鬼！真稀奇啊，我难道变成了双箭射击的靶子？我难道自己陷入了欠债官司？"他瞪了一眼站在旁边的庭僚，说："今天根本不应该开庭审案，今天不是吉日！今天是破财的日子！今天是让人发昏的日子！今天是遭灾的日子！今天是只进不出的日子！主啊，让我快点摆脱这两个不知好歹、喋喋不休的倒霉鬼吧！主啊，让人得不到任何好处的人不能让他们再出现了！我受不了了！"哭到最后，法官大人一咬牙，极不情愿地拿出两枚金币，扔给栽德夫妇一人一枚。然后，命令庭僚驱散众人，紧闭大门，并让他告知百姓，"因今日不吉，有黑气悲风，大人不适，须静养调心，暂停接讼"。

讲述者言道：庭僚忠实地把大人的话向外宣示，然后回来陪着大人落泪，和大人一起数落栽德夫妇二人。庭僚说："我看你二人是人间最狡猾的二烦二累之物①！你们是专门来给法官大人找麻烦的！良民理应尊重大人，尊重府衙。不可蔑视官府，不能散布污言秽语！你二人不知，不

---

① 二烦二累之物，人与精灵。

是所有的法官都能像大不里士法官这样有涵养，也不是任何时候法官都有耐心听诗！"裁德夫妇二人回答："像你这样的庭僚还是值得感谢的！"然后，二人收起赏钱离开府衙。法官大人涨红了眼睛，目送二人，心中作痛。他觉得，裁德夫妇拿走的那两枚金币就像两团炭火烧烤着他的心。

第四十一篇　提尼斯

哈里斯·本·哈马姆君言道：我年轻时曾经是一位浪荡公子。那时，我每天花天酒地，追逐美女歌姬，逍遥挥霍无度。后来家道中落，才懂得了生活之不易。悔恨当初迷惘无知，年华虚度，品行偏离。我开始痛改前非，改邪归正。不追女人追学者，不恋歌姬恋教义。我时时警觉，不与迷误之人交往，不和恶迹之徒同行。如果我发现邻里中有放荡不羁之徒、轻浮虚狂之子，我马上迁居远避，逃离污地。那一日，我来到了提尼斯①城，进城的第一件事就是寻找清真寺做礼拜。我信步走进了路过的第一座清真寺，发现里面集结了黑压压的人群。仔细一看，里面的所有人都在毕恭毕敬地听一个人讲演。这正合我意，我马上屏息提神，洗耳聆听。只见此人坚定沉着，说话铿锵有力。他充满激情地说道：

"可怜的阿丹子孙啊！尔等在人间无以庇护，尘世难寻安宁，最终被杀于无刃②。只因尔等因无知而恋世，因困苦而惜生，因狂妄而余日可数，因清算而存日难增。我主力能分二海，点日月，举二石③。以我主起誓，若我阿丹子孙醒悟，不纵酒，不贪欲，定会泣悔以往，痛改前非。若能

---

① 提尼斯，埃及古城，著名港口，位于尼罗河出海口，距今杜姆亚特约70千米。
② 被杀于无刃，没有死于刀下，死于劳累。
③ 举二石，指天房内玄石和天房外先知易卜拉欣建天房所站之石。

残局先明，定会抛污避丑，弃恶从善。然怪哉之极！尔等竟有人愿赴火狱，只为掠金敛财！着实可悲！然今日尔等好运，竟有白发老翁前来为尔等开导、训教，此事前所未有，故尔等称奇！只因尔等不知落日之时将至，仍不知改过，不现悔意。老翁得知，万分焦急。"

然后，此人高声吟道：

> 痛哉尔等临末日，深陷迷途不觉急。
> 身已颤抖心无力，贪欲之火烧不熄。
> 消遣享受仍如昔，舒适软塌难舍离。
> 鬓已成霜不在意，心术不正致心迷。
> 理智缺失难治欲，名誉受损仍不惧。
> 此类人等若命息，清算必遭安拉弃。
> 倘若苟活强延气，安拉眼中若空躯。
> 虽生犹死臭若蛆，无益无用无可取。
> 善哉君子惜声誉，犹若彩绘被赞许。
> 哀哉恶刺入虚体，刺毒不拔火狱里。
> 刺若拔除命可继，乐善好施乐园居。
> 只要忏悔有诚意，已录之罪可抹去。
> 与人为善待邻里，不论他人稳与急。
> 正人君子添双翼，哪怕头秃挂白须。
> 积德行善乐救急，或促他人共相济。
> 失足之时仗义举，如同狱门救自己。
> 杯中装满劝诫语，敬献诸位解渴饥。

讲述人言道：众人被此人的劝诫言辞深深打动，全场一片寂静，所有人都陷入了沉思。就在此时，人群中一个光着身子、瘦若雏羚的孩子站了起来，大声说：

"大人们，父兄们！你们都比我懂事明理。你们已经听取了劝诫，接受了引导，知晓了利害。你们就应该行动起来，身体力行！乐善助人，为末日清算免罪！以全知全恕之主起誓，我的一切都在你们眼中，情况一目了然！我缺衣少食，露体肚虚，急需救助！望各位大人父兄怜悯我，伸手相救！"

这时，刚才那位劝诫之人趁势帮腔，以进一步激发众人的怜悯之心。众人刚被他的训词感染，沉浸在以善赎罪的气氛里，还没等他说几句话，就纷纷掏出金银，送给那个孩子。不一会儿，孩子的空篮子已装满，他的荒漠地已被绿茵覆盖①。只见他乐不可支，欢喜异常，背起钱袋，大摇大摆地走出了清真寺，一边走一边心中暗赞提尼斯真是一个生财的好地方。那位劝诫之人看到孩子走了，马上要求在场的所有人举起双手，同声

---

① "篮子装满，荒漠成绿茵"，指袋子装满了金银。

诵经，盛赞安拉，感谢他的仁慈，使他们有幸聆听教诲，并以行动赎罪。然后，他也离开了清真寺。

讲述者言道：我的眼睛一刻也没有离开此人，紧盯着他的一举一动。他前脚刚迈出清真寺大门，我后脚就跟了出去。我要确认我的猜测，摸清此人的身份，探知他的实情。此人出寺后健步如飞，走了很长一段路不发一言。直到觉得安全了，才回过身来，向我露出狡黠的微笑，问候于我，然后说："怎么样，这只小羚羊还行吧？"我问他："你说的是那个孩子吗？他是谁家的孩子？"他说："此童乃苏鲁吉之子，海中采珠人！"我问："看来你是此果之树、此火之焰了？"此人认可了我的测卜，赞扬了我的判断。然后说："可否愿意光临寒帐，与我痛饮？"我很吃惊，问他："怪了！你刚才在寺中刚劝诫完众人，应积德行善，远离酒色，赎罪免灾，而你本人却不遵守，还要喝酒，为何？"

栽德哈哈大笑起来，在我身边走过去又走回来，最后站在我的面前，对我说："老兄再给你几句忠告，请听好：

好酒展愁眉，醇香开心扉。
请对责者谓，解忧即忏悔。

停了一会儿，又对我说："至于我，我仍然要过我喜欢的生活。我要去一个能让我晨痛饮、夜醉寝的地方。想不想跟我去？不跟我去就是不想看到我快乐，就不配做我的朋友！"我马上说："我不去！"他也马上说："你走吧！别挡我的路！也别老想跟着我，老想调查我！"说完扬长而去。

哈里斯君言道：我当时又爱又恨，一股无名火从胸中涌出，他的话太气人了！我真后悔，这次还不如没见到他！

第四十二篇　奈季兰

　　哈里斯·本·哈马姆君言道：我的一生，命中注定和漫游结缘。多年来，我浪迹天下，四海为家。我漫游的目的很明确，不为游山玩水，寻花问柳，只为寻文增学，结交才俊，附风就雅，舒心放情，添荣长脸。习惯成自然，随着时光流逝，我的漫游名声已尽人皆知。我很看重此名声，觉得它比欧兹拉部落①的情爱和萨富拉家族②的勇敢还珍贵。那一年，我来到了奈季兰③，我向她伸出了脖子④。我如鱼得水，发现那里真是我心仪的地方。我在那里找到了好朋友，好邻居。那里的雅集文馆成为我每日必临之地，更是我消遣娱乐之地和彻夜长谈之地。我天天去，夜夜往，喜怒哀乐，潇洒逸如，尽情放怀。

　　那一天，参加雅集的人非常多，文人雅士济济一堂。正在大家兴高采烈、谈锋正盛之时，从外面走进来一位老者。他满头白发，满脸霜须，穿得破破烂烂。进得门来，他先用清晰流利的语言向大家问候，声音中

---

① 欧兹拉部落，阿拉伯希贾兹地区一游牧部落，伍麦叶王朝时期此部落涌现一伟大爱情诗人贾米勒，他与其堂妹布赛娜的爱情故事家喻户晓，此部落因而以产生纯情爱情的部落闻名。
② 艾布·萨富拉家族，阿拉伯蒙昧时期希拉国王阿慕尔·本·阿迪后裔家族，其中一孙穆罕拉布为伍麦叶王朝著名大将、巴士拉总督，以骁勇著称。
③ 奈季兰，阿拉伯半岛古城，位于今沙特也门边界沙特一侧。
④ 向她伸脖，阿拉伯谚语，意寄予希望，赋予重任。

夹杂着狡黠。然后说道："诸位皓月文星、瀚海精英，看到你们，我的眼前韶光尽显①、福运高照！诸位见到老朽，不知作何想法？是高兴呢，还是厌恶；是欢迎呢，还是心烦？是想让我助兴呢，还是想逐客？"众人回答说："我们怕你走错了地方，进错了门，到时候打不到水②，心里不高兴。"老者问："不知诸位做何文戏，可有难度？"众人答："我们正在出谜猜谜，正玩得难解难分，就像在战场打仗！"老者一听，来了兴致，马上就要参加进来，此举一下子打乱了原有气氛。众人面露鄙夷之色，纷纷谴责他不自量力、扰乱会情，请他离开。老者马上致歉，懊悔自己性急、多嘴。他对众人说："诸位才俊！容忍，乃高贵之德也！请不要因为我老迈年高，穿着不雅就不容我。可否先让我参加此戏，试手于诸位，以验证老朽文力高低优劣，再责如何？"

众人的情绪慢慢平息，心中疙瘩暂解③。他们提出，让老者先出谜面，众人轮流猜。如谜面太俗，难度太小，马上请他退出。众人本以为老者会有一段较长时间思考，没想到仅过了系鞋带的工夫，老者开口了。他说："先请诸位进行一次文学欣赏、生活享受！我先奉献五条谜面，请诸位仔细听，听完先莫着急评论，尽快猜出谜底！"④

第一谜：

> 拉着跟你走，一半又回头。
> 同类当驭手，与其同步走。
> 暑来沐雨露，暑过一边丢。

---

① 韶光尽显，阿拉伯谚语，意一目了然、非常清楚。
② 打不到水，阿拉伯谚语，意希望落空、捞不到好处。
③ 疙瘩暂解，阿拉伯谚语，意怒气消了、心平气和了。
④ 以下十条谜语原文皆以"然后他说出暗射……的谜面"，译文考虑猜谜特点，特将所射谜底移至注释：a.帐扇，阿拉伯人用一大块拴绳亚麻布吊挂在帐篷内上方，热时拉绳抖布以造风取凉。b.树皮绳子，阿拉伯人剥椰枣树皮搓绳，拉绳爬树砍枣。c.芦笔，阿拉伯人古蘸水笔。d.涂眼棍，阿拉伯妇女有将双眼圈涂黑示美之传统。e.转斗水车。f.凉水罐，陶罐一侧有口，周身用亚麻油密缠，热天装水取凉。g.指甲。h.原始火柴，木棍两头蘸油以取火。i.葡萄酒。j.金衡，古阿拉伯金制测重之器，形如飞鸟。

特将此物送予德才兼备之诸位。

第二谜：

  与母同根生，防母血肉露。
  母子正拥抱，瞬间分骨肉。
  助贼上母身，不被人责诟。

再送诸位此看似神秘，又人人皆知之物。

第三谜：

  头破有脸面，仍然频磕头。
  不时口干渴，饮水常不够。
  一旦在人手，泪水便常流。
  见泪人心悦，泪绝人撒手。

此物与诸位最亲密，你们应该很清楚，一下子就想到。

第四谜：

  姊妹同被爱，夫君尽温柔。
  姊舒妹必爽，不惧夫歪扭。
  鬓霜恩爱增，无奈不常求。

此物乃品德之秤，特赠予智高者。

第五谜：

　　相隔又相连，相连不相搂。
　　沉下又浮起，淹下又露头。
　　边走边流泪，惨若被人揪。
　　欺你清纯身，虽惧难回流。

　　讲述者言道：老者一口气连出了五条谜面后，说："诸位，以上五谜，请紧握五指，把它抓住。开动脑筋，把谜底猜出。诸位若知难而退，可夹尾而溜，若不满足，愿意增补。"一听此言，众人不知如何是好。此五谜已使他们如坠雾中，六神无主，想就此打住，又说不出口，脸上挂不住。老人还要出谜，更使他们目瞀神昏，不知所措。他们说："老人家，我们才疏学浅，智弱慧钝，无法点燃你的燧捻，无力透视你的宝剑，你让我们哑口无言。如果你能再出五谜，你一边说，我们一边想，最后一起射出谜底，如何？"老者更加兴奋，犹如比赛射箭赢得了头筹。他说："以安拉的名义，我再出五谜。请诸位赏耳：

第六谜：

　　一生布缠腰，至死脐眼留。
　　怀胎被人爱，无胎会被休。
　　月月不觉喜，日日不知忧。
　　夜长人躲之，夜短被宠够。
　　虽然穿艳服，里子人见羞。

第七谜：

　　不饮不吃草，头尖日日走。
　　不在胸脯上，年节必遭修。

听他讲身世,欲夸必伸头。

第八谜:

物小不可鄙,须臾不离手。
两头貌一样,却为死对头。
自愿烧自身,如若被沾油。
或被弃无用,一旦油干透。

第九谜:

变酸成俗物,解禁任入口。
滤过更清纯,主人或神游。
其父血统正,干枯子不留。

第十谜:

物轻常倾身,明人眼不皱。
量盘寻常见,若王身下友。
金石可等量,真假难相求。
人前品被赞,不问智可有。
双方皆满意,哪怕歪臂肘。

讲述者言道:众人的思绪随着老者的话语游走,如入迷宫,越听越玄,不知所云,终于愁云掠面,忧伤愈显。老者看到他们虽奋力敲石,却点火不着①，仍在坚持，就说："诸位才俊，老朽已然说出十条谜面，为何仍然无人射获？"

众人中有人对他说："你是有意难为我们，故意下套戏弄我们！我们如何射得出？"众人中一位像是头人的先生开口说："老人家，你所出谜语确实深奥难解，我等实难应答。能否告知谜底，为我等增才添智，既能让你满意，又能不损我等名声？"老者心中暗喜，终于等来了时机。他马上说出早已想好的计谋，每条谜语作价金银若干，现金兑现，当场付款，然后为他们答疑解难。众人为护脸面，只得掏出金银。老者把金银装好，开始为众人解锁开门②，为每条谜语释义贴签，导出谜底，然后抬脚就走。岂知，那位头人起身拦住了他，对他说："老人家留步！我们不愿今日分别后竟不知你是谁，能否亮明身份，为我等留下美好回忆？"一听此言，

---

① 敲石点火不着，阿拉伯谚语，意无济于事，毫无希望。
② 解锁开门，阿拉伯谚语，意施手救难，助人脱困。

老者突然陷入沉思，众人中有人开始疑惑此人或因来路有疑，难于启齿。良久，老者终于抬起了头，只见他眼含泪水，对众人说：

日出之地苏鲁吉，嬉戏玩耍亲情里。
而今幸福难寻觅，美好享受不可续。
恋家已为背井替，日夜奔波浪天际。
茫茫无我容身地，苍苍难使驼骑息。
今日内志明沙姆，日升日落任迁徙。
苦食强咽硬度日，身卑人贱无人理。
一无所有熬岁月，何处去寻钱一厘。
他人命运若如我，犹如廉价售贵体。

说完，老者把钱袋系在腰间，头也不回走出了文馆。众人纷纷请他再来光临，承诺下次肯定盛情接待。但此老者从此没有再出现，也再没有他的任何信息。

第四十三篇　牧　童

　　哈里斯·本·哈马姆君言道：我在多年漫游中，好几次遭遇险境，陷入迷途。那一年，在漫游的路上，我又来到了一处荒野，又身临连老驼夫和老脚卒都觉茫然，勇士豪侠都感恐惧的危境。我迷失了方向，孤独无助的感觉充满了全身，但求生的欲望给了我勇敢。我奋力驱驼，与死亡拼搏，向我认定的方向艰难前行，再苦再累，不敢停歇。一里一里，一颠一跛，直走到太阳西坠，夜幕抖落。我疲惫不堪，不知所措，茫茫黑夜，阴阴荒漠，是该撩衣卧驼，还是挥剑刺夜①，茫然无决。正在我犹豫之时，我看见山那边隐约闪出一匹骆驼的影子，我心中暗喜，像看到了救星，立刻抖起精神，奔它而去，我多么希望能有一位壮汉出现助我。来到近前一看，正如我所愿。此驼壮若沙漠野驴，一个身披条纹布的牧民在它身旁睡卧。我不敢打扰他，就坐在他的头边小寐，直坐到他苏醒。但见他睁开明灯似的双眼，发现身旁有人，大吃一惊，急促跳起，问我："你是兄弟还是野狼②？"我马上回答："莫怕莫慌，一个迷路之人前来求助。你为我照明，我为你打火③。"此人马上说："请放宽心，你的兄弟或

---

① 意为是原地宿营还是继续夜行。
② 阿拉伯成语，你是何人之意。
③ 阿拉伯成语，你敬我一尺，我敬你一丈，互相关照之意。

许并非你母所生①。"一听此话,我的心踏实了。紧张的情绪一过,才感到极度的困倦,我的眼皮越来越睁不开了。那人说:"打起精神,跟我走!待清晨来临,人们必赞美夜行②!你说对吗?"我说:"我比你的靴子还顺脚,比你爱吃的饭还顺口③!"看得出来,此人对我很满意。我跟着他继续和黑夜搏斗,和困倦抗争,边走边谈,奋力疾行。一直走到夜幕卷起,曙光初现。等到天大亮了,我才看清我的夜行之友、夜谈之伴。没想到此人竟是艾布·栽德君,是我朝思暮想、昼寻夜找之人。我俩热情拥抱,互致问候,老友相逢,激动万分,互相叙旧,询问别情。小憩片刻,我和他继续前行。一夜奔波,我的驼骑已疲惫不堪,艰难迈蹄,气喘吁吁,而栽德的驼骑却依然健步如飞。我很惊讶,问栽德君:他的驼骑为什么体力和耐力这么好,是从哪里得来的?他对我说:"关于这匹骆驼还有一个非常有趣的故事呢!如果你想听,咱们下驼,边休息边讲,如果不想听就算了。"我巴不得这样,马上下驼,让驼卧倒,然后请求他快说。

栽德君说:"我是在哈达拉毛④拼死买到的这匹驼。买到后,我骑着它奔波跋涉,浪迹四方。时间长了,我发现它真是一匹好驼,是我的旅途佳友,逃亡利器。它从不知疲倦,从不会偷懒,从不得病。我和它一起行善作恶,形影不离。它是我的玩伴密友,慰情谐侣。没想到,有一天,它竟走失了!我痛苦万分,差点崩溃,吃不下,睡不着,整整躺了三天三夜不能行动。后来,我挣扎着爬起来出去寻找。我走遍了常去的牧场,常卧的草地,找不到一点它的踪迹。我一边找一边禁不住回忆它那四蹄生风的速度,轻快敏捷的英姿,心中阵阵作痛。常常魂不守舍,茫然若失,不知如何是好。那一天,当我正在询问一群牧民时,远处飘过来一个牧羊娃的喊叫声。他喊道:"谁丢了一只座驾?它身上有哈达拉毛的印记,它的笼头已被修饰过,它的带子已被编织过,它的底皮已被缝连过。它为

---

① 阿拉伯成语,好友胜过亲兄弟、亲戚未必都帮人之意。
② 阿拉伯成语,吃得苦中苦,方得甜上甜;经过寒冬冷,方知春天暖之意。
③ 阿拉伯成语,唯你马首是瞻之意。
④ 哈达拉毛,今也门印度洋北岸地区,原也门古国名,源自一国王之名。

行者增美，为壮士助力，它让你日行千里，它永远是你的奴隶。它永不知疲倦，永不叫你足冷，永不使你脚痛，永不让你挂拐，永不离你独行。"

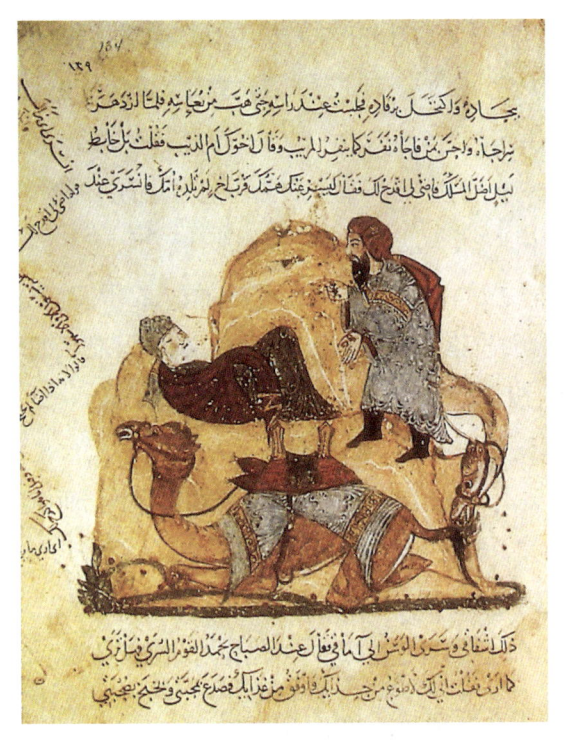

栽德言道：我心花怒放，他说的这不就是我丢的骆驼吗！我马上循声音找去，跌跌撞撞地一口气跑到那个孩子的面前，对他说："你捡的就是我丢的骆驼,快把它还给我！我付给你辛苦费。"没想到那个放羊娃说："你搞错了，我没捡到什么骆驼！"我以为他想要赖，急切地说："是骆驼！一匹母驼。身高如山，驼峰如寺，奶水充盈。当年我费了九牛二虎之力，花了二十枚金币才买到手的！我知道它会升值，但我不能让给你！"那个孩子很不耐烦，说："我确实没看到你的骆驼！我捡的东西不是你的，你走开吧！"我一把抓住他的衣领，坚持向他索要，差点撕破他的外套。那孩子一边挣脱我一边喊叫道："我骑的骆驼是我家养的，怎么能是你丢的？你赶快撒手，别不讲理！否则，我要带你去见官，让官府来评理！法官大人要判决我的骆驼是你的,你拉走,我没二话!要判定不是你的,你马上滚蛋!"我没有别的办法,只能被他拉着来到当地衙门。很快,我和那个孩子就站在了一位老者的面前。老人缠着非常雅致的缠头布,显得很威严,但又觉得很慈祥。他看着我们,不说话。周围的幕僚也都严肃地看着我们,人人头上站着鸟儿①。我忍耐不住,疾步向前,向他诉冤。那个告我的孩子一言不发,并不与我争辩,他一直等到我把该说的话都说完了,才不慌不忙地拿出一只驼皮鞋。那只鞋是专门为走山路的人缝制的,分量很重。他对法官大人说:"大人,这就是我捡的那件东西,它不是母驼,更不值二十金币!这个人撒的谎也太大了!他可能是被人打了二十巴掌,才说出这样的疯话!叫他伸长脖子好好看看,他要说这个就是他丢的母驼,那他不是瞎子就是傻子!"

法官大人说了一句"安拉饶恕你",接过鞋子,反反复复地查看,若有所思。看了许久,突然对我说:"此鞋乃本官所丢,而你走失的母驼正在本官的驼队里,你去领你的驼骑吧!"说完又加了一句话:"记着!你应用你的好驼去做好事!"

我高兴极了,这简直是在做梦!我随口对法官大人说:

誓发禁地古房尊,你是最会判案人。
誓起虔敬巡游身,你是牧民好讼审。
祝你永世伴圣畜,平安常在福常存。

法官大人也不加思索,随口回我说:

损失挽回胜谢恩,区区小事不足论。
人之邪恶堪比犬,不要有理便欺人
只知贪取不自重,得利卖乖不敬人。

---

① 阿拉伯成语,噤若寒蝉之意。

我领回了走失的母驼，感动得想落泪。但我没再向法官大人说任何感谢的话，而只是不停嘴地说："太神奇了！太神奇了！"

讲述者言道：我对栽德君说："你讲得太有趣了！那个孩子太有才了！并不亚于你。你还碰到过别的比你口才还好的、伶牙俐齿的人吗？"

栽德君说：碰到过，也是个孩子，你听我给你讲。当年我流落在帖哈麦①的时候，想找一个女人跟我过日子，我开始托人帮我物色。就在事情快办成了的时候，我又犹豫了，在娶不娶女人、娶什么样的女人的问题上拿不定主意。我整整一夜琢磨这件事，翻来覆去睡不着，忍受着内心的折磨。最后，我决定，第二天一早，我去咨询出门遇到的第一个人，以他的话为准。第二天，当夜幕的绳索被解开、星星夹着尾巴逃走的时候②，我出门了，我要占卜一下运气。没想到，我刚走几步，就被一个人挡住了路。抬头一看，是一位美少年，眉清目秀，俊俏秀丽。我心想，此乃吉兆。我立刻上前请教婚姻之事。少年问我："你是想要处女呢，还是想娶寡妇？处女会烦人，寡妇会持家。"我说："我把决定权完全托付给你，一切听你的！"

少年说："我只为你分析对比，但最后决定权在你！处女犹如未被加工的珍珠，未开壳的鲜蛋，未采摘的青果，未压榨的葡汁，未开垦的绿地，未被触摸过、污染过、加工过、贱卖过的璎珞。她有动人的脸庞、羞涩的眼神、腼腆的话语、清纯的心扉。但同时她又是你的小玩偶、解闷器、宠物羊、开心果、贴心袄。她使你永觉年轻，不感衰老。而寡妇犹如驯服的母驼，备好的餐果，省事的爱床，温柔的老手，顺心的女伴，贴身的性友，老练的仆妇，能干的慧娘。但同时她又是行路人的便餐，采花徒的活结，老弱者的坐骑，好战者的俘获。她性情温和，管束容易，情绪外露，服侍周到。两种女人各有特点，先生，你喜欢哪一种？"

栽德君说：这个少年让我刮目相看，他是投石人须小心防备的顽石，

---

① 帖哈麦，阿拉伯半岛红海东岸地区。
② 喻天亮之意。

是放血者可能被刺伤的血罐①。我对他说："我听说处女比寡妇更爱其夫，更恋其家,是吗？"少年说："以命起誓,确有此说。然坊间众多说辞轻误人，重害人！先生何其蠢也！先生难道不知，处女乃难驭之雏驹，难驯之幼驼，难敲之火石，难攻之城堡。她花销大，出力少；说得多，做得少；折腾多，实干少；娇媚多，体贴少；挥霍多，节俭少；招摇多，静雅少。她的性情浮躁，她的夜晚晦暗，和她相处累人。她常让男人丢脸；常对友人生恨；常对客人不恭;常对学者傲慢。她常我行我素，常喜独来独往，不受约束。"

我问少年："那么寡妇又如何？"少年说："先生何其愚也！先生难道想要残羹剩饭，旧衣陈器？想要已被多人所尝、多家所养、脸皮渐厚、强势刻薄之妇？这种女人总爱比较今夫与前夫，抱怨新家不如前家，唠叨今天苦昨天富，看着太阳想着月亮。倘若她带子前来，更难忘前夫之宠，或将死缠今夫，淫欲无度，泄怨报复，将成长虱之枷②，溃烂之疮。"

我问少年："你说两种女人都不好，我如何是好？你是否想让我做出家人，永生不娶？"一听此言，少年马上像教训学生那样训斥我说："何出此言，愚蠢之极！吾族圣教绝无出家修行一说③！先生难道不知先知也有妻室？难道不懂贤妻是福之理？她持家有方，相夫教子，温柔体贴，低首下心，情拢夫眼，为夫增香，为家集美。你将有子传宗，尽享天伦之乐。心悦眼顺，身爽神清，伉俪依依，其乐融融，颐养天年，福财满堂。先生竟不愿享受婚媾之美，怪哉！主啊！先生此言让我痛心之极！"说到此处，少年愤怒地跳起来，有如蝗虫一般。我也生气了，对他说："呜呼哀哉！小小年纪，自视清高，如此傲慢，让老夫无所适从，无言以对！"少年仍不示弱，蔑言回我说："我看你是假装为难，实欲自慰，怕娶良家女子而付高额彩礼！"我怒不可遏："安拉掌你的臭嘴，厌恶你的歪疑！让你的额角永不变白④！"说完，我转身离开此少年。我的心中万分惭愧，

---

① 喻非等闲之辈。
② 阿拉伯成语，泼妇、悍婆、母老虎之意。
③ 见圣训中先知鼓励弟子结婚之语。
④ 喻指不让你长大。

悔不该向少年开口。"

哈里斯君言道：我对栽德君说："我以种树栽林人起誓：你和少年的对话乃你本人所编，实为你与你自己对话！"栽德哈哈大笑起来，非常得意，对我说："有蜜自管舔，莫要问其源。"我开始不停嘴地称赞他的文采，强调文人自高，有才自能，只要有才就能有财。栽德却用一种不屑的眼光看着我，直到我口无遮拦地说完后，他才说道："住嘴吧！仔细听我道来，并认真领会！"他说：

> 人说少年须学文，就可永葆美青春。
> 岂知拿文做点缀，仅唯有钱有势人。
> 穷人眼中最急需，大饼外加泡菜盆。
> 书生学究挨饿时，仍谓最美是书文？

他说："你将很快明白此诗意。"

我和栽德继续往前走，一直走到一个村子前。我们高兴极了，因为干粮已经吃完了，正好进村乞讨。我们刚走到一处人家门前，把驼骑拴好，就看到一个少年人走过来。我心说："刚说完两个少年，又来一个少年。"他看起来尚未成年，肩上背着一袋干枣。栽德马上迎上前去，以虔诚穆斯林的口吻向他问候，然后问他："此地椰枣需要用演说词卖吗？""不是！""青枣要用妙语卖吗？""也不是！""熟枣也不用夜谈卖吧？"孩子生气了，说："你有病吧，离我远点！"栽德装作听不见，继续问："面粥也不用诗歌卖？"孩子更生气了，大声说："住嘴！别胡说八道！"但是栽德仍然继续问："难道泡馍也不用诗句卖？"孩子问他："你的脑子有毛病吧？快叫安拉敲打敲打吧！"栽德还问："麦面要用韵文卖吗？"孩子说："快让安拉为你洗脑吧！你胡言乱语些什么！"而栽德却觉得很有趣，越问越来劲，像是在和孩子玩套圈游戏。孩子突然意识到了什么，若有所悟，对栽德说："够了，先生！我已经明白了你的用意。你把答案一块儿拿走吧！听着，此地用诗歌买不到大麦，用散文买不到枣面，用故事买不到纸片，用书信买不到沥水,用鲁格曼①买不到一口食,用史书买不到一块肉。现今一代人里已没有一听赞扬就出手的人,一听颂词就赏赐的人,一听好话就相助的人。没有乐善好施、急人之难的人、哪怕他是皇子。在他们眼里,文苑已成荒漠,若再无甘霖,将无人问津,走兽都不靠近。文学若再不卖钱,无人愿学。学文之人将被人扔石,逃之夭夭。"

栽德君对我说:"明白了吧!而今文学市场已萧条,文人们已不值钱,彷徨无望,纷纷改行!"我只好承认他确实眼光敏锐,有真知灼见。只见他话锋一转,说:"现在让我们放下这个话题,专门讨论一下吃饭问题吧!此地要饭无望,卖文又无人理睬,如何扑灭肚中之火?"我说:"你肯定是有办法的!"栽德君说:"办法有一个,典当你防身之剑以救急,填饱你和你客人之腑。快解下宝剑于我,我把它变成下咽之食!"我觉得他说

---

① 鲁格曼,伊斯兰教先知之一,《古兰经》第31章专门以其为名。

得有理,不假思索立刻解剑交他去典当。没想到他手拿宝剑飞身上驼绝尘而去。我傻乎乎地站在原地等他回来,等了很长时间才回过味来,急忙追他而去。最后,我变成了那个在夏天就失奶之人①,把栽德和我的宝剑都丢失了。

---

① 阿拉伯成语,悔不当初、为时已晚之意。

第四十四篇　冬　夜

哈里斯·本·哈马姆君言道：一个冬天的夜晚，我行走在山间。冷风瑟瑟，山路漫漫，云遮雾盖，星月皆隐。我饥肠辘辘，气力渐虚，犹如变色龙的眼睛，生疥疮的母山羊①。突然，我看到附近的一个山头上有篝火之光，它预示着那里有投宿之地。我立刻来了精神，紧催驼骑，奔它而去。我奋力前行，不断激励我的爱驼说"坚持到底，福气在前"！山上点燃篝火之人看到我驱驼奔来，马上飞跑下山，边跑边说：

安拉问候你，夜行迷路人。火光指引你，为你送福音。
欢迎到我处，有食又有饮。专接夜行人，豪爽又诚心。
不是守财奴，不吝金与银。不分来访者，一视皆同人。
不论贵与贱，不分富与贫。不看先与后，不管慢与勤。
星空珍瑞雨，猎犬喜搜寻。刀快不歇手，火旺灰积盆。
肥驼宰又来，篝火熄又喷。夜夜不停歇，日日不闭门。

此人跑到我面前，热情欢迎我光临，领着我来到一处院落，里面驼鸣之声不绝于耳，室内烧锅一字排开，沸水翻滚，肉香扑鼻，无数侍女

---

① 阿拉伯两成语，皆为瑟瑟发抖、弱不禁风之意。

往来穿梭于一个个餐桌之间,布碗排碟。屋外积聚着一群客人,都是和我一样被主人招引前来。他们围坐在冬果①旁,兴奋得有如年轻人。我马上入乡随俗,坐下来烤火,陶醉在温暖欢愉的气氛中。等到浑身回暖,彼此不再生疏,大家被主人引导到室内餐桌前,餐桌排排,团团围坐,犹如光晕环月,花开草坪。面对美味佳肴,众人大快朵颐。因怕被笑贪吃,或怕过饱影响头脑,很多人故装矜持。虽然如此,座中不断有人互用手巾擦手,因他们不知不觉吃到肠胀肚撑。

离开餐桌,众人纷纷坐在靠垫旁,趁着食兴,开始鼓动舌苔,翻检橱柜②,笑语欢声,喧腾热烈。谈着谈着,众人发现,座中有一人一直沉默不语,不发一言。此人两鬓灰白,破衣兜身,独坐一边,窥伺众人。此人的表现让众人不快,都对他敬而远之,不愿意理睬他。此

---

① 冬果,火。
② 阿拉伯成语,打开话匣之意。

人一副清高、自负的样子，无论众人谈论什么话题，他都用傲慢不屑的神情看着众人。偶尔张口，也是一种居高临下的腔调，说什么"你们说得太陈旧了，老生常谈，毫无新意"！终于，他觉得该出场了。可能是自尊心激励了他，自傲心鼓励了他；又像是要改变形象，弥补刚才的隔阂。他离开角落，坐到众人跟前来，并主动招呼众人听他说话。然后就滔滔不绝，说将起来：

诸位可知老翁，人称奇闻之父。怪事异端，神奇疑团，所见甚多，皆为亲身经历，亲眼所见，绝对真实，愿奉献诸位同赏！诸位皆博雅之士，必能去伪存真，拨云见日。①

请听：

曾见一部族，老人尿当酒，吾乃亲眼见，是尿不是酒。
（老人尿：牛奶）
（老人：酒名）

曾见大漠里，牧人饥渴逼，烤布头充饥，此事真稀奇。
（烤布头：烤蚂蚱）

曾见大能人，自诩手艺精，活儿没干好，便怪柴火硬。
（能人：厨师）

曾遇书记官，从不摸笔杆，未曾写过字，更与书无缘。
（书记官：串珠人）

曾遇群兵勇，紧跟鹰隼行，浑身披盔甲，盾牌手中擎。
（鹰隼：战旗）

---

① 以下四十五首诗谜，皆为双关语，谜面谜底互为诗中某词之字面义与内涵义。谜底直接注出。——译者

曾进一雅集，才郎俊男聚，突现一贵妇，纷纷避逃急。

（贵妇：腐尸）

曾遇群流寇，不识天房路，圣地附近转，齐跪拜山头。

（跪拜：与拜山人辩论）

夜遇女驼队，阿勒颇①动身，晨现卡泽玛②，竟不觉得累。

（卡泽玛：抑制愤怒）

路遇夜行者，卡泽玛驾驼，天明再相见，竟在阿勒颇。

（阿勒颇：挤牛奶）

曾见美少年，从未近女身，竟能生儿女，并未断子孙。

（生儿女：用脚后跟奔跑）

曾见一牧民，皓首老翁亲，眼前飘白发，却是年轻人。

（皓首老翁：搅奶人）

（白发：被搅之奶）

曾见吃奶娃，尚未学说话，理直气壮中，和人在吵架。

（理直气壮中：襁褓中）

（吵架：驮轿）

曾遇一农夫，年年种玉黍，收后制玫瑰，艺人争相服。

（玫瑰：麻醉剂）

---

① 阿勒颇，叙利亚北部古城。
② 卡泽玛，位于伊拉克巴士拉地区。它与阿勒颇一南一北，相距甚远。

曾见一武将，牢牢捆马上，战马亦被绑，无力解绳缰。
（捆绑：忍受干渴）

曾遇一释奴，驾驼急赶路，无奈又被俘，苦楚无处诉。
（被俘：憋尿）

曾见人坐地，又见他走路，身在驼骑上，让人疑难休。
（坐着的人：提供帮助者）
（走着的人：多畜多福者）

曾见一织匠，被断两手掌，仍然能织布，闻之莫惊慌。
（织匠：习惯叉着腿、甩着膀子走路的人）

曾遇一美男，高挑似矛竿，米那①同路行，总怨背驼弯。
（背驼：上坡路）

曾遇报喜使，不愿使人喜，每当去报告，负罪感附体。
（使人喜：让人负债）

曾遇一俊才，酷爱秀口才，一到众生前，谈技俱不在。
（众生：骗子）

曾见诚信君，守约有良心，但对游牧民，并不给诚信。
（诚信：水井）

曾见一力士，从不愿示弱，越想充硬汉，软弱越难遮。
（软弱：嫩椰枣树）

---
① 米那，位于麦加圣城，朝觐时投石驱鬼之地。

曾遇磕头者，胯下坐公驼，公驼虽发情，并不理母驼。

（公驼：用椰枣树条编成的席子）

曾遇宽恕君，一直在伤人，伤者高声叫，不恨反感恩。

（宽恕君：行割礼者）

（伤者：被割礼者）

曾见一小城，无水可饮用，水来留不住，滴滴隐无踪。

（小城：两眉间之额头）

曾过一村落，点点沙鸡窝，居者皆外族，生活靠盗掠。

（村落：蚂蚁窝）

（外族：蚂蚁）

（盗掠：树皮）

曾望一星辰，见人即消隐，仅能帐后望，直面物不分。

（星辰：白内障）

（人：瞳仁）

曾遇畜粪堆，人赞价不菲，主人不领情，并不觉珍贵。

（粪堆：高鼻尖）

曾见一金盘，赤足纯金锻，讨价还价后，仅卖一开钱。

（纯金：硬木）

曾遇求救兄，罂粟当援兵，用花去据敌，援方竟答应。

（罂粟花：一队武装）

常见一小狗，从我身旁走，口中叼肥牛，牛大尾不露。

（牛：奶酪）

常见一母驼，身背大象行，象身卧驼背，象脚踏驼镫。

（大象：痴呆者）

常在大漠边，遇见申诉人，无论庄与谐，从不抱怨人。

（申诉人：带水囊者）

常在旷野里，遇见牧羊女，头顶细口瓶，瓶眼似双星。

（细口瓶：公绵羊）

常见双泉水，泉在阿勒颇，水自西方来，此事费琢磨。

（双泉：双眼珠）

（西方：泪腺）

常遇劈矛人，矛枪不可心，战场从未用，不曾刺敌人。

（矛枪：鼻子）

（劈：通气）

常赴一山窝，椰枣无一颗，但到第二天，坑中青枣多。

（青枣：新积的雨水）

常见平底盘，旷野舞蹁跹，进出草丛中，猛扑向坡间。

（平底盘：蝗虫）

常见老年翁，很少得永生，不能享高寿，难逃死亡命。

（永生：晚生白发）

常见一猛兽,抱怨食不够,口比刀还快,说话很顺溜。
（猛兽：饿汉）

常遇如厕汉,邀我同方便,他很善交谈,我也不怠慢。
（如厕：坐在高处）

常命我爱驼,石榴花下卧,此花遮阿族,也遮非阿客。
（石榴花：圆屋顶）
（阿族人：爱人）

常见人高兴,却还哭不停,泪水积若云,滴滴流不尽。
（高兴：剪脐带）

常避贴身衣,担心伤身体,或致四肢软,头帕散落地。
（贴身衣：桀骜之畜）

多少旧衣裳,难抗岁月伤,无论多破烂,也不愿流浪。
（衣裳：女人）

此人接着说：

> 吾才无穷尽,奇言若泉涌。
> 逸闻道又来,妙语天下惊。
> 诸位若领悟,便知吾真能。
> 诸位若哑口,自辱一世名。
> 不解其真义,枉为雅士称。
> 木香混杂木,无力辨分明。

哈里斯君言道：在场众人开始反复推敲此人的诗谜，揣摩每句话的真义。看得出来，此人明显是在嘲弄他们，就像一个悠闲自得者嘲弄心事重重者，说："此窝非你窝，别费劲了①！"当众人绞尽脑汁也想不出谜底后，纷纷向此人承认自愧不如，甘拜下风，请求此人不吝赐教。没想到，众人面对的竟是位贪婪者，只听此人说："先哄驼，再挤奶！②"众人这才明白，此人乃卖文之徒，以才索贿之辈。房东不愿客人钱财受损给自己丢脸，便主动牵出一匹好驼，拿出一套新衣，对此人说："特替众客奉送此两物，请不要向我的客人索财！"此人说："你的豪爽，我在艾哈扎姆和哈提姆身上见过③！"然后和颜悦色地对众人说："诸位，夜色匆匆，已经过半，大家皆已困倦，睡意明显。我也瞌睡难耐，双目强睁。可否先睡过此夜，歇去困乏，以求明晨头脑清醒，精力充沛。到时我再为诸位答疑解惑如何？"在场的所有人确都已睡眼蒙眬，此人之言正合心意，遂不约而同倒身睡去。

---

① 阿拉伯成语，不自量力之意。
② 阿拉伯成语，先付出，再受益之意。
③ 阿拉伯成语，慷慨大方之意。

此人待所有人都已进入梦乡，鼾声四起，悄悄溜出室外，牵上赠驼，跨上骑驼，带好衣物行囊，暗驰而去。边走边对爱驼说：

快走快冲奔乡径，我的爱驼喜夜行。
穿过草地蹄生风，享受月夜美无穷。
志得意满心无恐，高低上下任驰骋。
众驼见你齐鞠躬，为你让路送你行。
沙石坚土蹄更硬，饥渴无饮力不松。
天房为誓你听明，不到目的不准停。
若能圆我回乡梦，认你为子永受宠。

讲述者言道：我终于看清了此人就是艾布·栽德·苏鲁吉，一个目的达到即脱身，占到便宜即开溜之人。第二天清晨，当众人从睡梦中醒来寻找此人时，我告诉了他们真相，说他不会再回来了。众人个个愤愤不平，昨夜的快乐一扫而光,头脑里只留下了此人之恶。带着遗憾,众人向东家告辞,然后各奔前程,分散于星宿之下①。

---

① 阿拉伯成语,分道扬镳之意。

第四十五篇　拉姆安拉

　　哈里斯·本·哈马姆君言道：自从我涉入社会，开始独立生活时起，我就酷爱游历四方。我认为它像一面镜子，让我开阔眼界，增长见闻，了解社会，增添乐趣，获得收益。我越荒野，闯不毛，历艰险，涉危难，见到了无数奇闻逸事，佳话趣谈。其中最有意思的一次是在拉姆安拉[①]法官大堂上遇到的。法官大人是当地有权有势的人物，我一游历到那里，就前去拜会他。那一天，他的幕僚们都在堂上，我也在场，正在寒暄之时，门外进来一位告状人。此人老态龙钟，身上破衣烂衫，身边跟着一个女人，也穿得破破烂烂。只见老人走上前来，刚想开口说话，被那个女人像驱狗一样呵斥道："住嘴！我先说！"然后那个女人一把摘下面纱，看着大人，毫无顾忌地说起来：

　　　　法官大人声赫赫，赏罚分明有恩德。
　　　　老妇前来告我夫，此人对妻不尽责。
　　　　自从委身嫁与他，于我做爱只一夜。
　　　　身为丈夫不悯妻，不把同衾放心窝。
　　　　夜夜渴望他抱我，粘在我身永不挪。

[①] 拉姆安拉，古代历史名城，位于今巴勒斯坦耶路撒冷之北。

夫妻情分本应此，大师①对此也认可。
老妇自从与他过，从未抗夫违妇德。
但他如此疏远我，使我痛苦不欲活。
早知如此悔之晚，不如裸身侍苦魔②。

法官大人看着老者，对他说："老人你可听分明，你妻告你太绝情。怨你恨你恐吓你，不履夫责妻心冷。妻若出走罪在你，小心为此丢尊荣。身为丈夫被妻骂，你的老脸往哪放？"

一听此言，老人一屁股坐到地上，对法官说：

法官大人莫被惑，恶妇句句皆有讹。
老夫从未疏远她，对妻之爱从未弱。
只因艰难苦岁月，掠走恩爱好生活。
所居之地在荒野，破帐残毯忍饥饿。
衣不遮体无分文，无佩无饰妻颈裸。
当年视情为神圣，曾以欧兹拉③为模。
贫穷迫我远宠物④，心忧子多更难活。
大人切莫苛责我，体谅老朽话啰唆！

讲述者言道：只见那个女人怒气冲冲，对那个男的说：

老不死的不认错，竟敢说我话有讹。
你娶老婆有何用？上口难填下口⑤饿。
女人两欲难满足，想做好夫可够格？

---

① 大师，指伊斯兰教法学家艾布·哈尼法之大弟子艾布·优素福。
② 苦魔，指《古兰经》所提魔鬼易卜劣厮。
③ 欧兹拉，阿拉伯半岛古代部落名，以产生纯洁爱情之部落而闻名。
④ 宠物，指妻子。
⑤ 上口和下口，指食欲和性欲。

借口做爱多生子,谎说子多难养活。
头脑进水装糊涂,有畜就有草地卧。①
强词夺理编瞎话,胡说八道歪理多。
你妻受罪还狡辩,你就这样待老婆!

法官大人急忙对那女人说:

"你这女人嘴太浑,有理无理搅三分,倘若韩莎②仍在世,甘拜下风觉头晕!我想你夫尚本分,哭穷何必绕旁门,倘若所言皆为实,自然顾嘴不顾身。肚子问题第一位,远比脐下更难忍。"

一听大人如此说,那个女人低下了头,半天不出声,不时斜眼看看旁人。周围的幕僚们窃窃私语,"她终于感到羞耻了!不对,她可能觉得要得逞了!"

那个老人骂她:"该死的!不知羞耻的东西!花言巧语,一句实话没有!"

女人毫不示弱:"你活该倒霉吧!别嘴硬!看谁不讲真话!"

当时在场的所有人都看傻了。他们不知道谁说的是事实,还是两个人一起在欺骗法官。他们宁愿什么也没听见,或者根本就没在场。

女人突然用脏衣服包住脸,哭了起来。法官大人刚开始时对他二人的露骨直白非常吃惊,既而又很欣赏他二人的口才,有些惺惺相惜,怜悯之心油然而生。心中暗谴这不公的世道、无情的岁月摧残了这两位文星。他命人取出两千金币,对他二人说:"权且填补你二人生活之需,以弥合感情之痕!"此二男女接过钱来,千恩万谢,高高兴兴,相拥着离开了法庭。法官大人看着他二人走远,得意之情未尽,开始向周围僚属称赞他二人有文才,诗作很好。他问在场之人:"你们中有谁认识此二人?"其中有一僚属应声:"老者乃当地人杰、名流,人唤苏鲁吉,大名鼎鼎,无

---

① 原文"不管牲畜的嘴多大,都有它吃草的地方",阿拉伯成语,意为有嘴不怕没饭吃。
② 韩莎,阿拉伯蒙昧时期著名女诗人。

人不知；女的乃其母驼，供其坐骑①。他们二人以行骗为生，借打官司骗钱为其惯用伎俩。"一听此言，法官大吃一惊，立刻转喜为怒，脸上发烧，气不打一处来，冲那位揭发者喊道："快快抓回此二人！"那人诚惶诚恐，立刻抖腔而去，良久拍臂而归②。大人问他："抓到没有？"那人应声："人见到了，没抓来！"大人说："如何见到？从实讲来，不得有任何隐瞒！"

那人说："我出门后就远远看到了他俩，遂紧追不舍，一直追到沙漠里他们的帐地。我赶到帐前，他们二人正准备拔帐继续逃离。我赶紧说明来意，说大人请他们回去，向他们担保，有好事等着他们。那个男的很有心计，马上就意识到大祸临头了，对女的说：'快带着剑鞘逃③！'但那个女的却不在乎，说：'回去就回去，我才不怕呢！'就听男的劝女的说：

请听我劝好老婆，回去危险明摆着。
相信我话绝无错，无须解释费口舌。
远走高飞最稳妥，不见好树不降落。
不要听信他承诺，暗藏杀机有灾祸。
多留心眼不为过，否则可能陷泥浊。
聪明盗贼都晓得，已偷之所不再过。

"然后他转身对我说：'真不好意思，你为了完成使命跑得这么累，还白跑了一趟！你还得再跑回去，对派你来的那位大人说：

大人且慢来抓我，莫让恶行污美德。
小心因怒昏了头，财产荣耀俱亏折。
莫对诉求生怨恨，诉者是在练唇舌。
文字游戏训口才，文人之间互唱和。

---

① 坐骑，指其妻。
② "抖腔而去，拍臂而归"，阿拉伯成语，意为一无所获、空手而归。
③ 带着剑鞘逃，阿拉伯成语，意为不致倾家荡产，尚可东山再起、留有后路。

大人若因我受损，我非此计首创者。
当年隋芬两阵前，艾什尔里[①]被骗过。

法官大人听到此，怒气全消，赞叹着："多好的诗啊！多有诗才啊！"说着，他又拿出两件大袍，一袋金币，对那个僚属说："你赶快再到他们那儿去，再把这笔钱和这两件衣服给他们送去，跟他们两人说我也是文人，我喜欢他们欺骗文人！"

讲述者言道：我在这么多年的漫游生涯中，从来没见过这样稀奇的事，也从未在别处听说过类似怪事。

---

① 艾什尔里，指伊斯兰教著名教义学家，凯拉姆学奠基者，艾什尔里学派创始人艾布·哈桑·艾什尔里之先祖艾布·穆萨·艾什尔里。他在阿里与穆阿维叶为争权而进行的隋芬之战中曾担任阿里一方的仲裁代表，被穆阿维叶一方的代表阿慕尔·本·阿斯所骗，致阿里大败。

第四十六篇　阿勒颇

哈里斯·本·哈马姆君言道：那一年，我在心灵的召唤下产生了前往阿勒颇①的冲动。我当时无牵无挂，既无财产又无子女，行动方便利索。因此很快就备好行装，飞奔而去。我在阿勒颇享受生活，颐养情愫，抚慰心灵，过了一段悠然自得的日子。但渐渐地我又烦躁起来，天生的不安分又使我见异思迁，我又产生了到霍姆斯②度假的念头，顺便去体验一下坊间所传的霍姆斯人的愚氓。念头一出立即行动，我马不停蹄，流星落雨一般就赶了过去。架好帐篷，安好寝地，我迫不及待地奔向她的市区。就在我尽情品吮她的气味的时候，从一座大房中传出了孩子们的诵诗声。我立刻循声而行，走进了一所私塾。一位老人坐在一群孩子前面，正在指导他们诵诗。此老者好像是一个善行已去③之人，他身前的孩子们有十几个，有几个很像是同胞兄弟。我想这正是我检验霍姆斯人是否愚氓的好机会，便决定坐下来听课。老人见到我很高兴，热情地问候我、欢迎我。我也毫不客气地有意和他多说话，以了解他的口才和学问，验证当地人的愚昧程度。老人似乎看出了我的目的，他用手中的教棍指向其中最大的孩子，对他说："为了欢迎贵

---

① 阿勒颇，古代历史名城，位于叙利亚北部。
② 霍姆斯，古代历史名城，位于叙利亚大马士革与阿勒颇之间。
③ "善行已去，恶行将临"，阿拉伯成语，意为一世英名，晚节不保。

客,你用无点词作一首诗!注意,要求诗中每一个词都是由不带点的字母组成的。"只见那个孩子双膝跪地,犹如狮卧,面向老者和我,大声说道:

为忌妒者,磨快长枪,为希望者,带来豪爽。
跨上快驼,举起利矛,远离女人,埋葬放荡。
努力奋斗,力争上游,定叫嬉戏,消遣退让。
酒量再大,不增权势,淫欲再小,不被赞扬。
心胸宽广,豁达开朗,他们只想,欢庆善良。
有求必应,乐善好施,多么好啊,人之榜样。
相助不讲,推托之语,出手不见,犹豫彷徨。
永不屈从,靡荡之欲,永不手举,荒淫酒浆。
修身养性,信仰为上,克抑私欲,志德高尚。
心智健全,方能获赏,身心欠缺,彩礼无望。

老人很高兴,对他说:"小满月,你的诗作得很好,完全符合要求!"然后他又指向另一个孩子,那个孩子长得很像是小满月的兄弟,对他说:"过来,小月晕,你来写一首全部用带点字母词组成的诗!注意,要求诗中每个词的每个字母都是带点字母!"那个孩子老老实实走过来坐在老人的跟前,修剪了一下笔尖,铺开纸,写道:

塔佳娜女,迷惑我心,使我发疯,让我头晕。
犯罪以后,变换手法,拉我下水,乱我身心。
羚羊秀眼,常送秋波,卖弄风骚,眼干瞳混。
艳服玉体,华饰丽佩,搔首弄姿,勾我命魂。
甜言蜜语,柔情似水,虚情假意,欺我单纯。
我本猜测,她看中我,但我猜错,她心真狠。
欺骗披身,蒙蔽我心,向我复仇,发泄愤恨。
达到目的,疏远于我,让我心悲,乱了方寸。

老人仔细审阅了小月晕写的诗句，说："恭喜你，小羊羔，写得很好！"然后他又用教棍指向另一个孩子："过来，小萤烛！"一个眉清目秀，状若偶娃的孩子走了过来，"你用隔字点词写一首诗，不准和前两首雷同！注意，要求每句里的每一个词，前词全部用带点字母组成，后词全部用不带点字母组成。以此类推，从第一词到最后一词，全部如此，没有例外！"孩子略一思索，拿起笔，写道：

积德行善，必增其荣，乐善好施，必扬其名。
宾客盈门，有求必应，拒人千里，君子不容。
莫要让人，失望而去，无论费力，抑或轻松。
岁月不留，吝啬之财，无论吝鬼，如何节省。
善者心胸，宽能容天，心安无忧，睡伴美梦。
面对友善，莫要失信，远离虚伪，假意心诚。

老人看过诗后对他说："愿你的手永不瘫，你的刀永不卷[1]！"然后他又叫下一个："过来，倔小子，你这块曼希姆的香料[2]！你也来写一首诗，要求每句上下词词形相似，意思不同！"那个孩子拿起笔来，想了一会儿，遂端端正正写道：

> 宰伊娜女，身段娇美，蛮腰丰乳，使人心碎。
> 美目传情，秀颈摧心，优雅似刀，割我心扉。
> 她与我心，融为一体，夜夜失眠，难于入睡。
> 她近我身，为我牺牲，怜悯祝福，给我抚慰。
> 有时恼怒，有时伤心，有时生恨，有时懊悔。

老人拿过诗，仔细检查，发现写得完全符合要求，高兴地说："愿你的十指永不瘫，你的香气永不散[3]！"说完，他转身指向另一个孩子。那个孩子让人一见倾心，长得就像花园里的嫩蕊。老人对他说："你来口吟两句诗。每句首尾词字母搭配相似，词形词义不同！你要让所有评者闭嘴，挑不出任何错来！"孩子说："我一定让我师满意欣悦！"说完，毫不迟疑，张口吟道：

> 打上标记，多留善果，不忘谢恩，芝麻也可。
> 无论权谋，多有光泽，难获尊座，必被轻蔑。

老人大声赞扬："说得太好了，好宝贝！你真让人忌妒！"老人又叫起另一个孩子："雅辛，过来！你也来吟一首。要求每句都要有字母'西因'[4]，全诗要出现'西因'的各种音符。"叫雅辛的孩子站起身来，立刻用悦耳

---

[1] "手永不瘫，刀永不卷"，阿拉伯谚语，意好极了。
[2] 曼希姆的香料，阿拉伯成语，意衰门星。
[3] "十指永不瘫，香气永不散"，阿拉伯谚语，意太好了。
[4] 西因，阿拉伯语第12个字母。

的声音大声吟道：

  墨水中见，手腕上寻，既能书写，又可读音。
  山脚低沉，强迫引文，侵入干枣，更挂椰林。
  驯服烈马，夜里听吟，戴上铃铛，驼铃阵阵。
  严冬酷寒，取火求温，我必中的，正路指引。

  老人说："嗯，做得不错，淘气包！还算符合要求。"又马上叫起下一个："起来，小狮崽！你再作一首诗。要求每句都要出现字母'少得'[①]，此'少得'经常被误写成'西因'。"从孩子们中间马上跳起一个小狮子，只听他顺顺当当地吟道：

  我用五指，抓起银钱，请听我讲，话说当前。
  我挖鼻孔，往地吐痰，我打响板，胸骨追探。
  机会难得，挖出双眼，膊肌颤抖，全身松软。
  我拘杏德，复活节前，尔萨节日，人人期盼。
  我手拧皮，饮酒发酸，舌头被刺，写得可全？

  老人说："真好，孩子，安拉保佑你！"他又叫起一个体像兵、动如鹰的孩子，他叫他站在身旁，继续用误写字母"少得"的"西因"组词作诗。只见那个小兵不紧不慢脱下小袍，定了定神，打着手势，开口道：

  若喜西因，我说你写，如不注意，就成少得。
  腹痛卵生，甜酒滑落，犬牙道路，鹰隼幼驼。
  细面坦途，嘴角刻薄，西因少的，不可写错。

[①] 少得，阿拉伯语第14个字母。

老人对他说:"不错!小臭虫,说得很好!"然后,他又叫道:"过来,小象崽子!"一个圆头圆脑活像鸵鸟蛋的孩子站了起来。老人说:"你来解释一下缺尾动词的书写!"孩子回答:"老师听清楚!"然后自动用诗作答:

> 动词柔母[1],若忧误书,可加台五[2],二称[3]试读。
> 其前亚五[4],则写亚五,不是亚五,定为艾夫[5]。
> 三母以上,买合木子[6],都在此列,没有特殊。

老人对此童的表述非常满意,连说"安拉保佑"和"为你献身"。然后老人又对最后一个孩子说:"就剩你了,小头娃,过来吧!你是头小鬼大,有如警鸟[7]。"只见一个白白净净的孩子走到他的身边。白得就像漆黑深夜突然燃起的炊火,明光耀眼。老人对他说:"你来用诗举例说明常用误写'刀得[8]'错代'召五[9]'的词,以示二者的区分!"孩子显得很高兴,略一停顿,便高声吟道:

> 刀得召五,如何区分?尊师问我,我谨答问。
> 例中召五,多误刀得,举例如下,请听认真。
> 棕色不义,亮齿暗昏,壁虎鸵鸟,羚羊刀刃。
> 眼角极长,阴影火喷,赞扬酷热,干渴味存。
> 无烟同等,奶妈思忖,凸眼足蹄,骨骼发音。

---

[1] 柔母,阿拉伯语第1、第27和第28个字母。
[2] 台五,阿拉伯语第3个字母。
[3] 二称,即第二人称。
[4] 亚五,阿拉伯语第28个字母。
[5] 艾夫,即艾里夫,阿拉伯语第1个字母。
[6] 买合木子,阿拉伯语以"艾里夫"为基本字母的动词。
[7] 警鸟,沙漠中专找边远水洼饮水的一种鸟,警惕性极高。
[8] 刀得,阿拉伯语第15个字母。
[9] 召五,阿拉伯语第17个字母。

胫骨腓骨，脊背宠恩，胜者监者，怒者套棍。
指甲克制，发火韵文，罪状征兆，围场勤奋。
食量胀肚，急切坚忍，腿骨跛行，伟大帮衬。
冷酷粗鲁，皮囊无尘，明显戒断，训者甜饮。
苦钵力木，大集①迁村，石山胶果，海象杂混。
奸夫不幸，贪食箭棍，鸡貂蜈螂，蝗虫素馨。
抗拒疾病，吵闹山林，草木蓼蓝，呆傻愚蠢。
阴蒂性欲，交尾恶人，以上诸词，牢记在心。
认真探究，溯源追本，如热受热，词与词根。

听到这里，老人对白头警鸟说："太好了，孩子！愿你永远嘴正齿洁②，永不缺人亲！以主起誓，你小小年纪，记忆惊人！比末日还能收集，比大地还能包容③！"老人又面向全体孩子们说："孩子们！我带你们来到水源，用我的知识浇灌你们、教化你们、启迪你们、陶冶你们。你们都学得很好，我很满意！请记住我的恩德，感谢我的心血，不能忘恩负义！"

哈里斯君言道：此人说话老道中透着些厚黑，精明里夹杂着点糊涂。我自始至终不停地打量他，观察他的一举一动，就像一个夜幕中的探行者，荒漠里的辨迹人。就在我看得眼发黑、心发蒙的时候，老人却冲我笑了起来，对我说："还从没有过像你这样盯着人看的人，你老看我干什么？"我马上明白了他的意思，也立刻认出了他就是艾布·栽德先生。我开始责备他不该跑到这么落后的地方来安家，更不该选择如此卑贱的职业。一听此言，就像突然被人往脸上撒了了一把灰，栽德的脸上立刻变了色。他回敬我说：

---

① 大集，指欧卡兹集市。
② 嘴正齿洁，阿拉伯谚语，意永远口才好。
③ 比大地还能包容，阿拉伯成语，意心胸宽广、能容万物。

我来此地操此艺，为靠求知人养育。
岁月常惠愚昧地，财富也现荒泽里。
智者谋生无他路，唯靠穷乡拴驼驴。

栽德说："教育不仅是最体面的职业，也是最盈利的生意，最优秀的技艺。教师大权在握，威望有加，学子惶恐，百依百顺。学子面师，若如面君，教师位如权臣，令如将军，威如王室。教师的缺点仅是可能让人老年昏庸，愈见迂腐，恍若返童，但明眼人是不提这些缺点的。"

我对栽德君说："老兄，你确实洞达人生，学问超群，经验老辣。话一出口总能指点文津，给人振聋发聩之感！佩服！佩服！"

我在栽德的私塾里一连住了好几天，吸养吮露，增学添智。

相见终有尽，离别必来寻。我俩强分别，任凭泪沾襟。

第四十七篇　哈吉尔

　　哈里斯·本·哈马姆君言道：那一年，我住在叶麻麦首府哈吉尔①。有一天，我突感不适，须找放血医师②。有人向我推荐一位老者，说他仁慈善良，干净利索，我马上派仆童去请他。谁知仆童去了很长时间不见归来，急得我差点疑惑他是否借机逃跑了抑或死在外面了。最后，终于看到他回来了，但却是一个人回来的，并没有把放血医师请来。我问他为什么回来这么晚，他说要请的那位老先生比两手提着油袋的女人还狼狈③；比侯奈因之役④还忙乱，实在脱不开身。我本不想出门去看病，犹豫了半天，还是决定亲自去。心想，内急的人顾不了那么多了。我来到了放血诊所，发现医师确实是一位体面干净，手脚敏捷的老先生。只见前来求医放血的人挤满了屋子，里三层外三层排起了长队，我只好排到后面等待。老先生正在接待一位少年，那位少年箭杆似的竖在他的面前，伸着头等他放血。医师却不动手，看着他说："你不能光伸头不伸手！我不接待欠

---

① 叶麻麦，阿拉伯半岛中部著名绿洲，即今沙特首都利雅得周边地区。哈吉尔今名胡富夫。
② 放血医师，中世纪前阿拉伯曾流行放血医疗法，一般由理发师兼职。
③ 两手提着油袋的女人，阿拉伯成语，意手足无措、应接不暇。
④ 侯奈因之役，侯奈因位于麦加和塔伊夫之间，系公元630年先知战胜海瓦津部族之地。

账之人，更不喜欢赊账之人。先付钱再看病，没有钱请走人！"那位少年说："我实话实说，不敢隐瞒。我本来很有钱，但现在破产了，最近手头拮据。能否容我几天，情况一好转，马上来付钱！"老先生说："不行！谁能相信你的话？常言说，承诺有如种树，可能种活，可能种死。谁能知道，我将来从你的树上收获的是果实还是灾难？谁能知道，你走了后说话还算不算数？现在的年轻人把吹牛当时尚，没一句真话！你走吧，别折磨我了！"那个少年很不好意思，仍缠着老先生，对他说："谁失信谁就是卑鄙小人！只有无耻之徒才会去蹚背信之水！如果你知道了我是谁，就不会像你刚才那样说话了！你就会向我下跪而不是冲我撒野！人不论原来多富，一旦贫穷真可悲啊！这真是：

> 虎落平阳遭人欺，富人无钱一时急。
> 人格高贵不可辱，虽然落难身不低。
> 麝香压碎仍留香，樟脑成粉效不移。
> 宝石火烤验其质，烤后宝光更绮丽。

老先生说："你真可怜啊，年轻人！一人落难到异乡，父母该多想你，亲人必为你落泪！你出身高贵，家境富裕，你为此骄傲、自豪，但它同时也是一种折磨和煎熬。就算你家住在天房，家里多大地方能是你的？就算你父亲的地位超过阿卜德·麦纳夫①，或者你舅舅服侍过阿卜杜·马丹②又能怎么样？你不要妄想锻打冷铁③，不要吹嘘你的出身和门第，不要以朽骨为荣，不要自寻其辱，误入歧途！孩子啊！

> 枝干顺直根基正，根基不直枝弯曲。
> 学会忍耐敢承担，腹中虽饥头仍举。

---

① 阿卜德·麦纳夫，先知穆罕默德先祖之一。
② 阿卜杜·马丹，阿拉伯古代一名门贵族之祖。
③ 妄想锻打冷铁，阿拉伯成语，意贪求得不到的东西。

狂人妄图摘天星，最终跌入深渊里。
乐善好施救人急，嘲笑施者实可鄙。
知恩图报莫嫌贫，忘恩负义人格低。
仁者为怀有大量，得饶且饶不斗气。
不知悔过为蠢人，怨恨无益难充饥。

那个少年脸显怒气，冲着排队的众人说："大家听听，他说的是什么话？简直是奇谈怪论！此人屁股在水，鼻孔朝天①，说话如敬酒，干事若投石！"他又冲着老先生，尖酸刻薄地说："够了，你这个花言巧语、油嘴滑舌之徒！你满口仁义，却心狠如猫②！如果你以为生意好，就能胡作非为，安拉定会让你生意萧条，让红眼者失望！你会变得比萨巴特的放血人还清闲③，收入变得比针眼还少！"那位老先生也毫不示弱，冲着少年人吼道："住嘴！

---

① "屁股在水，鼻孔朝天"，阿拉伯成语，意眼高手低、志大才疏。
② "满口仁义，心狠如猫"，阿拉伯成语，意无情无义。
③ 比萨巴特的放血人还清闲，阿拉伯成语，意百无聊赖、无所事事。

你简直不知天高地厚！你等着吧，安拉会让你口生疮，血超常。让你必须去找最不讲理的，专用钝刀的，鼻涕邋遢的，臭屁烘烘的放血人，那就是我！"

少年看出来了，他遇上了一个唯利是图，蛮不讲理的人。他是在徒劳地去开一扇已锁上的门。再求无益，他决定不再理他，准备走人。老先生这时也意识到刚才说话有些过分，很后悔，遂决定免费为他放血，以缓和气氛。一个气得要走，一个不让他走，两个人唇枪舌弹，你来我往，争吵谩骂，闹得不亦乐乎。最后，那个少年实在受不了了，委屈地哭起来，哭自己人格受辱，颜面扫地。一看少年被他说哭了，老先生真后悔了，忙不迭地道歉，安慰他不要哭。但少年人不接受他的歉意，越哭越响。只听老先生说："孩子，我愿赎罪！别再哭了！几句笑话，就当真了，你的承受力如此差吗？我早就不计较你说的话了,你怎么对我的话还耿耿于怀呢？孩子啊：

    怒火请暂息，本人太无理！
    原谅冒犯语，本人实在愚。
    智者多宽恕，美德人赞誉。
    请尝致歉果，此果最甜蜜。

少年说："如果你了解我的生活，你就会理解我的眼泪。但是，健康的人体会不到病人的痛苦！"最后，他终于意识到在大庭广众之下就这样哭下去很丢脸，就借助老医师的劝解顺势止住了哭，说："我听你的，不哭了！但你得补偿我，资助我一些钱。"老先生说："这可不行！我现在自顾不暇，肩膀承受不了付出[①]！你应该去哀求别人！"说着，他站起身来，巡视着排队的人群，说道：

[①] 肩膀承受不了付出，阿拉伯成语，意力不从心、爱莫能助。

誓指圣地天房里，受戒之人向往地。
假如我有充饥米，不操拿刀放血艺。
心傲身挺头不屈，断避打上此业记。
此童不会出难题，向我射出带毒器。
无奈我遭岁月弃，把我扔进黑暗里。
被迫坠入下贱地，烈火烧心苦难提。
难道无人发慈悲，良心展现付善意？

哈里斯君言道：当时我是第一个向老先生伸出关怀之手的人，我掏出两枚金币给了他，心里说："就算他没讲实话也认了！"老先生非常高兴，盼望着这是好的开头，心想第一笔收获到手就不愁没有第二笔。正像他想的那样，众人在我的影响下，纷纷掏出钱来，一枚枚金币源源不断地送到老先生的手中，他很快就赚个罐满囊足。老先生心里乐开了花，对那个少年说："这是咱们俩的所得，是主要靠你的功劳得来的，咱们俩对半分！"说着，他和少年像掰开豆粒那样平分了众人的捐赠。两个人和好如初，就像什么事也没发生。分好了钱，老先生不顾在场等他放血的众人，收拾东西，准备离开了。我身上的血开始上涌，马上走上前去，拦住他，说："我病得很重，请你为我放血！"老先生盯着我看了一会儿，挤眉弄眼地说：

不该看到我骗局，我和羊羔①耍把戏。
得胜而归回家地，旱后得水获生机。
请对我说好密友，何人能超我之计。
能用意志开奇锁，能用口舌驱众意。

---

① 羊羔，指儿子。

真假难辨超前辈,庄谐相济赶亚历①。
小雨总在大雨前,便宜最后归大雨②。

此老先生的话让我确信他就是我的老朋友。我上前毫不留情地指责他如此作践自己,太不把自己当人,太丢人现眼。没想到栽德并不在意,反而轻描淡写地说:"光脚人穿什么鞋都不在乎③!"

说完,便领着他的儿子,也就是那个少年扬长而去。

---

① 亚历,即亚历山大,全名艾布·法塔赫·亚历山大,此人为白迪尔·泽曼·哈马达尼所著《麦卡姆故事集》中主人公。
② 小雨大雨,除暴雨外,一般雨开始较小,越下越大。喻栽德胜于亚历山大,青出于蓝而胜于蓝。
③ 光脚人穿什么鞋都不在乎,阿拉伯成语,意饥不择食、寒不择衣。

第四十八篇　哈拉姆[①]

哈里斯·本·哈马姆君言道：有一次，艾布·栽德君向我讲述了他的一次得意经历。

从我跨上爱驼，告别妻儿，开始游荡时起，我就如同一个受压迫者渴求解放一样向往名城巴士拉。因为凡是我接触过的有知识、有文化的人都异口同声称赞她，说她学者多、文味浓、市容好、街区美、遍布古迹景观、名寺陵园。所以，我一直盼望着有一天能亲自踏上她的土地，亲眼领略她的特色，欣赏她的神奇。无论是名寺名陵，景观景点，村镇市容，我一个都不会放过。这一次，好运终于光顾了我，我荣幸地来到了巴士拉。当我把贪婪的目光投射到她的身上后，我发现一切进入眼帘的都是兴奋与惊奇。有好几天，我天不亮就起身，伴随着鸡叫声走出帐门，四处探寻，总想看到更多。那一天，我碰到一位路人，向他询问此地最值得一看的是哪里。那个人自告奋勇，亲自带我穿大街，过小巷，来到了一个社区。他告诉我，那里是著名的巴尼·哈拉姆部落民居住的社区，里面有很多清真大寺，水源池塘，名宅望门，秀苑别院，特色鲜明，风格独特，很值得一游。总之：

[①] 本篇实为作者哈利里创作的第一篇，后被编辑于此。——编者

那里有我欲观景,教迹民俗皆有名。

居民虽为我友邻,却与别处习不同。

诵经声声入耳迷,妙乐阵阵勾魂灵。

释经解义堪当任,济危救难勇争锋。

多少来客与书生,在此伤胃熬眼睛。

多少雅集与学会,学问收益两相赢。

也有家中飘淫曲,歌奴秀口传随风。

你可随意去消遣,不禁嗜饮近酒瓮。

既可结交贤德君,也能放纵酒肆中。

栽德君说:我边走边看,生怕落下什么,眼睛有些应接不暇了,不知不觉已到傍晚。就在太阳即将落山的时候,我忽然看到一座清真大寺,宏伟辉煌,光彩夺目,我马上奔它而去。迈步进寺,里边人很多,我听到一些人正在争论同位语的句法问题，争论得很激烈，我马上装作对此话题很感兴趣凑上去，当然目的不是为了学习语法。不一会儿，宣礼声起，伴随着宣礼声，伊玛目出现在众人面前。他把身上的披单解下，开始领拜。众人跟着他，站起跪下。我也跟随众人，亦步亦趋，目的却是想寻找机会，捞点赏钱。

当昏礼结束，众人正准备离开的时候，从人群中站出一个中年人阻止大家。此人相貌堂堂，眼光炯炯，口齿伶俐。他对众人说："我的诸位芳邻们，请暂留步！我们属于同一家族的不同分支，可说是同树同根，是一家人。我可以把你们的家当成我的避难所，把诸位看成我储藏私密的肚子和保险箱。有了诸位的保护，我可以来去自如。诸位知道，诚信之盔甲乃人之最华丽之着装；今世之耻胜于后世；负债之情乃真诚之劝；引导乃真信之标志；引导者乃可信之人；虚心听劝乃为必须；尔之兄弟有责任引导于尔而非听尔之辩；尔之朋友乃对尔吐真言之人，而非相信尔所言之人。"听到这里，在场的众人面面相觑，不知所云，遂对他说："朋友！你的话像是谜语，听不明白。请解释清楚，你到底让我们做什么？请掏出真情，拿出诚意！这样我们才能成为真心朋友，我们才会听从你的劝诫！"

那人说："只要诸位积德行善就可避灾免祸。诸位不会给亲人带来不幸；不会对事情判断不清；不会让亲人愿望落空；不会被人哄骗欺蒙！我将打开我的心扉，向诸位耐心讨教。有一个问题一直在考验我的耐性。诸位芳邻可知，本人原来是一块打不着火的火石，穷困潦倒，是任何好运都不愿光顾之人。我曾虔心向安拉许愿：我绝不买酒、酗酒，结交酒友！但我终于食言，没能战胜诱惑与贪欲，与大胆妄为的饮徒坐在了一起！我抛掉尊严，放浪形骸，开怀畅饮。我不知不觉屈服了魔鬼的引诱，把对安拉的虔信丢到脑后。我曾在星期四酗酒无度，通宵达旦，直喝到星期五夜里，最后烂醉如泥。我现在痛苦万分，深深自责，悔恨不及！我对违背许愿深感恐惧，对深陷邪欲深感忏悔！可知叛教罪大焉，望比我罪以为鉴。"

在场众人被此人之言深深打动，怜悯之心油然而生。遂纷纷解囊捐赠。

栽德君言道：当此人终于解开他的话索，露出他玩弄悲情敛财的真实意图后，我心里说："没想到碰到同行了！强中更有强中手，栽德啊，你的机会来了，出手吧！"我毫不犹豫站起来，身手敏捷直冲到此人面前，对他说：

我的哀郎美男子，人崇人敬势超先。
祈求引导归正路，以便明日被救援。
我有灵丹药一丸，专治苦夜难入眠。
请听此药神奇处，一旦失去不堪言。
本人故乡苏鲁吉，教风纯正行为端。
昔日在乡曾富贵，人有体面手有权。
宾客盈门友情满，钱财助困结善缘。
济危为买主之赞，救难为保脸之颜。
仗义疏财不计较，只要豪爽义名传。
遍选高处点篝火，低洼之地火难燃。
落难之人看见它，若遇救星喜开颜。
焦渴之人刚一见，急奔而去如临泉。
倘遇借火求知者，燧石一敲光即闪。
只要时时能助人，心中顿生幸福感。
不幸主不遂人愿，平静生活起祸端。
无论公开或秘藏，我的家产被掠占。
一无所有成难民，流浪漂泊历艰险。
而今我成乞讨汉，虽然昔日我行善。
穷困潦倒无生路，唯愿一死绝尘缘。
祸不单行难无边，家破人亡四分散。
曾有一女被虏去，卖身为奴实可怜。
今日你知我更惨，所得赠金别独贪。
多年忍受侵略苦，快来助我度急难。

救我小女脱苦海，敌人手中解锁链。
　　由此你罪可被抹，翻过抗主叛教篇。
　　至此迷途被宽恕，重回正道清正源。
　　应为污行负代价，罪免赎金不可免。
　　所以诵诗与你听，实为引路助你返。
　　请听我引听我劝，谢我导你渡难关。
　　允我在此做结束，你可满意心放宽。

　　栽德君言道：当我滔滔不绝一口气将此长篇吟完后，那位中年人好像听傻了，愣愣地站在那里，不说话。看得出来，他在犹豫不决，不敢完全相信我的话。但最终，他还是被我的悲情打动，他的善心和与人分担苦难的良心促使他把他的所得与我分享，然后又许诺还要再资助我一些。我高高兴兴回到了家，略施小计即大告成功，心里十分得意。我这叫计赚肉汤馍，诗换香粥喝。

　　哈马姆君言道：我夸奖栽德君说："精彩之极，阴毒之极，卑鄙之极！"栽德君哈哈大笑，然后离我而去，边走边念念有词：

　　善用计谋度人生，你将永远为狮雄。
　　一把骗抢操在手，生活之磨可转动。
　　鹰隼整只不易捕，一把鹰羽也助兴。
　　树上鲜果若难摘，树下遍地草青青。
　　并非贪念都得手，计不成功也心宁。
　　世情难料无常态，随机应变易谋生。

第四十九篇　萨　珊

哈里斯·本·哈马姆君言道：栽德君预感到他将不久人世，余日不多，深思熟虑后，决定将他的儿子唤来，托付后事。儿子来了后，他说："儿子啊，为父行将就木，离世而去。感谢安拉，你是我唯一的继承人，也是我死后萨珊丐人的首领。实际上，你已经是此业之老手，不需要再用木棍或石子敲打①，但是，此业的学问你并不完全明晰，有必要交代与你，其中之秘籍要领当年老祖宗西斯②和叶尔孤白③都未曾向后人传授。儿子啊，记住我的嘱托，绝不违背它，以我为榜样，按我说的办！只要你真正领会了我的话，明白了我讲的道理，你必将炊烟升高，生活富足。一旦你忘掉我的嘱咐，把它抛在一边，你的锅底灰就会减少，陷入贫困，亲属们和族人都会鄙视你，离你而去。

"儿子呀，为父饱经风霜，历经磨难，尝尽人生甘苦。我判断一个人主要是看他的财力而不是看他的血统；看他的收入积累而不是看他的出身。有人说过，'人的谋生手段有四：从政、经商、务农、做工'。此四业为父都试过，想从中选一项最能赚钱的职业，但都失败了，哪项职业都没

---

① 阿拉伯成语，即老经验，响鼓不用重锤。
② 西斯，《古兰经》中人类始祖阿丹之子。
③ 叶尔孤白，先知易卜拉欣之孙，亦为伊斯兰教先知之一。

有让我过得更富有。想获得从政的机会犹如寻梦,它就像黑暗中转瞬即逝的影子难于捕捉,最后让你深深体会到什么是婴儿断奶的痛苦。而经商,则时时处处充满了风险。你会变成弱肉强食的牺牲品,有如森林中的飞禽走兽。至于务农,则让人变得身份卑贱,会被土地牢牢拴住,难于摆脱,你永远会有耻辱感,而难得出现幸福感。最后是做工,它更不是谋生的好营生,也更难赚钱。它只会消耗人生的青春年华,摧残你的生命。至今我还没有看到哪一个做工的人饮食无忧,生活富裕。

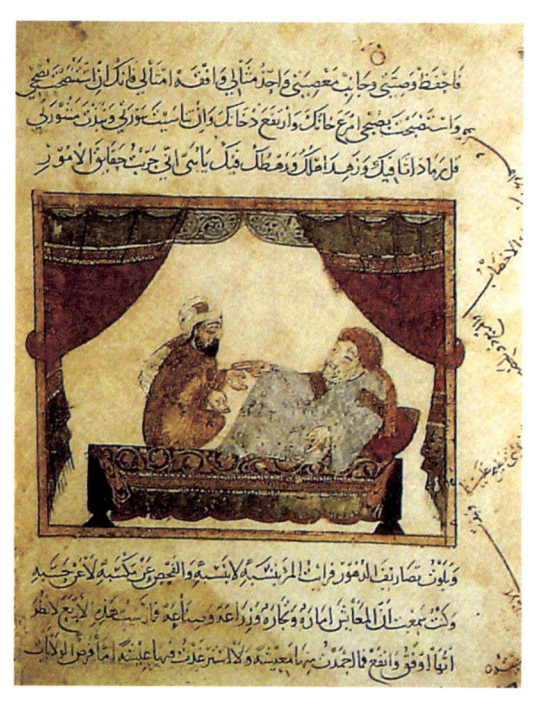

"儿子呀,既然从政、经商、务农、做工这四项职业都不理想,都不能迅速致富,那么最好的职业是什么?就是我们的老祖宗萨珊王①为子孙后代打下基础并进行了分工的行业。感谢老祖宗!正是他,用此行业为东

---

① 萨珊王,沙姆地区古神之一,古波斯及黑海南岸人信奉之。后被苏菲派人奉为教主,宣传乞讨苦修。又指古波斯王国(224—651)国王,其末代王叶兹德吉尔德曾逃亡流浪近十年,终被杀。

西方广大劳苦人民奠定了致富之路，指明了生活目标，照亮了前进的道路。正因为选择了这个行业才使我找到了生活的方向。它作为我最满意的营生，是我生意兴隆，永不萧条的商铺；是我财源滚滚，永不枯竭的泉眼。它是一盏永不熄灭的明灯，永远为芸芸众生照明。萨珊人曾是一个强大，高贵的族群，曾是人间最幸福的一代人。暴虐不曾折磨他们；矛剑不曾伤害他们；蛇蝎不曾威胁他们。他们不屈服于任何暴政；不惧怕任何雷电；也不在意别人的兴亡。他们的集结是清正的；他们的心胸是坦然的；他们的行动是敏捷的；他们度过的每一天都如同快乐的婚庆；他们的人无论走到哪里都有所得；无论进到何处都不空手；他们没有祖国，没有君王；也从不区分对方腹中空与满。"

儿子说："父亲，我相信你说的话！但你说的都是缝合而没有拆分①。请你具体解释一下，应从哪里啃肩胛骨②？"

栽德君对他说："儿子啊！苦行是此业的大门，勤奋是此业的着装，机敏是此业的明灯，厚颜是此业的武器。你要比萤虫还好动，比蚂蚱还能跑，比羚羊还勤奋，比恶狼还心狠。调动你的聪明才智，努力敲开猎物之门。迈开双脚走路，踏遍天下门户，不管山高水深，向一切目标前进，把桶抛进每一口井，永不厌倦，永不放弃！记住当年先祖萨珊手杖上刻的话，'有志者事竟成'！你要时刻警惕懈怠与懒惰，它是厄运的征候，灾祸的衣着，贫困的钥匙，苦难的病毒。它是软弱无能人的劣性，是不劳而获人的痼癖。偷奸耍滑采不到蜜，贪图舒服空手而回。你要勇猛顽强，哪怕面对雄狮。果敢之心可以让人敢说敢为，获得荣誉与地位，发家致富。而胆怯示弱将导致惊慌失措，痛失良机，功败垂成。正如谚语所云，'勇敢者易成，胆怯者必败'！

"儿子啊！你要学习乌鸦的勤劳，狮子的勇猛，避役的执著，豺狼的狡诈，猪獾的贪欲，羚羊的活跃，狐狸的阴毒，骆驼的坚韧，猫的温驯，

---

① "缝合"意为概括，"拆分"意为详述。
② 阿拉伯成语，即从哪下手获取经验，成为成熟练达之人。

鸟的装扮。你更要学习阿慕尔①的谋略,谢阿比②的文雅,艾哈奈夫③的耐力,伊亚斯④的敏锐,艾布·努瓦斯⑤的幽默,艾什阿比⑥的贪婪,艾布·阿依奈⑦的反应。要学会用甜言蜜语去欺骗,用伶牙俐齿去迷惑。下手之前先踩点,挤奶之前先揉乳,出门之前多询路,上床之前先慰妇,精明判断练鸟卜⑧,精确跟踪靠勤察。谁事先调查了解的功夫做得细微深入,谁的成功把握就大,就能笑到最后。谁的调查有疏漏偏差,到手的猎物也会逃掉。儿子啊!上阵时要放松心情,减轻压力,做到胸有成竹。任何时候都不能故意卖弄、显摆,令人瞩目,而是要尽量低调,远离众人视线。不能只奔水草丰盛的地方,而应该满足雨水稀少的地方,安心卑微之态,尽量少出头。不要只感谢出手阔绰者,微小之助更要谢。被人拒绝莫沮丧,硬石有时也渗水。不要怀疑安拉的怜悯,只有异教徒才对安拉失望。在即付的碎银与许诺的珠宝面前,你应选择碎银,宁要今日之实钱不慕明日之虚财。犹豫不决贻害无穷,意志坚定成果必现。承诺之事后果难料,它与成功并不直通,变故障碍家常便饭。儿子啊!你应该用先辈伟人们的坚强意志武装,切记事事莫过分,脾气常平和,钱物要握紧,出手必点清。同时手握莫太紧,有进也有出,济危救难时,也要有善心。儿子啊!你一旦感到族人不容你,痛苦要降临,切莫抱幻想,赶紧离家乡。哪里舒心哪里去,天下处处可安家。不要厌烦出行,不要憎恶游荡。我们的祖宗前辈一致认为'生命在于运动,活泼焕发青春'。一致指责所谓'离别带来痛苦,迁移招致厄运'之论。他们说'这是在为劣

---

① 阿慕尔,即阿慕尔·本·阿斯(664年卒),阿拉伯扩张时期著名将领,埃及的征服者。曾在隋芬之战(657年)中用计助穆阿维叶战胜阿里。
② 谢阿比,721年卒,库法人,伍麦叶王朝时著名圣训学家和传述家,哈里发阿卜杜勒·麦利克的密友。
③ 艾哈奈夫,691年卒,巴士拉泰米姆族人,伊斯兰初期著名谋略家。
④ 伊亚斯,739年卒,伍麦叶王朝时巴士拉城大法官,以敏锐的洞察力闻名。
⑤ 艾布·努瓦斯(757—814),阿拔斯王朝时期著名大诗人。
⑥ 艾什阿比,771年卒,麦地那人,阿拉伯著名贪婪人士。
⑦ 艾布·阿伊奈(807—896),阿拔斯王朝时期诗人,哈里发穆泰瓦基勒密友,以反应迅速,善于讥讽闻名。
⑧ 鸟卜,古阿拉伯人占卜方式之一,驱鸟飞起,看其飞行方向测吉凶。

枣烂秤①做辩解，为自己的惰性找理由'。儿子，如果你决心远游，并为此准备好了行囊和木棍，上路前，你一定要找志同道合的旅伴同行。俗话说'择居前先择邻，出门前先择友'。

　　此番嘱咐说给你，之前未有他人提。
　　句句精华奶油滤，字字珠玑汇警语。
　　绝学精髓要勤练，堪为祖业之秘籍。
　　以父为模努力干，运思练智觅真谛。
　　直到人赞小狮你，雄狮之子确无疑。

---

① 劣枣烂秤，阿拉伯成语，两大恶癖之意。

"儿子啊！为父已把此业的秘籍绝学传授给你了。按着它去做，你一定会干得很出色！如果背叛它，则大逆不道，可恶之极！以安拉起誓，你作为乃父接班人，绝不能让乃父失望！"

儿子对他说："父亲大人！你的宝座永在，不会离我而去！你用至理名言开导我，你把知识蜜饯送给我，还没有哪位父亲送给儿子如此贵礼！我若不接过，并努力去做，必将品尝痛苦！我决心接受你的正确教导，踏着你的清晰脚印前进！人们一定会说'此夜与昨何其相似，早云晚云如出一辙'！"

栽德君大喜过望，马上接着儿子的话说："仿效父亲者，走路不会错！"

哈马姆君言道：人们对我说，当萨珊后人听说了栽德君如此精彩之遗嘱，马上抛弃了鲁格曼[①]的遗嘱，专心背诵，如同背诵开端章。他们认为此遗嘱是教育子孙后代最适合之教材，是前辈留给他们最珍贵之礼物。

---

① 鲁格曼，伊斯兰教先知之一，以聪慧闻名。见《古兰经》鲁格曼章。

第五十篇　巴士拉

哈里斯·本·哈马姆君言道：那一年我回到了家乡巴士拉①。正当我想过一过平静的生活时，突然有一天，我感到心烦意乱，焦躁不安，气火旺盛，连续几天静不下来。有人对我说，到清真寺去参加祈祷集会可以消火祛躁，静心宁神。我没有别的办法可想，只好奔向巴士拉的一个清真寺。此寺在巴士拉闻名遐迩，它一直是当地学者名流聚集的地方，也是求知觅智之士向往的地方。人人都想在那里摘取教义之花，倾听那里传出的抄写之声。当我迈进寺门，踏上它的石子地面时，我看到无数的人密密麻麻围坐在地上。顺着人群放眼前望，远处人群中心出现了一个衣衫褴褛之人，此人站在一块高大的石头上，正准备向众人演讲。啊！可能他就是那个能治我心火病的人！我马上往前挤过去，挤过一拨又一拨的人群，忍受着他们的抱怨和捶打，我终于坐到了此人的面前。定睛一看，原来此人正是我朝思暮想的栽德君，他无论怎么装扮都改变不了自己的真实面貌。还真有效，一坐到他的面前，我的烦躁情绪立刻消失了，各种愁绪忧思四散而去。

栽德君也看到了我，只听他说道："欢迎你，我的巴士拉乡亲！愿安拉护卫你、保佑你、强化你的信仰！你的香气四溢，恩德广布！你的家乡乃最圣洁之地，最清明之地，最宽广之地，最富庶之地，礼拜方向最正

---

① 巴士拉，古代历史名城，港口，位于现伊拉克底格里斯河波斯湾河口。

之地，两河水道最宽之地，支流最密之地，椰枣树最多之地。它是直通圣地的走廊，它正对天房之门，它是人间两大翅膀之一①，它是虔信安拉的根据地，它从未曾被拜火者亵渎，从未曾被崇偶者玷污。此城自建立以来一直只拜安拉。它有名陵伟寺、古建圣迹、奇观佳景。它的市容规整，里面船舶进出，鱼蜥游弋，往来驼队旅人，猎户农人，木铁匠人，牧户蛙人。此地有奇迹：河水如海水，河水上溯倒涨，午后下泄退潮②。而巴士拉人也同样很优秀，这连我们的敌人也不否认。他们有求必应，我感谢他们的恩德。你们有大名鼎鼎的隐士③，他是我们的教义权威；你们有全天候的杰出大学者④；你们中有人总结出了语法学⑤；有人创造出了韵律学⑥。毫不夸张地说，巴士拉人自古以来一直被好运笼罩。巴士拉人名扬四方，他们最堪受此殊荣。除此以外，巴士拉人又是当宣礼员最多的，是修行最虔诚的，是为制定教律作出贡献的人。正是你们，首先确定了阿拉法特日⑦，并立下了封斋饭的规矩。巴士拉人首创封斋宣礼，当别人都在熟睡的时候，宣礼声响起，犹如大海涛声，蜂群轰鸣。不管天气冷热，无论困睡深浅，纷纷起来诵经礼拜，连先知都听说了你们的事迹。光荣啊！风水宝地巴士拉！虽然它曾经被毁，只剩下一点历史遗存。"

说到这里，栽德君有些哽咽，暂时止住了嘴。众人误认为他要结束演说，都拿眼瞪着他，似乎在谴责他还没有进入正题就匆匆收场，简直要成为简单应付的样板了。只见栽德君深深吸了一口气，犹如一只被捆住了手脚的狮子，在进行内心挣扎。须臾，他又接着往下说了："你们都是巴士拉人，是学者名流，贤达良善。至于我，你们知道我是谁吗？我是不是和你们不一样？伤天害理的人是不配做你们的朋友的。我老老实实地告

---

① 两大翅膀，阿拉伯人认为世界如鸟，巴士拉城和库法城为其双翅。
② 此为巴士拉奇景，入海口上午河水倒流，过了中午转正流，似海水涨潮退潮。
③ 哈桑·巴士里，中世纪阿拉伯著名教义学家和圣训学家，728年卒，喜隐居修行。
④ 艾布·欧拜德（728—823），中世纪阿拉伯著名语言学家和文学家。
⑤ 艾布·埃斯沃德·杜瓦利（605—688），阿拉伯著名语法学家。
⑥ 赫里勒·本·艾哈迈德（786年卒），阿拉伯著名语法学家、韵律学家。
⑦ 阿拉法特日，阿拉法特为圣城麦加一山，每年伊历十二月初九日，穆斯林进驻此山朝觐。

诉你们，我是那个到过内志，到过帖哈麦，到过也门，到过沙姆，趟过沙漠，闯过大海；走过夜路，迎过黎明的人。我出生在苏鲁吉，成长于驼鞍上。我经历过战争，争夺过阵地，驯服过烈马。我曾让很多人嘴啃泥，让很多铁公鸡毛脱落，让无数大硬石变成渣。你们可以向我询问一切问题，东方、西方、脚趾、肩胛、集会、军队、部落、马群。你们可以进一步了解我个人的经历，度过的夜晚，参加过的驼队，见过的神卜。你们还可以了解我走过了多少山路，揭露过多少真相，闯过多少险地，目睹多少事件，欺骗过多少心灵，制造过多少案情，抓住过多少骗机，捕获过多少猛狮。有多少高高在上者我把他摔到了地上；有多少深深隐藏之徒我让他见了阳光。再硬的顽石也禁不住我的敲打，再会隐藏的宝石在我的擦拭打磨下也不得不裂开献出精华。

"但是，现在一切都过去了！我年轻时，鬓角乌黑，外套崭新。而今天，皮已糙，背已驼。黑夜盼光明，我只剩悔恨，只想忏悔，只求能把越来越大的破洞补上。当我得知，巴士拉人每天都能获得伟大安拉的厚爱，因为你们的武器是坚定地认主归一，是时时刻刻地祈祷，而别人的武器仅为铁器。因此我日夜兼程，直奔你们而来，甚至累瘦了我的坐骑。我现在站在你们面前，不是想对你们训导施恩，而是有求于你们对我开恩。我是为我自己奔波，为求心安而劳累。我不要求你们施舍，我只要求你们为我祈福；我不想收受你们的金银，而只求你们帮我祈祷，以使我得到宽恕。让我们一起祈求伟大的安拉，接受我的忏悔，我的改过！安拉至高至慈，他应答一切崇拜者的祈祷，接受一切崇拜者的忏悔，饶恕一切崇拜者的过错！

> 我祈安拉恕我罪，罪超极限反害己。
> 多次迷海走歧途，从夜到明心痴迷。
> 多次误被贪欲引，狂妄自负看人低。
> 多次撕掉廉耻心，争先作恶不知疲。
> 多次罪行已登封，仍不住手不知弃。

倘若开始不知恶，不至疯狂不由己。

恶迹至死难解脱，胜于仍被迷途逼。

大慈之主请饶恕，虽然我曾行不义。

讲述者言道：在场众人开始帮他一起呼唤安拉。栽德君仰首望天，不断转脸搜寻。不一会儿，他的双眼涌出了泪花，既而全身颤抖。很快，众人的焦虑消失了，因为他们似乎听到了安拉的回答："我夸奖你们，巴士拉人！奖掖从迷途回归之人！"全场轰动起来！人人热泪盈眶，激动万分！纷纷掏出力所能及的金银，送给栽德君，向他表示祝贺！栽德君忙不迭地感谢众人的慷慨惠助。最后，他从大石头上下来，告别众人，向市郊河边走去。我马上跟在他身后，一直走到远离众人的地方。当确信无人看见的时候，我开口对他说：

"你这一次干的与以往不同！你觉得干得出色吗？"

栽德君说："我以洞察万物、大慈天下之安拉起誓，我是能创造奇迹的人！就是为你的族人祈祷，也会得到响应的！"

我请他详细说明，他说："刚开始的时候，我并不诚心，确实想欺骗他们。后来受到当地人真诚热忱之心的感染，我的心态变了。我忽然想真心忏悔，洗心革面，改邪归正了。我第一次感觉到了幸福！我的幸福感来自那些极虔极诚信主的巴士拉人，让悖主者死去吧！"

栽德君告别了我，离开了巴士拉。从那以后，我一直牵挂着他，思念着他。我四处打探他的消息，向一切过往客商游人询问，甚至有时候对着牲口和石头说话。终于有一天，我遇到了一支回到巴士拉的驼队，当我习惯地问他们："有什么奇闻吗①？"听到他们说："还真有一件怪事，比不死鸟还怪，比看到蓝鸽子还奇！"我马上叫他们详细道来。他们说，他们这次穿过一块异教徒统治的地域后，来到了一处叫做苏鲁吉的地方。在那里他们还真遇到了那个当众忏悔的栽德先生。让他们吃惊的是，他

---

① 阿拉伯成语，特指外地奇闻逸事。

已经变成了一个极端虔诚的苦行修士,还成为了当地苏菲派的头领。我问他们是不是那位能写麦卡姆文的栽德,他们肯定地说:"当然是他!他现在是当地一位有头有脸的人物!"

终于找到他了!我不敢耽搁,怕再失去机会,进行了一番准备之后,我日夜兼程,直奔苏鲁吉而去。到了那里,一打听,说他正在清真寺里礼拜。我顾不得安顿驼帐,立刻去找他所在的清真寺。走进寺里往前一看,只见在教长领拜人的位置上,站着一个穿着不伦不类的人,浑身上下好像全是补丁连缀而成。我突然莫名其妙地产生了一种如同面对狮子似的恐惧感,我从在他面前跪拜的信徒们的脸部表情中观察到了他受崇敬的程度。他主持念完了祈祷词后,用食指向我指了一下,表示看到我了,权当是对我的问候,但没有对我说一句话。然后他又继续领祷,把我丢在那里独自欣赏他的虔诚和敬业。就这样,他在那里一刻不停地领祷、领拜。等他终于主持完了整个仪式,已近午夜,今天已经不知不觉的变成了昨天。

他这才又注意到了我,把我领到了他的家,和我一起分吃了一些饼和奶油。然后他又去做饭后祷告,一个人非常专心地和安拉交谈,直到晨曦初现。我感叹如此熬夜敬主的人理应得好报!他接着又做晨祷,然后才去睡觉。没想到他躺下后口中仍念念有词,似乎还有说不完的话:

莫再回忆以往地,莫再牵挂昔日居。
既然分别应抛弃,情缘再深不需继。
本应悔恨往昔日,罪恶使你丢脸皮。
你却仍然不知悔,继续丑上涂丑泥。
你在每日每夜里,旧罪库里新罪积。
你在曾躺曾睡地,不断作恶为贪欲。
越走越远耻辱路,步步旧恶生新蛆。
为了放纵和享受,你常悔过又再续。
你太大胆不自量,敢与天地主抗拒。
阳奉阴违不敬主,口是心非心存疑。
主之仁慈你蔑视,主之智慧你看低。
主之旨令你默然,随时弃之如破履。
公开撒谎心不诚,沉溺玩乐肆无羁。
安拉意志不当心,安拉约束不在意。
快用悔恨包裹起,倾洒热血去求祈。
趁你双脚还尚在,趁你还有好身躯。
你应服主快认罪,你须急寻庇护地。
改邪归正重做人,收敛欲望除恶习。
虽然半生曾腐朽,若不松懈尚可及。
不要害人又害己,祈主增强自制力。
难道不知白发生,头上画出人生迹。
当人两鬓斑白时,等于此人临死期。
可悲可叹人之心,难道不愿逃绝地?

顺主才能得解脱，听劝才能去痴迷。
此类世代皆有见，应以前人为戒例。
惧怕死亡突降临，警惕再被人蒙蔽。
要循正路向前行，要把末日来牢记。
叛教越重坟越深，荒郊野外埋尸地。
可怜悲惨无人理，荒冢枯坟成烂泥。
前代罪人曾葬此，后代或许有人替。
既埋被人告别者，也填告别人自己。
又窄又小仅屈身，只有三腕尺面积。
土中不分人高低，不分傻子与主笔。
不分穷骨与富躯，不分财主与贱籍。
个个都要被清算，无论有否知耻意。
是否主犯或从犯，是否酋长或奴隶。
虔敬安拉为成功，人生得福已获利。
清算后果常在心，末日恐怖常存虑。
犯奸作科人生损，恶迹愈甚损越巨。
快快燃起圣战火，烧向诱惑与贪欲。
我所信赖之主啊，对你敬畏更加剧！
在我以往人生中，犯下罪恶无以记。
负罪之人祈饶恕，痛心泪水求怜恤。
你是最大慈悲者，最高受祈天之帝！

哈马姆君言道：栽德君反复重复着这些话，开始是轻声轻语，后来越说越激动，声音也越来越大，速度越来越快，呼吸越来越急促，直至哽咽不已。我也被他感染，不知不觉落下泪来。我以前也曾陪他哭过，都没有这次哭得伤心。然后，我又陪他来到清真寺，为夜里余功做小净。小净后又和其他追随者陪他一起做礼拜。众人散去后，他继续一个人轻声诵读祈祷词，这一天又跟昨天一样地过去了。我在他今天的诵经声中听出了悲怆之音,好似失去子女的女人之悲,但不是叶尔孤白①之悲。我明白了,他心中产生了遁世之念,想学习那七个隐居人②。我想,还是离开他吧,让他去过他自己想过的生活。他似乎也看透了我的心思,长出一口气,痛苦地说:"请信赖安拉吧!"我握住他的手,对他说:"请留几句临别赠言吧!"栽德君说:"直面死亡!"

我以讲述者的真诚对他的言行做了如实记录,我相信,忠实的讲述者是存在的。

我尽量憋住气,怕哭出声来,直憋得胸骨胀痛,但还是没有把泪水忍住。这就是我们两人的最后一次相见。

---

① 叶尔孤白,先知之一,乃先知易卜拉欣之孙。
② 即洞中七眠子,源自基督教传说,指为逃避罗马皇帝狄西阿迫害,在山洞里睡了两百年的七人。

结束语

　　艾布·穆罕默德·卡西姆·本·阿里·哈利里长老——安拉使其卧榻舒爽——说:"我禁不住诱惑动笔写此麦卡姆文,又不得不让他人传述,现在终于写完了最后一篇。我现在只能让它流传,任世人评说。虽然我知道,它并非上好货色,但也不愁销路。倘若幸运之光眷念,我亦顾影自怜,我会掩饰文中不足。然今此文已公开,恐怕很难做到。我只能祈求至仁至慈的安拉宽恕我的败笔与疏误,助我谨防今后之纰缪,望我主施恩。他是虔敬者之主,求恕者之主,确保两世平安之主。"

作者信札

此乃哈利里长老的两封亲笔信。一封为"西因体",即信中每词都含字母"西因"。此信是以当年国库总监、亲王艾布·哈桑·马达依尼的名义写给当时的城防司令官那飞士亲王的。假意责备,实为调侃他只宴请侯赛姆亲王而没有邀请他。哈利里与侯赛姆互为邻居,同住巴士拉白尼·哈拉姆区,他也同时是那飞士的朋友。当那飞士亲王派人来请侯赛姆亲王时,哈利里也正在其府上。

第二封信为"石因体",即信中每词都含字母"石因"。是写给大诗人塔拉赫·努尔曼的。

第一封"西因体"信如下:

奉至仁至慈的安拉之名

祈求我主,垂恩相帮,万事如意,平安吉祥!

那大将军,威名远扬。宫廷之剑,长老之长。受主特护,永沐主光。尝感主亲,福寿安康。广交朋友,情深意长。体恤远近,有难必帮。行端身正,众口同彰。人品难遇,行为高尚。每每提及,若饮佳酿。久欲沾福,窃盼邀赏。故作不急,日日遥望。不敢设想,被人遗忘。一世好名,一落千丈。人情冷暖,如此无常。

宫廷之剑有特权，吃喝不愁好人缘。
何故本人被疏远，此衣不该将军穿。
怠慢同僚虽小过，忘记朋友罪大焉。
残存友情惜被抹，如埋我心妒者欢。
君与侯赛姆共饮，却让老友脸发蔫。
愁楚浇心身已醉，君心狠毒被酒换。
我将送君担责衣，友情已去心已寒。
满篇西因书此文，犹为白素丝①记传。

第二封"石因体"信如下，是赞扬他的一位诗坛好友，被他称之为"诗坛骄阳"：

奉至仁至慈的安拉之名

仰仗造物主，吾乃会用笔，行文书爱语，诗坛骄阳启，愿你生活好，美满又富裕。

美服穿不尽，福星永不离。财路永通畅，处处青草绿。嗜者遇美酒，贪者遇美诔。对君思慕情，犹处壮羚期。恰似焦渴人，遍寻冷泉溪。君之惠顾我，内心满谢意。吾谢君之劳，困者谢救急。迷途遇向导，危难遇侍侣。绝境见援军，整装攻顽敌。吾有爱诗癖，酷喜君诗句。日日吟诵之，每每豪情起。犹如在阵前，驱敌丧胆去。君之德行好，逢人便提起。君之人品正，见人便称许。君之装饰美，赞佩口不离。望君荣更耀，望君神更奕。吾证君之诗，长辈皆称奇。压倒新秀作，少壮唯叹息。细微若采蜜，劝训似化雨。君为好辩手，有诬必反击。攻者俱蒙羞，恶迹被揭底。斩断魔鬼绳，烧尽诱惑欲。尊荣尽归君，天性众人迷。

---

① 白素丝为伊斯兰教产生前阿拉伯半岛北部一贝杜因部族老妪之名。因她的母驼被相邻部族所杀，引起两部族血拼，演变成一场延续四十年之久的战役，即发生于公元5世纪末，古代著名的"白素丝之战"。

诗与人品天下许，情与门第俱堪誉。
诗坛称雄镇当代，愤世嫉俗常悲戚。
貌丑反衬心更美，弟子门徒常抱屈。
少壮元老皆得罪，诗作却被当福衣。
禀性可爱若佳酿，高朋满座常欢聚。
好与人争常出手，众人皆赞豪侠气。
出口成章人皆惊，见义勇为剑锋利。
诗如良药治醉酒，怨者致谢愈者愉。
悭者闻诗也欣喜，良心发现肯割皮。
常遣弟子慰孤情，一路春风暖心底。
我愿放歌传其德，永赞其美颂其义。

  吾主有慧眼，洞察天下密。吾以吾主证，吾与君难离。君虽远避我，爱慕火难熄。请君莫断情，吾在恳求你。思念与空虚，君或能感悉。可曾觉察到，吾心之恐惧。思君无日夜，君诗寸不离。为传君诗作，一直不遗力。睹物不见人，让我常戚戚。请莫躲避我，让人犯猜忌。忧伤与烦恼，孤独与冷寂。请真体会到，吾心真情谊。盼与君同忧，盼与君同喜。愿与君同慨，愿与君同气。望君永快乐，永远有活力。望君诗如剑，剑刃永锋利。砺石不离手，举剑火花激。斥恶不留情，怒骂人不义。下笔激情射，生花妙句奇！

  先知伟人躯，天下人之巨。送喜人间荣，解忧苍生虑。安拉祝福之，弟子与圣裔。永世被问候，直至清算地。大哉吾神主，福荫遍四极。雄哉主之使，最佳好代理。万事唯靠主，至高无主宰！

图书在版编目（CIP）数据

麦卡姆词话 /（阿拉伯）哈利里著；王德新译. -- 北京：华文出版社，2017.9
 ISBN 978-7-5075-4756-6

Ⅰ.①麦… Ⅱ.①哈… ②王… Ⅲ.①说唱文学 – 作品集 – 阿拉伯半岛地区 Ⅳ.①I371.3

中国版本图书馆CIP数据核字（2017）第229402号

麦卡姆词话

作　　者：	〔阿拉伯〕哈利里
译　　者：	王德新
策　　划：	杨　平
责任编辑：	杨　宁　郭俊萍
特邀编辑：	马军虎
出版发行：	华文出版社
社　　址：	北京市西城区广外大街305号8区2号楼
邮政编码：	100055
网　　址：	http://www.hwcbs.com.cn
电子信箱：	sinoculturepress@yahoo.com
电　　话：	总编室 010-58336239　发行部 010-58336270
	责任编辑 010-58336258
经　　销：	新华书店
印　　刷：	北京联兴盛业印刷股份有限公司
开　　本：	710×1000　1/16
印　　张：	21.25
字　　数：	250千字
版　　次：	2017年10月第1版
印　　次：	2017年10月第1次印刷
标准书号：	ISBN 978-7-5075-4756-6
定　　价：	58.00元

版权所有，侵权必究